이방인

L'Etranger

세계문학전집 266

이방인

L'Etranger

알베르 카뮈

김화영 옮김

민음사

차례

2019년 새 번역에 부치는 말

2011년 민음사 세계문학전집에 『이방인』을 넣어 펴낸 뒤 이제야 완전히 새로운 번역을 선보이게 되었다. 그 원고는 역자의 매우 오래된 옛 번역을 약간 손질한 것에 지나지 않아 오랫동안 마음의 짐으로 남아 있었다.

그사이 많은 시간이 경과했고 독자의 정서와 언어 관습도 사회의 구조적 변화와 더불어 많이 달라졌다. 그뿐만 아니라 『이방인』이라는 소설 자체가 이제는 우리 독자들에게도 익숙한 '고전'으로 충분히 자리를 잡았다. 따라서 번역문이 독자들에게 필요 이상의 친절을 베풀어 설명적이고 해석적이 되지 않아도 좋은 시점에 이르렀다.

이번에 『이방인』을 전면적으로 새롭게 번역하면서 나는 카뮈의 소설 원문이 가진 문체, 문장 구조와 어순을 최대한 존중하면서 원문의 호흡과 분위기에 가장 가까운 번역이 되도록 노력했다. 이를 위하여 몇 가지 원칙을 따랐다.

1) 오늘의 한국어가 허용하는 한 가장 간결하고 단순한 문장과 단어로 번역하도록 노력했다. 가장 단순한 것이 항상 가장 이해하기 쉬운 것은 결코 아니므로 원문 자체가 담고 있는 애매성, 그에 따른 해석의 여지를 남겨 둘 필요가 있다고 판단했다.

2) 독자의 가독성을 돕는 의역을 가능한 한 피하고 원문의 탈색된 문체를 그대로 유지한 채 옮기고자 했다. 또한 이 작품의 주제와 내면적으로 맞닿아 있는 특유의 '자유 간접 화법'을 독자에게 생경하게 느껴질지도 모른다는 부담을 안은 채 나름대로 살려서 옮겨 보려고 고심했다.

3) 카뮈의 원문이 가시적으로 표현하지 않는 한, 문장과 문장의 인과 관계나 시간적 선후 관계에 대한 해석을 임의로 추가하지 않도록 노력했다. 그러나 화자의 독특한 버릇으로 보이는, 논리적으로 딱히 '이유의 설명'이 아니면서도 자주 등장하는 "왜냐하면"은 본래의 표현을 그대로 살렸다.

물론 새 번역의 기회에 본래의 번역이 노출했던 몇 가지 오류와 누락된 부분, 외래어 표기 방식, 어색한 표현, 관습상 달라진 호칭, 명칭 등을 바로잡아 고쳤으며 약간의 주를 추가했다.

번역에 사용한 텍스트는 새로운 전집 Albert Camus, *Oeuvres complètes*, I, Edition publiée sous la direction de Jacqueline Lévi-

Valensi, Bibliothèque de la Pléiade(Paris, Gallimard, 2006)의
139~213쪽을 사용했다.

2019년 9월
김화영

1부

1

오늘 엄마가 죽었다. 아니, 어쩌면 어제. 모르겠다. 양로원
으로부터 전보를 한 통 받았다. '모친 사망, 명일 장례식. 근조
(謹弔).' 그것만으로는 아무런 뜻이 없다. 어쩌면 어제였는지
도 모르겠다.

양로원은 알제에서 80킬로미터 떨어진 마랭고에 있다. 2시
에 버스를 타서 오후 중에 도착할 생각이다. 그러면 밤샘을 할
수 있고, 내일 저녁에는 돌아올 수 있으리라. 나는 사장에게
이틀 동안의 휴가를 청했는데 그는 사유가 그러한 만큼 거절
할 수 없었다. 그러나 좋아하지 않는 눈치였다. 나는 그에게
이런 말까지 했다. "그건 제 탓이 아닙니다." 사장은 아무 대꾸
도 하지 않았다. 그제야 나는 그런 소리는 하지 말았어야 하는
걸 그랬다고 생각했다. 따지고 보면 내가 변명을 할 필요는 없
었던 것이다. 오히려 그가 나에게 조의를 표해 주는 것이 마땅

했다. 하지만 아마도 모레, 내가 상복을 입고 있는 것을 보면 그는 조문 인사를 할 것이다. 지금 당장은 마치 엄마가 죽지 않은 것이나 거의 마찬가지다. 장례식을 치르고 나면 기정사실이 되어 만사가 다 공식적인 모양새를 갖추게 될 것이다.

나는 2시에 버스를 탔다. 날씨가 몹시 더웠다. 나는 평소와 다름없이 셀레스트네 식당에서 점심을 먹었다. 식당 사람들은 모두 나에 대하여 매우 마음 아파했고, 셀레스트는 나에게 말했다. "하나밖에 없는 어머니신데." 내가 나올 때는 모두들 문간까지 따라 나왔다. 나는 좀 어리둥절한 상태였다. 왜냐하면 에마뉘엘의 집에 올라가서 검은 넥타이와 상장을 빌려야 했기 때문이다. 에마뉘엘은 몇 달 전에 그의 아저씨를 잃은 것이다.

나는 버스를 놓치지 않으려고 뛰어갔다. 그처럼 서둘러 대며 달음박질을 친 데다 버스의 흔들림, 가솔린 냄새, 길과 하늘에 반사되는 햇빛, 아마도 그런 모든 것이 더해져 나는 졸음에 빠져 버렸다. 나는 차를 타고 가는 동안 거의 내내 잤다. 잠을 깨고 보니 어떤 군인에게 몸을 기대고 있었는데, 그는 나에게 웃어 보이며 먼 데서 오느냐고 물었다. 나는 더 말하기가 싫어서 "네." 하고 대답했다.

양로원은 마을에서 2킬로미터 떨어진 곳에 있었다. 나는 걸어서 갔다. 즉시 엄마를 보고 싶었다. 그러나 관리인이 내게 양로원장을 만나야 된다고 했다. 원장이 바빴으므로 나는 조금 기다렸다. 그동안 줄곧 관리인이 이야기를 했다. 이윽고 나는 원장을 만났다. 원장은 자기 사무실에서 나를 맞아 주었다.

레지옹 도뇌르 훈장을 단, 키가 작은 늙은이였다. 그는 맑은 눈으로 나를 쳐다보았다. 그러고는 내게 악수를 청했는데 내 손을 하도 오래 붙잡고 있어서 나는 어떻게 손을 빼내야 할지 몰랐다. 원장은 서류를 뒤적여 보고 나서 나에게 말했다. "뫼르소 부인은 지금으로부터 삼 년 전에 이곳에 들어오셨군. 의지할 사람이라곤 자네밖에 없었고." 나는 그가 내게 뭔가 나무라는 것이라고 생각하고 설명을 하기 시작했다. 그러나 그는 내 말을 끊으며 말했다. "변명할 건 없네, 이 사람아. 나도 자네 어머님의 서류를 읽어 보았네만, 어머님을 부양할 수가 없는 처지였더구먼. 어머니한테는 요양사가 필요했는데, 자네 봉급은 변변치 못하고. 사실 따지고 보면, 어머니는 여기서 더 행복하셨지." "네, 원장님." 하고 내가 말했다. 그는 이렇게 덧붙였다. "알다시피, 어머니께는 같은 연배의 친구들이 있었거든. 어머니는 친구들과 함께 지난 시절 이야기를 나눌 수 있었지. 자네는 젊어서, 자네와 같이 살았더라면 답답해했을 걸세."

정말 그랬다. 집에서 살 때, 엄마는 아무 말 없이 나를 쳐다만 보며 시간을 보냈던 것이다. 양로원으로 들어간 처음 며칠 동안 엄마는 자주 울곤 했다. 그러나 그것은 습관 때문이었다. 몇 달 후에는, 양로원에서 데리고 나오겠다고 하더라도 엄마는 울었을 것이다. 마찬가지로 습관 때문에. 지난해에 내가 거의 양로원에 가지 않은 것도 약간은 그 때문이었다. 그리고 또 한 일요일을 빼앗기기 때문이기도 했다. 버스를 타러 가서 표를 사 가지고 두 시간 동안이나 차를 타야 하는 수고는 그만두고라도 말이다.

원장은 다시 이야기를 계속했다. 그러나 나는 듣는 둥 마는 둥 하고 있었다. 이윽고 원장이 말했다. "아마도 어머님을 보고 싶을 것 같은데." 나는 아무 말 없이 일어섰고 그는 앞장서 방문을 향해 걸어갔다. 층계로 나서자 그가 설명을 덧붙였다. "조그만 영안실로 어머니를 옮겨 놓았네. 다른 원우들을 자극하지 않으려고. 재원자(在院者)가 하나 죽을 때마다 이삼 일 동안 다른 사람들의 신경이 날카로워지거든. 그렇게 되면 일하기가 어려워져." 우리는 어떤 안마당을 지나갔는데 거기에는 노인들이 많았고, 그들은 작은 무리를 지어 끼리끼리 이야기를 나누고 있었다. 우리가 지나갈 때는 잠시 대화가 뚝 끊겼다. 그리고 우리의 등 뒤에서 대화가 다시 이어졌다. 마치 앵무새들이 나직하게 재잘거리는 소리 같았다. 어떤 조그만 건물의 문 앞에 이르자 원장은 나를 두고 가며 말했다. "그럼 나는 그만 가 보겠네, 뫼르소 군. 사무실에 있을 테니 필요하면 언제든 찾아오게. 원칙적으로 장례식은 아침 10시로 예정되어 있다네. 그러면 자네가 고인 곁에서 밤샘을 할 수 있겠다 싶었지. 끝으로 한 가지 말해 두자면, 어머님께서는 가끔 동료 원우들에게, 장례는 종교 의식에 따라 치러 주었으면 한다고 말씀하셨던 걸로 알고 있네. 필요한 준비는 내가 다 해 두었네. 하지만 자네에게 그 점을 알려 두고 싶었어." 나는 원장에게 감사하다고 말했다. 엄마는 무신론자는 아니지만, 생전에 종교를 생각해 본 적은 한 번도 없었다.

나는 안으로 들어갔다. 하얗게 회칠이 되고 큰 유리창이 나 있는 매우 밝은 방이었다. 의자들과 X자 모양의 받침대들이 갖추어져 있었다. 그중 방 한가운데에 있는 두 개의 받침대 위에는 뚜껑을 덮은 관이 가로놓여 있었다. 호두 기름을 먹인 판자에 살짝 박아 놓은 나사못만이 반짝거리며 눈에 띄었다. 관 곁에는 흰 작업복을 입고 머리에 강렬한 빛깔의 스카프를 두른 아랍인 여자 간호사가 있었다.

그때 관리인이 내 뒤쪽에서 들어왔다. 뛰어온 모양이었다. 그는 좀 더듬거리며 말했다. "관을 닫아 놓았습니다만, 어머니를 보실 수 있도록 나사못을 풀어 드려야지요." 그러면서 관으로 다가가기에 나는 그를 제지했다. 그가 내게 말했다. "안 보시렵니까?" 내가 대답했다. "네." 그가 멈칫했다. 나는 그런 소리는 말았어야 했다는 생각이 들어 거북했다. 조금 후 그는 나를 쳐다보며 물었다. "왜요?" 그러나 나무라는 어조는 아니었고, 그저 물어나 보자는 듯한 투였다. 나는 말했다. "모르겠습니다." 그러자 그는 흰 수염을 만지작거리면서 나를 쳐다보지도 않고 말했다. "이해합니다." 푸르고 맑은 그의 눈은 아름다웠으며 얼굴빛은 조금 붉었다. 그는 나에게 의자를 권하고 자기도 내 뒤에 조금 떨어져서 앉았다. 간호사가 일어나 문으로 걸어갔다. 그때 관리인이 나에게 말했다. "궤양이 생겨서 저렇답니다." 나는 무슨 말인지 몰라서 간호사를 쳐다보았다. 그녀의 눈 밑을 지나 머리를 한 바퀴 빙 둘러 감고 있는 띠가 보였다. 코 부분에서 띠가 불룩하지 않고 납작했다. 그녀의 얼굴에서 보이는 것은 온통 허연 띠뿐이었다.

간호사가 나가자 관리인이 말했다. "혼자 계시게 해 드려야겠네요." 내가 어떤 몸짓을 했는지 모르나, 그는 나가지 않고 내 뒤에 그냥 서 있었다. 그렇게 등 뒤에 사람이 서 있는 것이 나는 거북했다. 방 안에는 기울어 가는 오후의 아름다운 빛이 가득했다. 무늬말벌 두 마리가 유리창에 부딪치며 붕붕거리고 있었다. 나는 졸음이 오는 것을 느꼈다. 나는 관리인에게 고개를 돌리지 않고 말했다. "여기 오신 지 오래됐습니까?" 그가 즉시 대답했다. "오 년 됐습니다." 마치 진작부터 내가 그렇게 물어 주기를 기다리고나 있었다는 듯이.

그러고 나서 그는 수다스럽게 이야기를 늘어놓았다. 혹시 누가 자기에게 마랭고 양로원에서 관리인으로 생을 마치게 될 것이라고 말했다면 아마 자기는 펄쩍 뛰었을 거라고 했다. 자기는 예순네 살이며 파리 태생이라는 것이었다. 그때 나는 그의 말을 끊고 말했다. "아! 이 고장 분이 아니시군요?" 그러다가 그가 나를 원장실로 안내하기 전에 엄마 이야기를 했다는 게 생각났다. 그는 나에게, 평원 지대에서는, 특히 이 지역에서는 날씨가 몹시 덥기 때문에 서둘러 매장을 해야 한다고 말했었다. 자기가 파리에 살았고, 그곳이 좀처럼 잊히지 않는다고 내게 알려 준 것도 그때였다. 파리에서는 시신을 사흘, 때로는 나흘씩이나 묻지 않고 두는 수도 있지만 여기서는 그럴 시간이 없으며, 실감을 할 겨를도 없이 벌써 영구 마차를 따라가야 한다는 것이었다. 그때 그의 아내가 그에게 말했다. "그만둬요. 이분에게 할 얘기가 아니에요." 영감은 낯을 붉히며 미안하다고 했다. 나는 나서서, "아녜요, 정말 아녜요." 하고 말했다. 나는 관리인의 이야기가 맞고 또 재미있다고 느꼈다.

그 조그만 영안실에서 관리인은 자신이 극빈자로서 양로원에 들어온 것이라고 내게 알려 주었다. 그는 자신이 아직 건강하다고 여겼기에 그 관리인 자리를 자원했다. 내가 그에게, 결국 그 역시 재원자 중의 한 사람이 아니냐고 지적했다. 그는 아니라고 했다. 나는 그가 재원자들 이야기를 하면서 '그들', '저 사람들', 또 어쩌다가는 '노인들'이라고 말하는 것을 듣고 놀랐다. 재원자들 중 몇몇은 그보다 나이가 많지 않은데도 말이다. 그러나 물론 그건 다른 문제였다. 그는 관리인인 만큼, 어느 정도 그들에 대해 권한이 있었다.

그때 간호사가 들어왔다. 갑자기 저녁이 다 된 것이었다. 삽시간에 유리창 위로 어둠이 짙어져 있었다. 관리인이 스위치를 돌리자 별안간 쏟아지는 불빛 때문에 나는 눈앞이 캄캄했다. 그가 식당으로 가서 저녁을 먹으라고 권했다. 그러나 나는 배가 고프지 않았다. 그러자 그는 밀크 커피를 한 잔 가져오겠다고 했다. 나는 밀크 커피를 매우 좋아하므로 그러라고 했다. 조금 뒤에 그는 쟁반을 들고 돌아왔다. 나는 밀크 커피를 마셨다. 그러자 담배가 피우고 싶어졌다. 그러나 나는 엄마 앞에서 담배를 피워도 좋을지 어떨지 몰라 망설였다. 생각해 보니, 꺼릴 이유가 조금도 없었다. 나는 관리인에게 담배 한 대를 권했고, 우리는 함께 피웠다.

잠시 후 그가 말했다. "그런데 말입니다, 모친의 친구분들도 밤샘을 하러 오실 겁니다. 관습이 그러니까요. 의자와 블랙커피를 가져와야겠습니다." 나는 그에게 전등 가운데 하나를 꺼도 되겠느냐고 물었다. 흰 벽에 반사되는 불빛 때문에 피로를 느꼈던 것이다. 관리인은 그럴 수 없다고 말했다. 전기 시설이 그렇게 되어 있어서, 다 켜든지 다 끄든지 하는 수밖에 없다는 것이었다. 나는 더 이상 그에게 별다른 신경을 쓰지 않았다. 그는 나갔다가 돌아와서 의자들을 늘어놓았다. 그리고 그중 한 의자 위에 커피포트를 놓고 그 주위에 찻잔들을 포개 놓았다. 그러고 나서 그는 엄마의 건너편 쪽으로 가서 나와 마주 보고 앉았다. 간호사도 내게 등을 보인 채 안쪽에 앉아 있었다. 그녀가 무엇을 하고 있는지는 보이지 않았다. 팔을 놀리는 것으로 보아 뜨개질을 하고 있다는 것을 짐작할 수 있었다. 방 안이 따뜻했고 커피를 마셔서 몸이 훈훈해졌고 열어 놓은 문으로는 밤과 꽃 냄새가 흘러 들어오고 있었다. 나는 약간 졸았던 것 같다.

무언가 가볍게 스치는 소리에 잠이 깼다. 눈을 감고 있었던 터라 방 안의 흰빛에 더욱 눈이 부셨다. 내 앞에는 그림자 하나 없었고, 물체 하나하나, 모서리 하나하나, 모든 곡선들이 눈이 아플 정도로 뚜렷이 드러나 보였다. 엄마의 양로원 친구들이 들어온 것은 그때였다. 모두 여남은 명 되었는데, 그들은 소리 없이 그 눈부신 빛 속으로 살며시 들어왔다. 그들은 의자 끄는 소리 하나 내지 않고 앉았다. 나는 지금까지 사람이라고는 본 적이 없는 것처럼 그들을 보았고 그들의 얼굴이나 옷차림의 사소한 것 하나도 빠짐없이 눈에 다 들어왔다. 그러나 아무 소리도 들리지 않으니 그들이 실제로 존재하는 사람들이라고 믿기 어려웠다. 여자들은 거의 모두가 앞치마를 두르고 있었는데 허리에 꽉 졸라맨 끈 때문에 그들의 불룩한 배가 더욱 튀어나와 보였다. 나는 지금까지 늙은 여자들의 배가 어느 정도로 불룩해질 수 있는지 주목해 본 적이 한 번도 없었다. 남자들은 거의 모두가 몹시 여위었고 지팡이를 짚고 있었다. 그들의 얼굴을 보고 놀란 것은, 눈은 보이지 않고 다만 온통 둥지를 튼 주름살들 한가운데에서 광채 없는 빛만 보였기 때문이었다. 그들은 자리에 앉자 거의 모두가 나를 바라보며 이 빠진 입속으로 입술이 다 말려 들어간 모습으로 어색하게 머리를 끄덕였는데, 그것이 내게 하는 인사인지 아니면 그들의 버릇인지 알 수 없었다. 아마도 나에게 인사를 한 것이라고 생각된다. 바로 그때 나는 그들 모두가 관리인을 가운데 두고 나와 마주 보고 앉아서 고개를 꾸벅거리고 있다는 것을 알아차렸다. 나는 한순간, 그들이 나를 심판하기 위해서 거기에 와 앉아 있다는 어처구니없는 인상을 받았다.

잠시 후 한 여자가 울기 시작했다. 그 여자는 둘째 줄에 앉아 있었는데, 앞에 앉은 다른 여자에게 가려 잘 보이지 않았다. 그녀는 규칙적으로 작은 소리를 내며 울었다. 내 느낌으로는 그녀가 언제까지나 울음을 그치지 않을 것만 같았다. 다른 사람들에게는 그 소리가 들리지 않는 것 같았다. 그들은 축 처진 채 침울한 낯으로 묵묵히 앉아 있었다. 모두들 관이든 지팡이든 무엇이든 바라보고 있었다. 그러나 오로지 그것 한 가지만을 바라보고 있었다. 여자는 여전히 울고 있었다. 내가 모르는 여자였으므로 나는 몹시 놀랐다. 그 울음소리를 이젠 그만 들었으면 싶었다. 하지만 차마 그 말을 할 수가 없었다. 관리인이 그 여자 쪽으로 몸을 기울이며 말을 걸었지만, 그녀는 고개를 저으며 뭐라고 중얼거리더니 이전과 다름없이 계속 규칙적으로 울었다. 그때 관리인이 내 쪽으로 왔다. 그는 내 옆에 앉았다. 한참 동안 그러고 있더니 나의 얼굴을 보지 않고 이렇게 알려 주었다. "저분은 모친과 매우 가깝게 지냈답니다. 여기서는 모친이 하나뿐인 친구였는데, 이제 자기는 친구 하나 없는 신세가 되었다고 하네요."

우리는 오랫동안 그러고 있었다. 여자의 한숨과 흐느낌이 차츰 뜸해졌다. 그녀는 몹시 코를 훌쩍거렸다. 그리고 마침내 잠잠해졌다. 나는 더 이상 졸리지 않았지만 고단하고 허리가 아팠다. 이제 견디기 어려운 것은 바로 그 모든 사람들의 침묵이었다. 그저 가끔씩 이상한 소리가 들렸는데, 나는 그것이 무슨 소리인지 알 수가 없었다. 결국 그중 몇몇 노인네들이 볼때기 안쪽을 쪽쪽 빨면서 그런 야릇한 혀 차는 소리를 내고 있다는 것을 알게 되었다. 그들은 자신들이 그러고 있다는 것도 알아차리지 못했다. 그만큼 제각기 생각에 몰두해 있었던 것이다. 그들 한가운데 누워 있는 그 죽은 이가 그들의 눈에는 아무런 의미도 없다는 느낌마저 들었다. 그러나 지금 생각해 보면, 그것은 틀린 느낌이었던 것 같다.

우리는 모두 관리인이 따라 준 커피를 마셨다. 그다음 일은 모르겠다. 밤이 지나갔다. 어느 순간 눈이 떠져서 보니 노인들이 서로 몸을 기댄 채 잠들어 있었던 것이 기억난다. 어떤 한 사람만이 양손으로 지팡이를 그러쥐고 그 손등 위에 턱을 괸채, 마치 내가 깨기만을 기다리고 있었다는 듯이 나를 뚫어지게 바라보고 있었다. 그러고 나서 나는 또다시 잠이 들었다. 허리가 점점 더 아파져서 나는 눈을 떴다. 유리창으로 날이 밝아 오고 있었다. 조금 뒤, 노인 중 한 사람이 잠에서 깨어 기침을 몹시 했다. 그는 커다란 체크무늬 손수건에 가래침을 뱉어 댔는데, 매번 뱉는다기보다는 마치 몸에서 잡아 뜯는 듯했다. 그 때문에 다른 사람들이 깼고, 관리인은 그들에게 나갈 시간이 되었다고 알려 주었다. 그들은 일어섰다. 불편한 밤샘으로 인해 그들의 얼굴은 잿빛이 되어 있었다. 방문을 나서면서, 내겐 매우 놀라운 일이었지만, 그들은 모두 나의 손을 잡고 악수를 했다. 마치 서로 말 한마디 주고받지 않고 보낸 그날 밤이 우리의 친밀감을 두텁게 만들어 주기라도 했다는 듯이.

나는 피곤했다. 관리인이 나를 자기 방으로 데려가 주었고 나는 간단히 세수를 할 수 있었다. 그리고 또 밀크 커피를 마셨는데 맛이 아주 좋았다. 밖으로 나왔을 때는 해가 완전히 떠올라 있었다. 바다와 마랭고 사이를 가로막고 있는 언덕들 위로 붉그레한 빛이 하늘 가득 퍼지고 있었다. 언덕을 넘어오는 바람에 소금기 냄새가 여기까지 실려 왔다. 쾌청한 하루가 시작되려는 참이었다. 나는 오랫동안 야외에 나가 보지 못했다. 그래서 엄마 일만 없었다면 산책하면서 즐거움을 만끽할 수 있었을 텐데 하는 생각이 들었다.

그러나 나는 안마당의 플라타너스 밑에서 기다렸다. 나는 신선한 흙냄새를 들이마셨고, 더 이상 졸음은 오지 않았다. 사무실 동료들이 생각났다. 바로 이 시각이면 그들은 출근하기 위해 잠자리에서 일어났다. 나에게는 언제나 그때가 가장 힘든 시각이었다. 나는 여전히 그런 생각에 좀 정신을 팔고 있었지만 건물들 안에서 울리는 종소리에 주의가 산만해져 버렸다. 창문 저 안쪽이 한동안 소란스럽더니, 이윽고 모든 것이 잠잠해졌다. 해는 하늘로 좀 더 높이 떠올랐다. 햇볕이 내 발을 뜨겁게 하기 시작했다. 관리인이 마당을 가로질러 오더니 원장이 나를 좀 보자고 한다고 일러 주었다. 나는 원장실로 갔다. 원장이 시키는 대로 몇 가지 서류에다 서명을 했다. 나는 그가 줄무늬 바지에 검은 웃옷을 입고 있는 것을 보았다. 그는 수화기를 들더니 나에게 말했다. "장의사 사람들이 조금 전부터 와 있네. 와서 관을 닫으라고 할 생각인데, 그 전에 마지막으로 어머님을 보겠는가?" 나는 아니라고 말했다. 원장은 수화기에 대고 목소리를 낮추어서 지시했다. "피자크, 그 사람들에게 닫아도 된다고 하게."

그러고 나서 원장이 자기도 장례식에 참석하겠노라고 하기에 나는 그에게 고맙다고 했다. 그는 자기 책상으로 가 앉았고 짧은 다리를 꼬았다. 그는 나와 자기만이 담당 간호사와 함께 식에 참석할 것이라고 일러 주었다. 원칙적으로 재원자들은 장례식에 참석할 수 없었다. 그들에게는 밤샘만 허용한다는 것이었다. "인정상의 문제니까." 그가 말했다. 그러나 이번 경우에는 특별히, 엄마의 오랜 남자 친구였던 노인에게 장지까지 따라가는 것을 허락했다고 했다. "토마 페레스라는 사람이야." 이 대목에서 원장은 빙그레 웃어 보이며 말했다. "사실, 좀 유치한 감정이긴 해. 하지만 그 영감과 자네 어머니는 떨어져 지내는 일이 거의 없었어. 원내에서는 놀리느라고 페레스에게, '자네 약혼자군.' 하고 말하곤 했다네. 그는 웃었지. 그들에겐 그게 재미였던 거야. 뫼르소 부인의 죽음으로 그가 몹시 충격을 받은 것은 사실이야. 그래서 난 그가 장례식에 참석하는 것을 막을 필요는 없다고 생각한 거야. 그러나 왕진 의사의 권고에 따라 어제의 밤샘만은 못하게 했다네."

우리는 한참을 말없이 앉아 있었다. 원장은 일어서서 사무실 창문으로 밖을 내다보았다. 문득 그가 말했다. "마랭고의 주임 신부님이 벌써 오시네. 일찍 오셨군." 그는 바로 마을 안에 있는 성당까지 가자면 최소한 사십오 분은 걸어야 될 것이라고 내게 일러 주었다. 우리는 아래로 내려갔다. 건물 앞에 사제와 복사(服事) 아이 둘이 서 있었다. 그중 한 아이가 향로를 들고 있었는데, 사제는 그 아이 쪽으로 몸을 숙여 은줄의 길이를 알맞게 조절해 주고 있었다. 우리가 그 앞으로 가자 사제가 허리를 폈다. 그는 나를 '몽 피스'[1]라고 부르면서 몇 마디 말을 건넸다. 그러고는 안으로 들어갔다. 나도 따라 들어갔다.

얼핏 보니 관 뚜껑의 나사못들이 꽉 조여 박혀 있었고 실내에는 검은색 옷을 입은 남자들이 네 명 있었다. 영구 마차가 길에서 기다리고 있다는 원장의 말과 기도를 시작하는 사제의 목소리가 동시에 들렸다. 그다음부터는 모든 것이 신속히 진행되었다. 남자들이 관을 덮을 큰 보자기를 가지고 관 앞으로 나섰다. 사제와 그를 뒤따르는 복사들과 원장과 나는 밖으로 나왔다. 문 앞에 내가 모르는 어떤 부인이 서 있었다. "뫼르소 씨일세." 원장이 말했다. 나는 그 부인의 이름을 알아듣지

---

1) mon fils. 본래는 '나의 아들'이라는 뜻이지만 천주교 사제가 남성 신도를 부를 때 흔히 쓰는 관용적 표현이다.

못했고 다만 그녀가 담당 간호사라는 것만 알 수 있었다. 그녀
는 웃음기 없이 앙상하고 길쭉한 얼굴을 숙여 인사했다. 그런
다음 우리는 관이 지나갈 수 있도록 비켜섰다. 그리고 운구하
는 남자들을 따라 양로원을 나왔다. 문 앞에 영구 마차가 기다
리고 있었다. 영구 마차는 길쭉하게 생긴 데다 니스 칠이 번들
거려서 필통을 연상시켰다. 영구 마차 앞에는 장례 진행자가
서 있었는데 우스꽝스러운 옷차림을 한 키가 작은 사내였다.
그리고 거동이 부자연스러워 보이는 노인이 한 사람 있었다.
나는 그가 페레스 씨라는 것을 알아차렸다. 그는 위가 동그랗
고 전두리가 넓은, 축 처진 중절모를 썼고(관이 문을 지날 때는
모자를 벗었다.) 바지는 구두 위로 비틀리며 늘어진 데다가 검
정 보타이는 셔츠의 커다란 흰색 칼라에 비해 지나치게 작았
다. 검은 점투성이인 코 아래에서 입술이 떨리고 있었다. 귀는
상당히 가느다란 흰 머리털 밑으로 축 늘어진 채 귓바퀴가 흉
하게 말린 야릇한 모양으로 드러나 있었는데, 창백한 얼굴에
서 그 귀만이 핏빛으로 새빨간 것이 대단히 인상적이었다. 장
례 진행자가 우리에게 자리를 정해 주었다. 사제가 앞장서 가
고 그다음에 영구 마차. 영구 마차 주위에 네 남자. 그 뒤로 원
장과 나. 행렬의 맨 끝에는 담당 간호사와 페레스 씨.

　하늘에는 벌써 햇빛이 가득했다. 하늘이 땅을 무겁게 짓누
르기 시작했고, 열기가 급속히 높아졌다. 이유는 모르겠으나,
길을 떠나기까지 한참을 기다렸다. 나는 검은 상복을 입고 있
어서 더웠다. 모자를 쓰고 있던 왜소한 영감은 다시 모자를 벗
었다. 내가 고개를 약간 돌려 그를 쳐다보고 있으려니 원장이

내게 그에 대해 이야기했다. 원장은 나에게, 어머니와 페레스씨가 저녁이면 간호사를 대동하고서 마을까지 자주 산책을 하곤 했다고 말해 주었다. 나는 주위의 벌판을 바라보았다. 저멀리 하늘 닿는 언덕까지 줄지어 늘어선 실편백나무들, 그 적갈색과 초록색의 대지, 드문드문 흩어져 있지만 그린 듯 뚜렷한 집들을 바라보면서 나는 엄마를 이해할 수 있었다. 이 고장에서 저녁은 우수에 젖은 휴식과도 같았을 것이다. 오늘은, 풍경을 전율케 하면서 천지에 넘쳐 나는 태양 때문에 이 고장은 비인간적이고 기를 꺾어 놓는 듯한 느낌을 주었다.

우리는 걷기 시작했다. 페레스가 다리를 약간 전다는 것을 알아차린 것은 바로 그때였다. 영구 마차의 속도가 점점 빨라졌고 영감은 자꾸 뒤로 처졌다. 영구 마차 곁에서 따라가던 남자 중 하나도 이제 뒤로 처져서 나와 나란히 걷고 있었다. 나는 태양이 그렇게 빨리 하늘로 솟아오르는 것을 보고 놀랐다. 벌써 오래전부터 벌판이 벌레 소리와 타닥거리는 풀잎 소리로 수선스러웠다는 것을 나는 알아차렸다. 땀이 볼을 타고 흘러내렸다. 나는 모자가 없었으므로 손수건으로 부채질을 하곤 했다. 그때 그 남자가 나에게 뭐라고 말을 했는데 나는 잘 알아듣지 못했다. 동시에 그는 오른손으로 모자 차양을 들어올리고 왼손에 든 손수건으로 이마를 닦았다. 나는 그에게 말했다. "뭐라고요?" 그가 하늘을 가리키며 되풀이했다. "지독히 내리쬐네요." 나는 "네." 하고 말했다. 조금 뒤에 그가 물었다. "당신 어머닌가요?" 나는 또 "네." 하고 말했다. "연세가 많으셨나요?" 나는 정확한 나이를 몰라서 "그렇죠, 뭐." 하고 대답했다. 그리고 나서 그는 말이 없었다. 뒤를 돌아보니 페레스가 우리 뒤로 한 50미터쯤 떨어져서 따라오고 있었다. 그는 손에 든 펠트 모자를 흔들면서 발걸음을 서두르고 있었다. 나는 원장도 쳐다보았다. 그는 필요 없는 몸짓은 전혀 하지 않은 채 아주 점잖게 걷고 있었다. 이마에 땀이 몇 방울 맺혀 있었지만 닦으려고도 하지 않았다.

내가 보기에 행렬의 걸음이 좀 더 빨라진 것 같았다. 내 주위에는 여전히 햇빛이 넘쳐 날 듯 빛나는 똑같은 들판 그대로였다. 하늘에서 쏟아지는 빛은 견딜 수 없을 지경이었다. 어느 한순간 우리는 최근에 새로 포장한 길을 지났다. 뜨거운 햇볕에 아스팔트가 녹아 터져 있었다. 발이 그 속에 푹푹 빠졌고, 그러면서 아스팔트의 번쩍거리는 속살이 드러났다. 영구마차 위로 보이는, 삶은 가죽으로 만든 마부의 모자는 마치 바로 그 검은 진창을 이겨서 만든 것만 같았다. 푸르고 흰 하늘과 갈라진 아스팔트의 끈적거리는 검은색, 상복들의 우중충한 검은색, 니스 칠을 한 영구 마차의 검은색, 이런 색깔들의 단조로움 가운데서 나는 좀 길을 잃은 기분이었다. 햇빛, 가죽 냄새, 마차의 말똥 냄새, 니스 칠 냄새, 향냄새, 잠을 자지 못한 지난밤의 피로, 그 모든 것 때문에 나는 눈과 머릿속이 온통 혼미했다. 나는 다시 한번 뒤를 돌아보았다. 구름처럼 드리워진 열기 속에 파묻힌 페레스 영감이 까마득하게 멀리 보이더니 이내 더 이상 보이지 않았다. 눈으로 찾아보았더니 그가 길을 벗어나 들판을 가로질러 가는 것이 보였다. 동시에 나는, 길이 내 앞 저쪽에서 구부러진다는 것을 알아차렸다. 그 지방을 잘 알고 있는 페레스가 우리를 따라잡으려고 지름길로 접어든 것임을 알 수 있었다. 길이 구부러지는 곳에서 그는 우리와 다시 만났다. 그랬다가 또 보이지 않았다. 그는 다시 벌판을 가로질러 갔고, 그러기를 여러 번 되풀이했다. 나는 관자놀이에서 피가 뛰는 것을 느꼈다.

　그다음에는 모든 것이 어쩌나 신속하고 확실하고 또 자연스럽게 진행되었는지 더 이상 아무것도 기억나지 않는다. 다만 한 가지, 마을 어귀에서 담당 간호사가 나에게 말을 건넸던 것이 기억난다. 그녀는 얼굴과는 어울리지 않는 기이한 목소리, 감미롭고 떨림이 있는 목소리를 갖고 있었다. 그녀가 말했다. "천천히 가면 일사병에 걸리기 쉽고 너무 빨리 가면 땀을 많이 흘려서 성당 안에 들어가선 오한이 나요." 그 말이 옳았다. 빠져나갈 길이 없는 것이었다. 그 밖에 그날의 광경들이 몇 가지 머릿속에 남아 있다. 가령 마을 근처에서 마지막으로 우리를 따라잡았을 때의 페레스의 얼굴. 흥분과 힘겨움으로 인해 굵은 눈물이 그의 뺨을 적시고 있었다. 그러나 주름살 때문에 흘러내리지는 않았다. 눈물 줄기들은 퍼졌다가 한데 모였다가 하면서 그 허물어진 얼굴 위에서 니스 칠을 해 놓은 듯 번들거렸다. 그리고 생각나는 것은 성당, 보도 위에 서 있던 마을 사람들, 묘지의 무덤 위에 놓인 붉은 제라늄 꽃들, 페레스의 기절,(마치 무슨 꼭두각시가 해체되어 쓰러지는 것 같았다.) 엄마의 관 위로 굴러떨어지던 핏빛 흙, 그 속에 섞여 들던 나무뿌리의 허연 살, 그리고 또 사람들, 목소리들, 마을, 어느 카페 앞에서의 기다림, 끊임없이 부르릉거리는 모터 소리, 그리

고 마침내 버스가 알제라는 빛의 둥지 속으로 돌아오고 그리
하여 이제는 잠자리에 들어 열두 시간 동안 실컷 잘 수 있겠구
나 하고 생각했을 때 내가 느꼈던 기쁨이었다.

2

잠에서 깨어나자 나는, 이틀 동안의 휴가를 청했을 때 사장이 왜 못마땅한 기색을 보였는지 깨달았다. 오늘이 토요일인 것이다. 나는 말하자면 그것을 잊고 있었던 것인데, 잠자리에서 일어나면서 문득 그 생각이 떠오른 것이다. 당연히 사장은, 그렇게 되면 내가 일요일까지 합쳐서 나흘이나 쉬게 될 거라고 생각했고, 그게 마음에 들지 않았던 것이다. 그러나 한편으로 엄마의 장례식을 오늘 치르지 않고 어제 치른 것은 내 탓이 아니고, 또 다른 한편으로 나는 어차피 토요일과 일요일엔 쉬었을 것이었다. 물론 그렇다고 해서 사장이 이해되지 않는 것은 아니다.

어제 하루의 일로 피곤했기 때문에 잠자리에서 일어나기가 힘들었다. 면도를 하면서 오늘 무엇을 할까 생각하다가 수영을 하러 가기로 했다. 나는 전차를 타고 항구 해수욕장으로 갔다. 그리고 거기서 바닷물 속으로 뛰어들었다. 젊은이들이 많았다. 나는 물속에서 마리 카르도나를 만났다. 전에 같은 사무실에서 일했던 타이피스트인데 당시 나는 그녀를 가지고 싶은 마음이 있었다. 그녀 역시 그런 것 같았다. 그러나 얼마 안 돼 그녀가 회사를 그만두는 바람에 우리는 그럴 시간이 없었다. 나는 그녀가 부표 위로 기어오르는 것을 거들어 주었고, 그러다가 그녀의 젖가슴을 스쳤다. 나는 아직 물속에 있는데 그녀는 벌써 부표 위에서 바닥에 배를 대고 엎드렸다. 그녀는 나에게로 몸을 돌렸다. 머리카락이 눈 위로 흘러내린 채 웃고 있었다. 나는 부표 위 그녀의 곁으로 기어올랐다. 날씨가 기분 좋았고, 나는 장난하는 척하며 머리를 뒤로 젖혀 그녀의 배를 베었다. 그녀가 아무 말도 하지 않기에, 나는 그러고 가만있었다. 온 하늘이 내 눈 가득 들어왔다. 하늘은 파랗고 황금빛이 돌았다. 나는 목덜미 아래에서 마리의 배가 천천히 오르락내리락하는 것을 느끼고 있었다. 우리는 살짝 잠이 든 채로 오랫동안 부표 위에 머물러 있었다. 햇볕이 너무 뜨거워지자 마리가 물속으로 뛰어들었고 나도 그녀의 뒤를 따랐다. 나는 그녀를 따라잡아 그녀의 허리를 감싸 안았고, 우리는 같이 헤엄을 쳤다. 마리는 줄곧 웃고 있었다. 항구의 둑 위로 올라가서 몸을 말리는 동안 그녀가 나에게 말했다. "당신보다 내가 더 탔는데요." 나는, 저녁에 영화 보러 가지 않겠느냐고 그녀에게 물어보았다. 그녀는 웃으면서 페르낭델[2]이 나오는 영화를 보고 싶

---

2) Fernandell(1903~1971). 본명은 페르낭 콩탕댕(Fernand Contandin). 20세기 프랑스 영화계의 유명한 희극 배우.

다고 말했다. 우리 둘이 옷을 다 입었을 때, 마리는 내가 검은 넥타이를 맨 것을 보고 매우 놀란 것 같았고 상중이냐고 물었다. 나는 엄마가 죽었다고 대답했다. 언제 상을 당했는지 그녀가 알고 싶어 하기에, 나는 "어제."라고 대답했다. 그녀는 약간 흠칫했지만, 아무런 지적도 하지 않았다. 나는 그건 내 탓이 아니라고 말하고 싶었으나, 사장에게 이미 그 말을 했다는 게 생각나서 그만두었다. 그건 무의미한 일이었다. 어차피 사람이란 언제나 약간 잘못이 있게 마련이니까.

저녁때 마리는 이미 모든 걸 잊고 있었다. 영화는 때때로 웃기기도 했지만 정말이지 너무 바보 같았다. 마리는 다리를 내 다리에 딱 붙이고 있었다. 나는 그녀의 젖가슴을 어루만졌다. 영화가 끝날 무렵 그녀에게 키스를 했는데 서투르게 되고 말았다. 영화관을 나와 그녀는 내 집으로 왔다.

눈을 떴을 땐, 마리는 가고 없었다. 그녀는 아주머니한테 가야 한다고 내게 설명했었다. 일요일이라고 생각하자 나는 따분한 기분이 되었다. 일요일을 좋아하지 않아서다. 그래서 나는 잠자리로 돌아가 마리의 머리카락이 남긴 소금기 냄새를 베개 속에서 더듬다가 10시까지 잤다. 그러고는 12시까지 계속 침대에 누워서 담배를 피웠다. 나는 여느 때처럼 셀레스트네 식당에 가서 점심을 먹고 싶지 않았다. 왜냐하면 틀림없이 사람들이 여러 가지 질문을 할 텐데 나는 그게 싫었기 때문이다. 나는 계란을 몇 개 익혀서, 빵도 없이 접시에다 입을 대고 먹었다. 빵이 떨어졌으나 사러 내려가기가 싫었기 때문이다.

점심을 먹고 나자 좀 심심해져서 나는 아파트 안에서 어정 거렸다. 엄마가 함께 살 때는 알맞은 아파트였다. 그러나 지금 의 나에겐 너무 커서 식당의 테이블을 내 방으로 옮겨다 놓을 수밖에 없었다. 나는 이제 내 방에서만 지낸다. 바닥이 약간 꺼진 밀짚 의자들, 거울이 누렇게 변색된 옷장, 화장대, 구리 침대 사이에서 말이다. 그 밖의 것들은 모두 방치돼 있다. 잠 시 후 나는 무엇이든 해야겠기에 옛날 신문을 한 장 들고 읽었 다. 거기서 크뤼셴 소금 광고[3]를 오려서, 신문에 난 재미있는 것들을 모아 두는 낡은 공책에다 풀로 붙였다. 나는 손을 씻고 마침내는 발코니에 나가 앉았다.

내 방은 변두리의 간선 도로에 면해 있다. 오후엔 날씨가 좋 았다. 그러나 보도는 눅진눅진했고, 행인들은 드물고 걸음도 빨랐다. 우선 산책하러 가는 가족들이 지나갔다. 사내아이 둘 은 세일러복 상의와 무릎 밑까지 내려오는 반바지 차림으로, 뻣뻣한 옷 속에서 거동이 좀 거북해 보였고, 계집아이는 커다 란 분홍색 리본을 달고 에나멜 구두를 신고 있었다. 그 뒤로는 밤색 비단옷을 입은 엄청나게 뚱뚱한 어머니와, 전에 본 적이 있는 키가 작고 비쩍 마른 남자가 지나갔다. 그는 밀짚모자를 쓰고 나비넥타이를 매고 손에는 단장을 짚고 있었다. 아내와 함께 지나가는 그를 보면서, 나는 동네에서 사람들이 왜 그를 보고 점잖은 사람이라고 하는지 알 수 있었다. 조금 뒤에 변두

3) 1920~1930년대 프랑스에서 과장된 광고를 통해(알제리의 경우《에코 달제(L'Echo d'Alger)》신문에서) 건강에 좋다고 널리 알려졌던 영국제 소금.

리 젊은이들이 지나갔다. 머리에는 기름을 반지르르하게 바르고, 붉은 넥타이를 매고, 허리가 잘록한 양복저고리에 수놓은 장식 손수건을 꽂고, 코가 모난 구두를 신은 젊은이들이었다. 나는 그들이 시내 영화관에 가겠거니 생각했다. 그렇기 때문에 그렇게 일찌감치 길을 나서서 큰 소리로 웃어 대며 서둘러 전차를 타러 가는 것이었다.

그들이 지나간 뒤로는 길에 점점 인적이 드물어졌다. 아마 도처에서 공연들이 시작된 모양이었다. 이제 길에는 가게를 보는 주인들과 고양이들뿐이었다. 길가에 늘어선 무화과나무들 위로 보이는 하늘은 맑았으나 선명하지 않았다. 맞은쪽 보도에는, 담배 가게 주인이 의자를 문 앞에 내다 놓고, 등받이 위에 두 팔을 얹고 거꾸로 타고 앉았다. 조금 전에는 초만원이었던 전차들도 이제는 거의 비어 있었다. 담배 가게 옆의 조그만 카페 '피에로'에서는 종업원이 텅 빈 가게 안을 톱밥을 뿌려서 쓸고 있었다. 그야말로 일요일이었다.

나는 의자를 돌려서 담배 가게 주인의 의자처럼 해 놓았다. 그게 더 편리하다고 생각되었기 때문이다. 나는 담배를 두 대 피웠고, 안에 들어가 초콜릿을 한 조각 꺼내 가지고 다시 창가로 나와서 먹었다. 얼마 안 있어 하늘이 점점 어두워졌고, 나는 여름 소나기가 퍼붓겠다고 생각했다. 그러나 하늘은 차츰 맑아졌다. 그래도 구름이 지나가면서 길 위에 비의 전조와도 같은 것을 남겨 놓아 길은 한층 더 어둑했다. 나는 오랫동안 자리에 남은 채 하늘을 바라보았다.

5시에 전차들이 소리를 내며 도착했다. 교외의 경기장으로부터, 발판이며 난간에까지 다닥다닥 올라선 구경꾼들을 다시 싣고 돌아오는 것이었다. 그다음 전차들은 운동선수들을 싣고 왔다. 그들 손에 들린 작은 가방들을 보면 운동선수들이라는 것을 알 수 있었다. 그들은 자기네 팀은 결코 패하지 않을 것이라고 목이 터지도록 고함치고 노래를 불렀다. 그중 여럿이 나에게 손짓을 했다. 하나는 "우리가 이겼어." 하고 나에게 소리치기까지 했다. 그래서 나는 머리를 끄덕여 "그럼." 했다. 그때부터 차들이 밀리기 시작했다.

해가 조금 기울었다. 지붕들 위로 하늘이 불그레하게 물들었고, 저녁이 가까워지면서 길거리는 활기를 띠었다. 산책 나갔던 사람들이 차츰 돌아오고 있었다. 나는 그들 속에서 그 점잖다는 사람을 알아보았다. 어린애들은 울거나 손목을 잡힌 채 끌려오고 있었다. 거의 동시에 동네의 영화관들이 관람객들을 길로 쏟아 냈다. 그들 가운데 젊은이들은 태도가 여느 때보다 더 결연해 보여서 나는 그들이 모험 영화를 보고 나오는구나 생각했다. 시내 중심가의 영화관에서 돌아오는 사람들은 조금 뒤에 도착했다. 그들의 표정은 좀 더 심각해 보였다. 아직 웃고 있긴 했지만 가끔씩 피로하고 생각에 잠긴 얼굴이었다. 그들은 가지 않고 남아서 맞은쪽 인도에서 왔다 갔다 했다. 동네의 젊은 아가씨들이 머리에 아무것도 쓰지 않은 채 서로 팔을 끼고 서 있었다. 청년들이 일부러 그 옆으로 지나쳐 가면서 농을 걸었고 여자들은 고개를 돌리고 웃어 댔다. 그중 내가 아는 몇몇 아가씨들은 나에게 손짓을 했다.

그때 갑자기 가로등이 켜졌고, 어둠 속에 떠오르던 초저녁

별들이 그 때문에 흐릿해졌다. 나는 그처럼 온갖 사람들과 불빛이 가득한 보도를 바라보느라고 그만 눈이 피로해지는 것을 느꼈다. 가로등 불빛에 젖은 보도가 번들거렸고, 전차들이 일정한 간격을 두고 지나가면서 빛나는 머리털, 웃음 띤 얼굴, 혹은 은팔찌 위에 그림자를 던졌다. 얼마 후, 전차들이 점점 뜸해지고 벌써 캄캄해진 밤이 나무들과 가로등 위에 내려앉으면서 동네가 어느 틈엔가 텅 비어 버리자 마침내 첫 번째 고양이가 나타나 다시 인적이 끊긴 거리를 천천히 가로질러 갔다. 그러자 나는 저녁을 먹어야겠다는 생각을 했다. 오랫동안 의자 등받이에 턱을 괴고 있었기 때문에 목이 좀 아팠다. 나는 내려가서 빵과 파스타를 좀 사 왔고, 음식을 만들어 선 채로 먹었다. 창가에 가서 담배를 한 대 피우려 했으나, 공기가 선선해져서 좀 추웠다. 나는 창문을 닫았고, 방 안으로 돌아오다가 거울 속에 알코올램프와 빵 조각이 함께 놓여 있는 테이블 한끝이 비친 것을 보았다. 나는, 언제나 다름없는 일요일이 또 하루 지나갔고, 이제 엄마의 장례가 끝났고, 나는 다시 일을 하러 나갈 것이고, 그러니 결국 달라진 것은 아무것도 없다는 생각을 했다.

3

오늘 나는 사무실에서 일을 많이 했다. 사장은 친절하게 대해 주었다. 그는 나에게 너무 피곤하지 않은가 물었고, 그 역시 엄마의 나이를 알고 싶어 했다. 나는 틀리게 대답하지 않으려고 "한 예순쯤."이라고 말했는데, 왜 그런지는 알 수 없으나 사장은 마음이 놓인다는 표정을 지으면서 다 끝난 일이라고 여기는 것 같았다.

내 책상 위에는 선하 증권이 잔뜩 쌓여 있었고, 나는 그걸 모두 자세하게 검토하지 않으면 안 되었다. 점심을 먹으러 사무실을 나오기 전에 나는 손을 씻었다. 정오, 나는 이 시간을 좋아한다. 저녁은, 회전식 수건이 완전히 젖어 있어서 기분이 덜 좋다. 온종일 사용한 것이기 때문이다. 언젠가 나는 사장에게 그 점을 지적한 적이 있다. 사장은, 자기도 그 점을 유감스럽게 생각하지만 그래도 그것은 지엽적인 작은 일이라고 대답했다. 나는 조금 늦은 12시 반에, 발송과에 근무하는 에마뉘엘과 함께 밖으로 나왔다. 사무실이 바다 쪽을 향해 자리 잡고 있어서, 우리는 태양이 이글이글 내리쬐는 항구의 화물선들을 바라보는 데 한동안 정신이 팔려 있었다. 바로 그때 트럭한 대가 쇠사슬 소리와 폭발음을 요란스럽게 내면서 달려왔다. 에마뉘엘이 나에게 "잡아탈까?" 하고 묻기에 나는 달음박질치기 시작했다. 트럭이 우리를 지나쳐 버렸고, 우리는 그 뒤를 쫓아 내달렸다. 나는 소음과 먼지 속에 묻혀 버렸다. 내 눈에는 아무것도 보이지 않았고, 다만 권양기(捲揚機)며 또 다른 기계들, 수평선 위에서 춤추는 돛대들, 우리 옆에 늘어선 선체들 한가운데를 달릴 때의 그 어지러운 흥분만이 느껴졌다. 내가 먼저 달리는 트럭에 발을 걸치고 재빨리 뛰어올랐다. 그러곤 에마뉘엘이 올라앉는 것을 거들어 주었다. 우리는 숨이 턱 끝에 닿아 있었고, 트럭은 부두의 고르지 못한 포도 위를, 먼지와 땡볕 속에서 덜컥거리며 달렸다. 에마뉘엘은 숨이 넘어갈 듯이 웃어 댔다.

우리는 땀에 흠뻑 젖은 채 셀레스트네 식당에 도착했다. 언제나 다름없이 셀레스트는 뚱뚱한 배에다 앞치마를 두른 채 흰 콧수염을 달고 거기에 있었다. 그는 나에게 "그래도 잘 지냈지?" 하고 물었다. 나는 그렇다고, 그리고 배가 고프다고 말했다. 나는 얼른 식사를 하고 나서 커피를 마셨다. 그러고 나서 집으로 돌아와 잠을 좀 잤다. 포도주를 너무 많이 마셨던 것이다. 잠에서 깨니 담배를 피우고 싶었다. 늦었기 때문에 뛰어가서 전차를 탔다. 오후 내내 나는 일을 했다. 사무실 안은 몹시 더웠다. 그래서 저녁에 퇴근해 부둣가를 따라 천천히 걸어 돌아오는 것이 행복했다. 하늘은 초록빛이었고 나는 기분이 좋았다. 그래도 나는 곧장 집으로 돌아왔다. 삶은 감자 요리를 해 먹고 싶었던 것이다.

컴컴한 층계를 올라가다가, 나와 같은 층에 사는 이웃인 살라마노 영감과 마주쳤다. 영감은 개를 데리고 있었다. 팔 년 전부터 영감은 볼 때마다 늘 개와 함께 있었다. 그 스패니얼 품종의 개는 무슨 피부병에 걸려 있었다. 습진인 것 같았다. 그 때문에 털이 거의 다 빠지고 온몸이 갈색의 반점과 딱지투성이였다. 그 개와 단둘이 조그만 방에서 오랫동안 지내다 보니 살라마노 영감은 마침내 개를 닮고 말았다. 그의 얼굴에는 불그스름한 딱지들이 있고, 털은 누렇고 듬성듬성하다. 한편 개는 주인에게 구부정한 자세를 배웠는지 주둥이는 앞으로 나오고 목은 굳어 있었다. 그들은 한 종족인 것 같은데, 서로를 미워한다. 하루에 두 번씩, 11시와 오후 6시에 영감은 개를 데리고 나와서 산책을 시킨다. 팔 년 동안 그들은 한 번도 산책 코스를 바꾼 적이 없다. 언제나 리옹가를 따라가는 그들을 볼 수 있는데, 개가 늙은이를 끌고 가다가는 기어코 살라마노 영감의 발이 걸리고 만다. 그러면 영감은 개를 때리고 욕을 퍼붓는다. 개는 무서워서 설설 기며 끌려간다. 이번에는 영감이 개를 끌고 갈 차례다. 개가 그걸 잊어버리고 또다시 앞서서 주인을 끌어당기면 또 매를 맞고 욕을 먹는다. 그때는 둘이 다 멈춰 서서, 개는 공포에 떨며, 주인은 미움에 떨며 서로 노려본다. 매일매일 그 모양이다. 개가 오줌을 싸고 싶어 해도 영감이 그럴 시간을 주지 않고 끌어당기니까, 스패니얼 개는 오줌 방울을 찔끔찔끔 흘리면서 따라간다. 어쩌다가 개가 방 안에서 오줌을 싸면 또 매를 맞는다. 그렇게 지낸 것이 팔 년째다. 셀레스트는 늘 "딱하기도 하지." 하고 말하지만 사실 그건 아무도 알 수 없는 일이다. 내가 층계에서 살라마노와 마주쳤을 때, 그는 개에게 욕지거리를 퍼붓는 중이었다. "못된 놈! 망할 놈!" 하고 그는 야단을 쳤고 개는 끙끙거렸다. "안녕하세요?" 하고 내가 인사를 해도 영감은 여전히 욕지거리를 해 댔다. 그래서 나는 개가 무슨 짓을 했느냐고 물었다. 대답이 없었다. 영감은 그저 "못된 놈! 망할 놈!" 하고 말할 뿐이었다. 영감은 개에게 몸을 굽히고 있었는데, 목줄의 무엇인가를 고쳐 주고 있다는 것을 짐작할 수 있었다. 나는 좀 더 큰 소리로 말해 보았다. 그제야 그는 고개도 돌리지 않은 채 억지로 화를 참는 목소리로 "이놈이 늘 이렇게 버티는 거예요." 하고 대꾸했다. 그러고는 개를 잡아끌고 가 버렸다. 개는 네발로 질질 끌려가면서 끙끙거렸다.

바로 그때, 나와 같은 층에 사는 또 다른 이웃 사람이 들어왔다. 동네에서는 그가 여자들을 등쳐 먹고 산다고들 한다. 그러나 직업이 뭐냐는 질문을 받으면 그의 대답은 '창고 감독'이다. 대체로 그는 사람들에게 전혀 호감을 얻지 못하고 있다. 그러나 그는 나에게 곧잘 말도 걸고, 또 내가 자기 말을 들어 주니까 가끔 내 방에 잠깐씩 들르기도 한다. 나는 그가 하는 이야기가 재미있다고 생각한다. 사실 내가 그와 말을 하지 말아야 할 이유는 하나도 없다. 그의 이름은 레몽 생테스다. 그는 키가 상당히 작고 어깨가 딱 벌어지고 코는 마치 권투 선수의 코 같다. 옷차림은 언제나 매우 반듯하다. 그 역시 살라마노 이야기를 하며 "딱하지 뭐예요!" 하고 말했다. 그 꼴을 보면 역겹지 않으냐고 그가 묻기에 나는 아니라고 대답했다.

층계를 다 올라와서 막 헤어지려 할 때 그가 나에게 말했다. "우리 집에 순대랑 포도주가 있는데, 한 조각 같이 할래요?" 나는 그러면 끼니를 준비하지 않아도 된다는 생각에 좋다고 했다. 그 집 역시 창문 없는 부엌이 딸린 방 하나뿐이다. 그의 침대 머리 위에는 흰색과 분홍색 석고로 만든 천사상과 챔피언들의 사진들과 여자의 나체 사진 두세 장이 붙어 있다. 방 안은 더럽고 침대는 어질러져 있었다. 그는 먼저 석유램프를 켠 다음, 호주머니에서 상당히 지저분한 붕대 하나를 꺼내어 오른손을 싸매었다. 내가 어떻게 된 거냐고 물었다. 그는 어떤 녀석이 시비를 걸어서 주먹다짐이 있었다고 했다.

"그건 말이죠, 뫼르소 씨." 하고 그가 말했다. "내가 못된 놈이라서가 아니라 참지 못하는 성미라서 그래요. 그 녀석이 나한테, '네가 남자라면 전차에서 내려.' 그러더란 말이에요. 나는 '가만 좀 있지그래.' 하고 말했지요. 녀석이 나더러 남자답지 못하다고 합디다. 그래서 나는 전차에서 내려서 말했어요. '그만하는 게 좋을걸. 그렇지 않으면 본때를 보여 줄 테니.' '무슨 본때?' 하고 녀석이 대꾸를 하더군요. 그래서 한 대 먹였죠. 그랬더니 나자빠지더군요. 일으켜 주려고 했어요. 그런데 녀석이 땅에 자빠진 채 발길질을 하는 거예요. 그래 무릎으로 한 방, 주먹으로 두 방을 먹였지요. 녀석의 얼굴이 피투성이가 되었어요. 내가 그 녀석에게 이제 됐냐고 물었죠. 녀석은 '됐다.' 고 하더군요." 말을 하면서 생테스는 줄곧 붕대를 매만졌다. 나는 침대에 앉아 있었다. 그는 다시 말을 이었다. "보다시피, 내가 시비를 건 게 아니었어요. 그 녀석이 함부로 대든 거지." 그건 사실이었고 그래서 나도 그렇다고 인정했다. 그러자 그는 마침 나에게 그 문제에 대해서 도움말을 구하고 싶었는데, 내가 남자다운 데다 세상 물정을 잘 알고 있으니 자기를 도와줄 수 있을 거라면서, 그래 준다면 자기는 내 친구가 되겠다고 말했다. 나는 아무런 대답도 하지 않았다. 그는 또다시 나에게 자기와 친구가 되고 싶으냐고 물었다. 내가 아무래도 좋다고 말했더니 그는 만족해하는 눈치였다. 그는 순대를 꺼내서 프라이팬에다가 굽고는 컵, 접시, 포크, 나이프와 포도주 두 병을 늘어놓았다. 그러는 동안 그는 아무 말도 하지 않았다. 그러고 나서 우리는 자리를 잡고 앉았다. 먹으면서 그는 자초지종을 이야기하기 시작했다. 처음에는 약간 망설였다. "내가 어떤 여자를 알게 되었는데…… 말하자면 내 정부였죠." 그와 싸움을 한 사내는 그 여자의 오빠였다. 그는 자기가 그 여자를 먹여 살렸다고 했다. 나는 아무런 대꾸도 하지 않았는데, 그는 얼른 덧붙이기를, 동네 사람들이 뭐라는지 알고 있지만 자신은 양심에 거리낄 것이 조금도 없고, 자기 직업은 창고 감독이라고 했다.

"아까 하던 얘기로 돌아가자면." 그가 말했다. "어딘가 속임수가 있다는 사실을 알게 되었어요." 그는 여자에게 꼭 먹고살만큼만 돈을 대 주고 있었다. 그는 손수 여자의 방세를 치렀고,

그녀에게 식비로 하루에 20프랑씩을 주었다. "방세 300프랑, 식비 600프랑, 이따금 스타킹도 한 켤레씩 사 주고, 그러다 보니 한 1000프랑 들었지요. 그런데도 마님께선 일을 하지 않았죠. 그러고선 한다는 소리가, 그걸로는 빠듯하고, 내가 대 주는 걸로는 생활이 안 된다는 거였어요. 그렇지만 난 이렇게 말하곤 했어요. '왜 반나절만이라도 일을 안 하는 거지? 그러면 온갖 자잘한 비용 부담은 덜 텐데. 이달에는 옷도 한 벌 사 줬고, 하루에 20프랑씩 용돈도 주고 방세도 내 주는데, 넌 오후면 친구들과 커피를 마시지. 넌 친구들에게 커피와 설탕을 내바치지만 돈은 내가 줘. 난 너한테 잘해 줬는데 넌 제대로 보답을 않고 있잖아.' 그래도 그 여자는 일은 하지 않고, 생활이 안 된다는 소리만 해 대는 거였어요. 그러는 중에 어딘가 속임수가 있다는 걸 내가 알게 된 거죠."

그는 여자의 핸드백에서 복권 한 장을 발견했는데, 여자가 그걸 어떻게 샀는지 해명하지 못하더라고 말했다. 얼마 뒤 그는 여자의 방에서 '증거물'로서 전당표를 한 장 발견했고, 그걸 보면 그녀가 팔찌 두 개를 잡힌 것이 분명했다. 그때까지 그는 그 팔찌들이 있는 줄도 모르고 있었다. "나는 속임수가 있다는 것을 확실히 알았어요. 그래서 그 여자와 헤어졌어요. 그러나 먼저 그년을 두들겨 패 줬지요. 그러고 나서 그녀의 실상을 다 말해 줬어요. 네가 바라는 건 오로지 네 그걸 가지고 재미 보는 거, 바로 그것뿐이라고 말했어요. 내 말 이해하시겠죠, 뫼르소 씨, 난 이렇게 말했어요. '세상 사람들은 내가 너한테 주는 행복을 부러워하는데 넌 그걸 몰라. 나중에 가서야 네가 누렸던 행복을 깨닫게 될 테니, 두고 봐.'"

그는 무자비하게 여자를 두들겨 패 줬다. 그전에는 그녀를 때리지 않았다. "손찌검을 해도, 말하자면 부드럽게 했어요. 그러면 그녀는 약간 소리를 지르곤 했지요. 나는 덧문을 닫았고 그러면 늘 그렇듯 일은 거기서 끝나는 거였어요. 그렇지만 이번엔 심각해요. 그런데 나로서는 그녀를 속 시원하게 혼내 주지 못했거든요."

그때 그는 나에게, 바로 그렇기 때문에 도움말이 필요한 것이라고 설명했다. 그는 말을 중단하고 그을음이 나는 램프의 심지를 조절했다. 나는 여전히 그의 말을 듣고만 있었다. 거의 1리터나 되는 포도주를 마셨기 때문에 관자놀이가 몹시 뜨거웠다. 내 담배가 떨어져서 나는 레몽의 담배를 피우고 있다. 마지막 전차들이 지나가며, 이제는 아득하게 들리는 변두리의 소음들을 실어 가고 있었다. 레몽이 말을 이었다. 이제 그에게 문제는, '아직도 그녀와의 섹스에 미련이 남아 있다는 점'이었다. 그러나 그는 그녀를 혼내 주고 싶었다. 그는 우선 그녀를 호텔로 오게 해 놓고, '풍기 단속반'을 불러다가 추문을 일으켜서 매춘부로 점 찍히게 하려 했었다. 그다음으로 그의 뒷골목 친구들과 상의해 봤지만 그들은 아무런 제안도 내놓지 못했다. 사실 레몽이 내게 지적했듯이, 뒷골목 세계에 몸담았다면 그래도 뭔가 다른 데가 있는 법이었다. 레몽이 그들에게 그 말을 하자 그들은 여자에게 '낙인'을 찍어 버리는 게 어떻겠냐고 했다. 그러나 그건 그가 바라는 바가 아니었다. 그는 좀 더 곰곰이 생각해 볼 참이었다. 그러나 먼저 나에게 한

가지 부탁하고 싶은 것이 있었다. 그런데 그 부탁을 하기 전에, 그 이야기를 내가 어떻게 생각하는지 알고 싶어 했다. 나는, 거기에 대해선 아무 생각도 없었지만, 재미있는 이야기라고 대답했다. 그는 뭔가 속임수가 있다고 생각하느냐고 물었고 내가 볼 때 과연 속임수가 있는 것 같았다. 그 여자를 혼내 주어야 한다고 생각하느냐, 그렇다면 나 같으면 어떻게 하겠느냐고 그가 묻기에 나는, 그건 결코 알 수 없는 일이지만 여자를 혼내 주고 싶어 하는 그의 기분은 이해할 수 있다고 말했다. 나는 또 포도주를 조금 마셨다. 그는 담배에 불을 붙이고 나서 자기의 생각을 털어놓았다. 그는 여자에게 '그녀를 걷어차 버리는, 그러면서도 동시에 여자가 후회하도록 만드는' 그런 편지를 보내고 싶었다. 그런 다음에 여자가 돌아오게 되면, 그때는 여자와 잠자리를 같이하고는 '막 끝나려 할 때' 여자의 낯짝에다 침을 뱉고 밖으로 내쫓아 버린다는 것이었다. 내가 보기에 과연 그렇게 하면 여자에게는 징계가 될 것 같았다. 그러나 레몽은 자신이 적절한 편지를 쓸 능력이 못 되는 것 같아서 편지 내용을 작성하는 일 때문에 내 생각을 했던 것이라고 했다. 내가 아무 대답도 하지 않자 그는 나에게, 지금 당장 그 편지를 쓰는 건 귀찮겠냐고 물었고 나는 아니라고 대답했다.

그러자 그는 포도주를 한 잔 마시고 일어섰다. 그는 접시들과 먹다 남은 얼마 안 되는 식은 순대를 한옆으로 밀어 놓았다. 그리고 방수포 식탁보를 정성스럽게 닦았다. 이어서 그는 나이트 테이블 서랍에서 바둑판 무늬 종이 한 장과 노란 봉투와 붉은 나무로 된 작은 펜대와 보랏빛 잉크가 든 네모난 병을 꺼냈다. 그가 말하는 여자의 이름을 들어 보니 무어 여자라는 것을 알 수 있었다. 나는 편지를 썼다. 약간 무턱대고 쓰기는 했지만, 그래도 레몽의 마음에 들도록 힘썼다. 왜냐하면 레몽의 마음에 들도록 하지 않을 까닭이 없었기 때문이다. 그리고 나는 큰 소리로 편지를 읽었다. 그는 담배를 피우며, 머리를 끄덕거리며, 듣고 있더니, 다시 한번 읽어 달라고 청했다. 그는 매우 마음에 들어 했다. "난 네가 세상 물정에 밝다는 것을 알고 있었어." 그가 말했다. 나는 처음엔 그가 나에게 반말을 하고 있다는 것을 알아차리지 못했다. 그가 "이제 넌 진짜 친구야."라고 했을 때에야 비로소 그 말이 놀랍게 들렸다. 그는 거듭 그 말을 했고, 나는 "그래." 하고 대답했다. 그의 친구가 되는 건 내겐 아무래도 상관없는 일이었는데, 그는 정말로 그렇게 되기를 바라는 것 같았다. 그는 편지를 봉했고, 우리는 남은 포도주를 마저 마셨다. 그러고는 잠시 서로 말없이 담배만 피웠다. 밖은 모든 것이 고요했고 미끄러지듯 지나가는 자동차 소리가 들렸다. "시간이 늦었군." 하고 내가 말했다. 레몽의 생각도 그랬다. 그는 시간이 빨리 간다고 말했는데, 어떤 의미로 그건 사실이었다. 나는 졸렸지만 일어서기가 힘들었다. 내가 피곤해 보였던지, 레몽은 나에게 자포자기하면 안 된다고 말했다. 처음엔 나는 무슨 말인지 알아차리지 못했다. 그러자 그가 엄마의 사망 소식을 들었다면서, 그러나 그것은 어차피 언젠가는 당할 일이었다고 설명했다. 내 생각도 마찬가지였다.

내가 일어서자 레몽은 나의 손을 꽉 쥐고 악수하며, 사나

이들끼리는 언제나 뜻이 통한다고 말했다. 그의 집을 나선 뒤 나는 문을 닫고 어둠 속의 층계참에 잠시 서 있었다. 건물 안은 고요했고, 계단통의 저 깊숙한 밑바닥으로부터 으스스하고 축축한 바람이 올라오고 있었다. 귓전에 나 자신의 맥박이 웅웅대며 뛰는 소리만 들렸다. 나는 그냥 우두커니 서 있었다. 그러나 살라마노 영감 방에서는 개가 나직이 끙끙거렸다.

4

한 주일 내내 나는 일을 많이 했다. 레몽이 찾아와서 편지를 보냈노라고 말했다. 나는 에마뉘엘과 함께 영화 구경을 두 번 갔는데, 그는 가끔 스크린 위에서 벌어지는 내용이 무엇인지 이해하지 못했다. 그러면 그에게 설명을 해 줘야 한다. 어제는 토요일이었고 약속했던 대로 마리가 왔다. 나는 그녀에게 격한 욕정을 느꼈다. 그녀가 붉은색과 흰색의 줄무늬가 있는 아름다운 옷을 입고 가죽 샌들을 신고 있었기 때문이다. 단단한 젖가슴의 윤곽이 완연히 드러나 보였고, 햇볕에 그을어 갈색이 된 얼굴이 꽃처럼 아름다웠다. 우리는 버스를 타고 알제에서 몇 킬로미터 떨어진 곳으로, 좌우에는 바위가 솟고 육지 쪽으로는 갈대가 우거진 바닷가로 나갔다. 4시의 태양은 과히 뜨겁지 않았으나 물은 따뜻했고, 길게 퍼진 작은 물결이 나른하게 넘실거리고 있었다. 마리가 내게 놀이를 한 가지 가르쳐 주었다. 헤엄을 치며 파도의 물마루에서 물을 들이마셔서 입속에 거품을 가득 채운 다음 반듯이 누워서 하늘을 향해 그것을 내뿜는 것이다. 그러면 그것은 물거품 레이스를 만들면서 공중으로 사라지기도 하고 미지근한 보슬비가 되어 얼굴 위로 떨어지기도 하는 것이었다. 그러나 잠시 후에는 입속이 짠 소금기 때문에 얼얼했다. 그러자 마리가 다가와 물속에서 나에게 달라붙었다. 마리는 자기의 입을 나의 입에 갖다 대었다. 그녀의 혀가 나의 입술을 시원하게 식혀 주었다. 한동안 우리는 물결 속에서 뒹굴었다.

바닷가로 나와서 옷을 갈아입을 때, 마리는 빛나는 눈길로 나를 바라보았다. 나는 그녀에게 키스했다. 그 순간부터 우리는 더 이상 아무 말도 하지 않았다. 나는 그녀를 꼭 껴안았고, 우리는 급히 버스를 잡아타고 돌아와 방 안에 들어서는 즉시 침대로 뛰어들었다. 나는 창문을 열어 두었는데 여름밤이 갈색으로 그을린 우리의 몸 위로 흘러 들어오는 것을 느낄 수 있어 상쾌했다.

오늘 아침엔 마리가 가지 않고 있어서, 나는 점심을 같이 먹자고 했다. 나는 고기를 사러 내려갔다. 다시 올라올 때, 레몽의 방에서 여자 목소리가 들렸다. 조금 뒤에는 살라마노 영감이 개를 꾸짖는 소리가 들렸고, 나무 층계에서 구둣발 소리와 개가 발톱으로 긁는 소리가 났다. 이윽고 "못된 놈, 망할 놈!" 하는 소리가 들리더니 그들은 거리로 나갔다. 내가 영감의 이야기를 해 주자 마리가 웃었다. 그녀는 내 파자마를 입고 소매를 걷어 올리고 있었다. 그녀가 웃을 때 나는 또 그녀에게 욕정을 느꼈다. 조금 뒤에 마리는 나에게 자기를 사랑하느냐고 물었다. 그건 아무 의미도 없는 말이지만, 아닌 것 같다고 나는 대답했다. 마리는 슬픈 표정을 지었다. 그러나 점심을 준비하면서 그녀가 아무것도 아닌 일에 또 웃어 대서 나는 그녀에게 키스했다. 바로 그때 레몽의 방에서 말다툼 소리가 터져 나왔다.

먼저 날카로운 여자 목소리가 들리더니 이어서 레몽이 말하는 소리가 들렸다. "넌 날 무시했어, 넌 날 무시했어. 나를 무시하면 어떻게 되는지 가르쳐 주지." 하고 말하는 소리가 들렸다. 퍽퍽 소리가 나고 여자가 비명을 질렀는데 그 비명 소리가 어찌나 끔찍하게 들렸는지 금방 층계참 가득 사람들이 모여들었다. 마리와 나도 밖으로 나갔다. 여자는 여전히 소리를 질렀고 레몽은 여전히 두드려 팼다. 마리는 끔찍하다고 말했고 나는 아무 대꾸도 하지 않았다. 그녀는 나에게 가서 경찰을 불러오라고 했지만, 나는 경찰을 좋아하지 않는다고 말했다. 그러나 3층에 세 들어 사는 배관공과 함께 경찰이 한 명 들어왔다. 경찰이 문을 두드렸지만 이젠 아무 소리도 들리지 않았다. 경찰이 더 크게 문을 두드리자, 잠시 후 여자가 우는 소리가 들렸고, 레몽이 문을 열었다. 그는 입에 담배를 물고 짐짓 부드러운 표정을 짓고 있었다. 여자가 문으로 뛰어나와 경찰에게 레몽이 자기를 때렸다고 말했다. "이름이 뭐야?" 경찰이 물었다. 레몽이 대답했다. "말할 때는 입에서 담배를 빼." 경찰이 말했다. 레몽은 망설이다가 나를 쳐다보더니 담배를 빨아들였다. 그 순간 경찰이 두껍고 무거운 손바닥으로 레몽의 얼굴에 따귀를 한 대 호되게 올려붙였다. 담배가 몇 미터 저쪽으로 떨어졌다. 레몽은 안색이 변했지만 당장은 아무 말도 하지 않았다. 그러더니 공손한 목소리로 꽁초를 주워도 되겠냐고 물었다. 경찰은 그러라고 하면서, "그러나 다음부터는 경찰이 허수아비가 아니라는 걸 알아 두라고." 하고 덧붙였다. 그동안 여자는 줄곧 울면서, "이 사람이 날 때렸어요. 이 사람, 뚜쟁이예요." 하고 몇 번이나 말했다. 그러자 레몽이 물었다. "경찰관님, 법에 그렇게 되어 있나요, 남자에게 뚜쟁이라는 말을 해도 된다고요?" 그러나 경찰이 그에게 "닥쳐."라고 호통을 쳤다. 그러자 레몽은 여자에게 고개를 돌리고 말했다. "두고 봐, 요것아. 다시 볼 날이 있을 테니." 경찰은 레몽에게 닥치라고 한 다음, 여자는 가도 좋고, 레몽은 방으로 들어가서 경찰서에서 소환할 때까지 기다리라고 말했다. 그는 또 레몽에게, 그처럼 몸이 덜덜 떨리도록 술에 취했으면 부끄러운 줄 알아야 한다고 말했다. 그 말을 듣자 레몽은 설명을 했다. "경찰관님, 저는 취한 게 아닙니다. 다만, 경찰관님 앞에 서 있어서 떨리는 거죠. 어쩔 수 없는 겁니다." 그가 문을 닫았고, 모였던 사람들도 자리를 떴다. 마리와 나는 점심 준비를 마쳤다. 그러나 그녀는 식욕이 없어서 나 혼자서 거의 다 먹었다. 마리는 1시에 갔고 나는 잠을 조금 잤다.

3시경에 문 두드리는 소리가 나더니 레몽이 들어왔다. 나는 누워 있었다. 그는 내 침대가에 앉았다. 그는 한동안 말이 없었다. 나는 그의 일이 어떻게 된 것이냐고 물었다. 그는 말하기를, 계획대로 했는데 여자가 따귀를 때리기에 두들겨 패 준 것이라고 했다. 그 뒤의 일은 내가 목격한 대로였다. 나는 그에게, 여자가 혼이 났으니 이제 그는 흡족하겠다고 말했다. 그역시 같은 생각이었다. 그리고 그는, 경찰이 제아무리 뭐라고해도 여자가 이미 매를 맞은 것은 조금도 바꿀 수 없을 것이라고 지적했다. 그는 또 자기는 경찰이 어떤 사람들인지를 잘 알기에 그들을 어떻게 다루어야 하는지 안다고 덧붙였다. 그러고는, 경찰관이 따귀를 올려붙인 것에 자기가 응수하리라고기대했느냐고 물었다. 나는 아무 기대도 하지 않았고, 더군다나 나는 경찰을 좋아하지 않는다고 대답했다. 레몽은 매우 만족한 눈치였다. 그가 나에게 함께 외출하겠느냐고 물었다. 나는 일어나서 머리를 빗기 시작했다. 그는 내게 증인을 서 주어야겠다고 말했다. 나야 그건 아무래도 좋지만, 뭐라고 말을 해야 하는 것인지 알 수가 없었다. 레몽 말로는, 여자가 그를 무시했다고 말하기만 하면 된다는 것이었다. 나는 그의 증인을서 주기로 했다.

우리는 외출했고, 레몽이 내게 코냑을 한 잔 사 주었다. 그러고는 그가 당구를 한 판 치자고 했는데, 근소한 차이로 내가졌다. 그다음에 그는 창녀 집엘 가자고 했으나, 나는 그런 걸좋아하지 않는 까닭에 싫다고 했다. 그래서 우리는 천천히 집으로 돌아왔는데, 레몽은 정부를 혼내 줘서 얼마나 기분이 좋은지 모르겠다고 말했다. 그는 내게 아주 다정스럽게 구는 것같았고, 나는 즐거운 한때라는 생각을 했다.

멀리서 나는 흥분한 표정으로 문간에 서 있는 살라마노 영감을 알아보았다. 가까이 가 보니 그는 개를 데리고 있지 않았다. 그는 이리저리 사방을 두리번거리고, 제자리에서 빙글빙글 돌고, 컴컴한 복도를 노려보고, 두서없이 뭐라고 중얼거리는가 하면, 다시 그 충혈된 작은 눈으로 길거리를 뒤지듯 살펴보기 시작하는 것이었다. 레몽이 무슨 일이냐고 물어도 그는 얼른 대답하지 않았다. "못된 놈! 망할 놈!" 하고 중얼거리는 소리만이 어렴풋이 들렸고, 영감은 계속해서 어쩔 줄 모르고 서성거렸다. 내가 그에게 개는 어디 있느냐고 물었다. 그는 불쑥, 달아나 버렸다고 대답했다. 그러더니 갑자기 수다스럽게 이야기를 늘어놓았다. "오늘도 평소와 같이 '연병장'으로 녀석을 데리고 갔죠. 장터의 가건물들 근처에는 사람들이 많이 있었어요. '도주왕(逃走王)'을 구경하려고 잠시 멈췄다 돌아보니 그놈이 없어졌어요. 물론 벌써부터 좀 작은 목줄을 사 주려고 생각하고 있었지만, 그 망할 놈이 그렇게 없어져 버릴 거라고는 생각도 못했어요."

그러자 레몽이, 개가 길을 잃은 것일 수도 있으니 돌아올 것이라고 설명했다. 그는 수십 킬로미터를 걸어서 주인을 찾아온 개들의 예를 들어 보였다. 그랬는데도 영감은 더욱 흥분한 것 같았다. "하지만 놈을 잃고 말 거라고요, 알겠어요? 누가 그걸 갖다 길러 주기라도 한다면 또 모를까. 그러나 그건 불가능해요. 그렇게 딱지투성이인 걸 보면 누구나 다 질색할 거예요. 경찰이 잡아가고 말 겁니다. 틀림없어요." 그래서 나는 그에게 경찰서의 동물 보호소로 가 볼 필요가 있으며, 비용을 얼마간 내면 찾아올 수 있을 거라고 말해 주었다. 영감은 비용이 많이 드는지 물었다. 나는 알 수 없었다. 그러자 영감은 성을 내며

"그 망할 놈 때문에 돈을 내다니. 아아, 죽어 버리라지!"라고 말하고는 개에게 욕설을 퍼붓기 시작했다. 레몽은 웃으며 아파트 건물 안으로 들어갔다. 나도 그를 따라 들어갔고 우리는 같은 층의 층계참에서 헤어졌다. 조금 뒤에 영감의 발소리가 나더니 그가 내 방문을 두드렸다. 내가 문을 열자, 그는 잠시 문간에 서 있다가 말했다. "미안합니다, 미안합니다." 내가 안으로 들어오라고 권했지만 그는 들어오려고 하지 않았다. 그는 구두코만 내려다보고 있었고 딱지가 앉은 그의 두 손은 떨고 있었다. 나를 똑바로 보지 않은 채 그가 나에게 물었다. "나한테서 개를 빼앗아 가지는 않겠지요, 네, 뫼르소 씨? 돌려주겠지요? 안 돌려주면 난 어떻게 해요?" 나는 그에게, 동물 보호소에서는 주인이 찾아갈 수 있도록 사흘 동안 개들을 데리고 있다가, 그다음에는 적절한 방식으로 처분한다고 일러 주었다. 그는 아무 말 없이 나를 쳐다보았다. 그러고는 "안녕히 계세요." 하고 말했다. 그가 자기 집 문을 닫았고, 방 안에서 왔다 갔다 하는 소리가 들렸다. 그의 침대가 삐걱거렸다. 그러다가 벽을 통해서 조그맣게 들려오는 기이한 소리에 나는 그가 울고 있다는 것을 깨달았다. 내가 왜 엄마 생각을 했는지 모르겠다. 그러나 나는 이튿날 아침에 일찌감치 일어나야 했다. 배가 고프지 않았으므로 나는 저녁도 먹지 않고 잤다.

5

레몽이 회사로 나에게 전화를 했다. 그는 자기 친구 하나가
(그가 그 친구에게 나의 이야기를 한 적이 있었다.) 알제 근처의 조
그만 별장에서 일요일 하루를 지내자고 했다면서 나를 초대
한다고 말했다. 나는 그러고 싶지만 어떤 여자 친구와 그날 함
께 지내기로 약속을 했다고 대답했다. 그러자 곧 레몽은 금방
그 여자 친구도 초대한다고 말했다. 그 친구의 아내는, 온통
남자들뿐인 가운데 외톨이가 아니어도 되니 아주 반색할 거
라고 했다.

나는 바로 전화를 끊으려 했다. 왜냐하면 사장이 밖에서 우
리에게 전화가 오는 것을 탐탁지 않아 하는 걸 알기 때문이었
다. 그러나 레몽이 잠깐 기다리라고 하더니, 이 초대 건은 저
녁에 전해도 되겠지만, 지금은 내게 다른 걸 한 가지 알려 주
고 싶다고 했다. 그는 한 무리의 아랍인들에게 하루 종일 미행

당했는데 그 가운데는 그 옛 정부의 오빠가 끼어 있다는 것이었다. "오늘 저녁 퇴근하는 길에 집 근처에서 그를 보거든 내게 알려 줘." 나는 알았다고 말했다.

조금 뒤에 사장이 나를 불렀다. 그 순간 나는 걱정이 됐다. 사장이 전화 통화는 좀 덜 하고 일은 좀 더 열심히 하라고 말할 것 같았기 때문이다. 그런데 전혀 다른 이야기였다. 그는 아직은 아주 막연한 어떤 계획에 대해서 나에게 이야기를 하겠다고 말했다. 그는 다만 그 문제에 관해 나의 의견을 들어 보려는 것이었다. 그는 파리에 사무실을 열어 현지에서 직접 큰 회사들과 거래하려는 계획을 세우고 있었고 그래서 내가 그리로 갈 생각이 있는지 알고 싶어 했다. 그러면 나는 파리에서 생활할 수 있을 것이고, 일 년에 얼마 동안은 여행을 할 수도 있을 것이었다. "자넨 젊으니까, 그런 생활이 마음에 들 것 같은데." 나는, 그렇기는 하지만 사실 이러나저러나 내게는 마찬가지라고 말했다. 그러자 사장은 내게 삶의 변화에 흥미를 느끼지 않느냐고 물었다. 나는, 삶이란 결코 달라지는 게 아니며, 어쨌건 모든 삶이 다 그게 그거고, 또 나로서는 이곳에서의 삶에 전혀 불만이 없다고 대답했다. 그는 불만스러운 표정을 지으면서, 내가 늘 엉뚱한 대답이나 하고 야심이 없으니 그건 사업하는 데는 대단히 좋지 못한 점이라고 말했다. 그래서 나는 자리로 돌아와 일을 했다. 나는 사장의 비위를 거스르고 싶지는 않았지만, 나의 삶을 바꿔야 할 이유는 없었다. 곰곰이 생각해 볼 때 나는 불행하지 않았다. 대학생 시절에는 그런 종류의 야심도 많았다. 그러나 학업을 포기해야 했을 때,

나는 곧 그런 모든 것이 사실상 전혀 중요하지 않다는 것을 깨달았다.

저녁에 마리가 찾아와서, 자기와 결혼할 마음이 있느냐고 물었다. 나는 그건 아무래도 상관없지만, 마리가 원한다면 우리가 결혼할 수도 있을 거라고 말했다. 그러자 그녀는 내가 자기를 사랑하는지 알고 싶어 했다. 나는 이미 한 번 말했던 것처럼, 그건 아무 의미도 없는 말이지만 아마 사랑하지 않는 것 같다고 대답했다. "그렇다면 왜 나하고 결혼을 해?" 마리가 말했다. 나는, 그런 건 전혀 중요하지 않지만 그녀가 원한다면 우리는 결혼할 수 있다고 설명해 주었다. 게다가 결혼을 원하는 쪽은 그녀고, 나는 그저 그러자고 했을 뿐이었다. 그러자 마리는, 결혼이란 중대한 일이라고 지적했다. 나는 "아냐." 하고 대답했다. 그녀는 한동안 잠자코 있다가 말없이 나를 쳐다보았다. 그러고는 말했다. 그녀는 다만, 자기와 같은 식으로 사귀게 된 어떤 다른 여자가 똑같은 제안을 했어도 내가 받아들였을지 알고 싶어 했다. 나는 "물론."이라고 대답했다. 그러자 마리는 자기가 나를 사랑하는지 어떤지를 자문해 보는 것이었다. 나는 그 점에 관해서는 아무것도 알 수가 없었다. 잠시 또 잠자코 있다가 그녀는 내가 이상한 사람이라고, 아마 그렇기 때문에 자기가 나를 사랑하는 것이겠지만 언젠가는 바로 그 이유들 때문에 내가 싫어질지도 모르겠다고 중얼거렸다. 내가 더 보탤 말이 없어 잠자코 있자, 마리는 미소를 지으면서 내 팔짱을 꼈다. 그리고 나와 결혼하고 싶다고 고백했다. 나는 그녀가 원하면 언제든 바로 결혼을 하자고 대답했다. 그

때 내가 사장의 제안에 대해 이야기했고, 마리는 파리를 알고 싶다고 했다. 나는 한때 파리에서 살았다고 말했고 그녀는 어떻더냐고 물었다. 나는 마리에게 말했다. "더러워. 비둘기들과 컴컴한 마당들이 있어. 사람들은 피부가 허옇고."

그러고 나서 우리는 대로들을 따라 걸어서 시내를 통과했다. 여자들이 아름다웠다. 나는 마리에게 그 점을 눈여겨보았느냐고 물었다. 마리는 그렇다고 하면서 내 기분을 이해할 수 있다고 말했다. 잠시 동안 우리는 아무 말도 하지 않았다. 그래도 나는 그녀가 나와 함께 있어 주었으면 싶어서, 셀레스트네 식당에 가서 같이 저녁을 먹으면 되겠다고 말했다. 마리는 그러고 싶지만 볼일이 있었다. 그때 우리는 내 집 근처에 이르렀고, 나는 그녀에게 잘 가라고 인사했다. 그녀는 나를 쳐다보며 말했다. "내 볼일이 뭔지 알고 싶지 않아?" 나도 알고 싶긴 했지만 미처 물어볼 생각을 하지 못했더랬다. 마리는 그것을 나무라는 눈치였다. 그때 나의 당혹한 표정을 보고 마리는 또다시 웃었고, 불쑥 온몸으로 다가와서 내게 입술을 내밀었다.

나는 셀레스트네 식당에서 저녁을 먹었다. 내가 막 먹기 시작했을 때 키가 작은 이상한 여자가 하나 들어오더니, 내가 앉은 테이블에 앉아도 되겠냐고 내게 물었다. 나는 물론 앉아도 된다고 했다. 그녀의 행동들은 단속적이었고 두 눈은 사과 같은 작은 얼굴에서 반짝거렸다. 그녀는 재킷을 벗고 자리에 앉더니 아주 열심히 메뉴를 살펴보았다. 그리고 셀레스트를 불러, 즉시 명확하면서도 빠른 목소리로 먹을 음식들을 한꺼번에 다 주문했다. 오르되브르를 기다리는 동안, 그 여자는 핸드백을 열고 네모난 작은 종이와 연필을 꺼내어 미리 음식 값을 계산한 뒤 작은 지갑에서 팁까지 덧붙인 정확한 금액을 꺼내어 자기 앞에 내놓았다. 그때 오르되브르가 나왔고 그녀는 아주 빠른 속도로 먹어 치웠다. 다음 요리를 기다리며 그녀는 또 핸드백에서 청색 색연필과 일주일 동안의 라디오 프로그램이 실린 잡지를 꺼냈다. 그러고는 아주 신경을 써서 거의 모든 프로그램에 하나하나 체크 표시를 했다. 잡지가 열두어 페이지나 되었으므로 그녀는 식사를 하는 동안 줄곧 세밀하게 그 일을 계속했다. 내가 식사를 끝마쳤을 때도 그녀는 여전히 열심히 체크 표시를 하고 있었다. 그러더니 자리에서 일어섰고, 전과 다름없이 자동인형 같은 몸짓으로 재킷을 다시 입고 식당을 나갔다. 아무 할 일이 없었으므로, 나도 밖으로 나가서 한동안 여자의 뒤를 따라갔다. 그녀는 인도 가장자리를 따라 믿을 수 없으리만큼 빠르고 정확한 걸음으로, 옆으로 벗어나거나 뒤돌아보는 일도 없이 자기 길을 가고 있었다. 결국 나는 여자를 시야에서 놓쳐 버렸고 가던 길을 되돌아오고 말았다. 이상한 여자라는 생각이 들었지만 나는 금방 그녀를 잊어버렸다.

　나의 방문 앞에 살라마노 영감이 서 있었다. 나는 그를 방안으로 들어오게 했고, 영감은 동물 보호소에 자기 개가 없으니 결국 잃어버리고 만 것이라고 알려 주었다. 동물 보호소의 직원들이 그에게, 아마 차에 치였을 거라고 말했다는 것이었다. 그러자 그는, 경찰서에서는 그런 걸 알 수 있지 않느냐고 물어보았다. 그에 대해 그가 들은 답변은, 그런 일은 매일 있는 일이라 흔적을 남겨 두지 않는다는 것이었다. 내가 살라마노 영감에게 다른 개를 하나 데려오면 되지 않느냐고 말했지만, 영감은 자신이 그 개에게 길이 들었다는 점을 지적했는데, 옳은 말이었다.

나는 침대 위에 웅크리고 앉아 있었고 살라마노는 테이블 앞 의자에 앉아 있었다. 영감은 나와 마주 보며 두 손을 무릎에 얹어 놓고 있었다. 낡은 중절모자를 쓴 채로였다. 그는 누런 수염 밑에서 말끝을 우물거리며 말했다. 그와 같이 있는 것이 좀 귀찮았지만 나는 달리 할 일도 없었고 졸리지도 않았다. 무슨 말이든 하려고 나는 그의 개에 대하여 물어보았다. 그는 아내가 죽은 뒤에 개를 키우게 된 것이라고 말했다. 그는 상당히 늦게 결혼을 했다. 젊었을 적에는 연극을 하고 싶어 했다. 군대에서는 군인극에 출연하기도 했다. 그러나 결국 철도국에 들어갔는데, 그걸 후회하지는 않았다. 왜냐하면 지금 약간의 연금을 탈 수 있기 때문이다. 아내와는 행복하지 못했지만 대체로 아내에게 길들어 있었다. 아내가 죽자 그는 매우 외롭다고 느꼈다. 그래서 직장 동료에게 개 한 마리를 부탁해서 그 개를 아주 어릴 때 데려오게 되었다. 젖병을 물려서 길러야 했다. 그러나 개의 수명은 사람의 수명보다 짧아서 그들은 결국 함께 늙고 말았다. "그놈은 성미가 나빴어요. 우린 가끔 입씨름을 했지요. 그렇지만 좋은 개였어요." 살라마노가 말했다. 내가 혈통 좋은 개였다고 하자 살라마노는 만족하는 눈치였다. 그가 덧붙였다. "어디 그뿐입니까. 그놈이 아프기 전의 모습을 본 적 없죠? 최고로 멋있는 것은 털이었어요." 개가 피부병에 걸린 다음부터 살라마노는 매일 아침저녁으로 연고를 발라 주었다. 그의 말에 따르면 그 개의 진짜 병은 늙음인데 늙음은 낫는 것이 아니다.

그때 내가 하품을 했고 영감은 그만 가 봐야겠다고 말했다. 나는 좀 더 있어도 괜찮다고, 그리고 개가 그렇게 되어서 걱정이라고 말했다. 그는 고맙다고 했다. 그리고 엄마가 그 개를 몹시 귀여워했다고 말했다. 엄마 이야기를 하면서 그는 '가엾은 모친'이라고 말했다. 그는 엄마가 죽고 나서 내가 매우 불행하리라 짐작된다고 했고 나는 아무런 대답도 하지 않았다. 그러자 그는 거북한 표정을 지으며, 내가 어머니를 양로원에 맡겼다고 동네 사람들이 나를 안 좋게 보고 있다는 것을 안다고 아주 빠른 어조로 말했다. 그러나 그는 내가 어떤 사람인지 잘 알며, 내가 엄마를 몹시 사랑한다는 것도 안다고 했다. 지금도 왜 그랬는지는 알 수 없지만, 나는 지금까지 그 점에 대하여 사람들이 나를 안 좋게 본다는 것을 전혀 모르고 있었으며, 그렇지만 나는 엄마를 돌볼 사람을 둘 만한 돈이 없었으므로 양로원이 당연한 것으로 보였다고 대답했다. "게다가 엄마는 오래전부터 내게 할 말이 아무것도 없었고 그냥 혼자서 적적해했어요." 내가 덧붙였다. "그럼요, 그리고 양로원에 있으면 하다못해 친구들이라도 생기지요." 그가 말했다. 그리고 그는 자리에서 일어섰다. 그만 가서 자려는 것이었다. 이제 그의 생활은 달라져 버렸고, 그는 앞으로 어떻게 하면 좋을지 알 수가 없었다. 그와 알게 된 이래 처음으로 그는 슬그머니 나에게 손을 내밀었고 나는 그의 손등에 일어난 살비듬을 느낄 수 있었다. 그는 약간 웃어 보였고, 방을 나서려다가 말했다. "오늘 밤은 제발 개들이 짖지 말았으면 좋겠어요. 늘 그게 내 개인 것만 같아서요."

6

일요일, 나는 잠에서 깨기가 힘들었다. 그래서 마리가 나를 부르며 흔들어 깨워야만 했다. 우리는 일찍 해수욕을 하고 싶었으므로 아침을 먹지 않았다. 나는 속이 완전히 텅 빈 것 같았고 머리가 조금 아팠다. 담배 맛이 썼다. 마리는 나를 '죽상'이라고 놀려 댔다. 마리는 흰색 원피스를 입고 머리를 풀어 늘어뜨린 모습이었다. 내가 예쁘다고 말했고, 그녀는 좋아서 웃었다.

내려오면서 우리는 레몽의 방문을 두드렸다. 그는 곧 내려가겠다고 대답했다. 길에 나서자, 피로한 탓도 있고 또 덧문을 닫아 놓고 있었던 탓도 있어서, 벌써 태양으로 가득한 대낮의 빛이 마치 내 따귀를 후려치는 것 같았다. 마리는 기뻐서 깡충거리며 몇 번이나 날씨가 좋다는 말을 했다. 나는 기분이 좀 나아졌고 배가 고프다는 것을 깨달았다. 마리에게 그 말을 하자 그녀는 우리 두 사람의 수영복과 수건 한 장을 넣어 가지고 온 방수포 가방을 내게 열어 보였다. 기다리는 수밖에 없었다. 레몽이 자기 집 문을 닫는 소리가 들렸다. 그는 청색 바지와 반팔 흰 셔츠를 입고 있었다. 그러나 밀짚모자를 쓰고 있어서, 그걸 보고 마리가 웃어 댔다. 검은 털로 덮인 그의 팔뚝이 몹시 하앴다. 내겐 그것이 좀 역겨웠다. 그는 휘파람을 불면서 내려왔는데 아주 신이 나 보였다. 그는 나에게 "안녕, 친구." 하고 말한 다음, 마리를 '마드무아젤'이라고 불렀다.

그 전날 우리는 경찰서에 함께 갔고 나는 그 여자가 레몽을 '무시했다'고 증언했다. 레몽은 경고를 받고 나왔다. 경찰은 내 진술의 진위를 확인하려 들지 않았다. 문 앞에서 우리는 레몽과 그 일에 대해 이야기를 나눈 다음 버스를 타기로 결정했다. 바닷가는 그다지 멀지 않았지만 그렇게 하면 더 빨리 갈 수 있을 것이기 때문이었다. 레몽은, 자기 친구도 우리가 일찍 도착하는 것을 보면 좋아할 거라 생각했다. 우리가 막 출발하려 하는데, 갑자기 레몽이 맞은편을 보라는 눈짓을 했다. 한 무리의 아랍인들이 담배 가게 진열창에 기대어 서 있는 것이 보였다. 그들은 묵묵히, 그러나 그들 특유의 방식으로, 마치 우리가 돌이나 죽은 나무 이상도 이하도 아니라는 듯한 시선으로 우리를 바라보고 있었다. 왼쪽으로부터 두 번째가 그 녀석이라고 레몽이 말했는데, 그는 걱정스러운 표정이었다. 그렇지만 그건 이제 다 끝난 일이라고 덧붙였다. 마리는 무슨 영문인지 몰라서 무슨 일이냐고 우리에게 물었다. 나는 그녀에게 저들이 레몽에게 앙심을 품고 있는 아랍인들이라고 대답했다. 마리는 당장 출발하고 싶어 했다. 레몽이 다시 가슴을 펴고 웃으면서 서둘러야겠다고 말했다.

우리는 조금 떨어진 버스 정류장으로 갔고 레몽은 아랍인들이 우리를 따라오지 않는다고 내게 일러 주었다. 나는 뒤를 돌아다보았다. 그들은 여전히 같은 자리에 그대로 서서 우리가 이제 막 떠나온 그 자리를 전과 다름없는 무관심한 태도로 바라보고 있었다. 우리는 버스에 올라탔다. 레몽은 완전히 마음을 놓은 듯이 보였고, 마리에게 끊임없이 농담을 해 댔다. 내 느낌으로는 레몽이 마리를 마음에 들어 하는 것 같았지만 마리는 그에게 거의 대꾸를 하지 않았다. 그저 이따금 웃으면서 레몽을 쳐다볼 뿐이었다.

우리는 알제 교외에서 내렸다. 바닷가는 버스 정류장에서 멀지 않았다. 그러나 바다를 굽어보며 모래밭 쪽으로 내리뻗은 조그만 언덕을 지나야 했다. 언덕은 하늘의 이미 단단해진 푸른빛을 배경으로 노르스름한 돌들과 새하얀 수선화들로 뒤덮여 있었다. 마리는 방수포 가방을 휘둘러 꽃잎들을 흩뜨리며 장난을 치곤 했다. 우리는 초록색 또는 흰색의 울타리를 둘러친 작은 별장들 사이를 걸어갔다. 어떤 별장들은 베란다까지 타마리스 나무에 파묻혀 있었고, 또 어떤 별장들은 돌들 가운데 덩그렇게 서 있었다. 언덕 끝에 이르기도 전에 벌써 움직임 없는 바다가 나타났고, 더 멀리 맑은 물속에 조는 듯 잠겨 있는 육중한 곶[岬]이 보였다. 나직한 모터 소리가 고요한 대기를 뚫고 우리에게까지 들려왔다. 그리고 아주 먼 곳에, 반짝이는 바다 위로 움직이는 듯 마는 듯 가고 있는 조그만 트롤 어선 한 척이 보였다. 마리는 바위붓꽃을 몇 송이 꺾었다. 바다로 내려가는 비탈에서 바라보니 벌써 수영하는 사람들이 더러 있었다.

레몽의 친구는 바닷가의 끝 쪽에 자리한 조그만 목조 별장에 살고 있었다. 집은 바위를 등지고 있었고, 집의 전면 밑쪽을 떠받치는 기둥들은 이미 물속에 잠겨 있었다. 레몽이 우리를 소개했다. 그의 친구는 이름이 마송이었다. 몸집과 어깨가 우람하고 키가 큰 인물이었는데 작은 체구에 통통하고 사랑스러운 그의 아내는 파리 말씨를 썼다. 그는 즉시 우리에게 거리낌 없이 편히 지내라고 하면서 바로 그날 아침에 자기가 낚은 물고기로 장만한 생선 튀김이 있다고 말했다. 나는 그에게 집이 아주 예쁘다고 말했다. 그는 토요일과 일요일, 그리고 휴일마다 그곳에 와서 지낸다고 알려 주었다. "제 아내와는 누구든지 뜻이 잘 맞아요." 하고 그가 덧붙였다. 그의 아내는 마침 마리와 웃고 있었다. 아마 그때 처음으로 나는 내가 결혼을 하게 되겠다고 진정으로 생각한 것 같다.

마송이 헤엄치러 가자고 했으나 그의 아내와 레몽은 가고 싶어 하지 않았다. 우리 세 사람이 바닷가로 내려갔고, 마리는 곧장 물속으로 뛰어들었다. 마송과 나는 잠시 동안 기다렸다. 그는 말을 천천히 했다. 나는 그가 말끝마다 '그뿐만이 아니라'를 덧붙이는 버릇이 있다는 것을 알아차렸다. 자기가 한 말의 뜻에 사실상 아무것도 덧붙이는 것이 없을 때조차도 그랬다. 마리에 대해서 그는 말했다. "아주 멋져요. 그뿐만이 아니라, 매력적이에요." 이윽고 나는 햇볕을 쬐면서 느끼는 흐뭇한 기분을 음미하는 데 정신이 팔려서 그 말버릇에는 더 이상 신경 쓰지 않게 되었다. 발밑에서 모래가 뜨거워지기 시작했다. 나는 물속으로 들어가고 싶은 욕구를 좀 더 참았지만 드디어 마송에게 말하고 말았다. "들어갈까요?" 나는 물속으로 뛰어들었다. 마송은 서서히 물속으로 들어가 발이 땅에 닿지 않게 되자 물 위로 몸을 던졌다. 그는 개구리헤엄을 쳤으나 퍽 서툴러서, 나는 그를 남겨 두고 마리에게로 헤엄쳐 갔다. 물은 차가웠고, 나는 헤엄을 치니 흐뭇했다. 마리와 나는 함께 멀리까지 나갔고, 우리 두 사람이 몸놀림과 만족감에 있어 서로 일치한다는 것을 느낄 수 있었다.

우리는 바다 한가운데로 나가서 물 위에 반듯이 누웠다. 입으로 흘러드는 마지막 물의 장막을 태양이 하늘로 향한 나의 얼굴에서 걷어 내 주었다. 마송이 모래밭으로 나가 햇볕을 쬐려고 눕는 것이 보였다. 멀리서 봐도 그는 우람했다. 마리는 나와 함께 헤엄을 치고 싶어 했다. 나는 마리의 뒤쪽에서 그녀의 허리를 붙잡고, 마리가 두 팔을 놀려 앞으로 나아가는 동안 두 발로 물장구를 쳐서 그녀를 도왔다. 물을 때리는 나직한 소리가 아침 시간의 우리를 따라오고 있었다. 마침내 나는 지친 느낌이 들었다. 그래서 마리를 남겨 두고, 규칙적으로 헤엄을 치면서, 숨을 고르게 쉬며 돌아왔다. 모래밭으로 나와서 나는 마송 옆에 배를 깔고 엎드려 모래에 얼굴을 묻었다. 내가 그에게 "좋은데요."라고 말했고, 그도 동감했다. 잠시 후에 마리가 왔다. 나는 고개를 돌려 마리가 걸어오는 것을 바라보았다. 몸이 소금물에 젖어 온통 미끈거렸고, 머리는 목 뒤로 늘어뜨

려져 있었다. 마리와 나는 서로 옆구리를 꼭 붙이고 누웠는데, 그녀의 몸과 태양이 내뿜는 두 가지 열기 때문에 나는 얼핏 잠이 들었다.

마리가 나를 흔들어 깨우면서, 마송이 벌써 집으로 올라갔다고 말했다. 점심을 먹어야 한다는 것이었다. 나는 시장했으므로 즉시 일어났다. 그러나 마리는, 아침부터 내가 한 번도 키스를 해 주지 않았다고 말했다. 정말 그랬다. 그렇지만 사실나도 키스를 하고 싶었다. "물속으로 들어가." 마리가 말했다. 우리는 뛰어가서 곧장 잔물결 속에 몸을 뻗었다. 우리가 몇 번팔을 저어 헤엄쳐 갔을 때 마리가 내 몸에 찰싹 달라붙었다. 그녀의 다리가 내 다리를 휘감는 것이 느껴졌고, 나는 그녀에게 욕정을 느꼈다.

우리 둘이 다시 돌아와 보니 마송은 벌써 우리를 불러 대고 있었다. 내가 몹시 배가 고프다고 말하자 마송은 금방 그의 아내에게 내가 썩 마음에 든다고 말했다. 빵은 맛있었고, 나는 내 몫의 생선을 허겁지겁 먹었다. 그다음에 고기와 감자튀김이 나왔다. 우리는 모두 아무 말 없이 먹었다. 마송은 빈번히 포도주를 들이켰고 나에게도 줄기차게 따라 주었다. 커피가 나왔을 때는 머리가 좀 띵했다. 나는 담배를 많이 피웠다. 마송과 레몽과 나는 비용을 공동으로 부담하고 8월을 해변에서 함께 지내기로 계획했다. 마리가 문득 말했다. "지금 몇 신지 아세요? 11시 반이에요." 우리는 모두 놀랐다. 그러나 마송은, 매우 일찍 식사를 한 셈이지만, 배고플 때가 곧 식사 시간이니 자연스러운 일이라고 말했다. 그 말을 듣고 마리가 왜 웃

었는지 모르겠다. 아마 술을 좀 지나치게 마신 것 같았다. 그
때 마송이 나에게, 바닷가로 나가서 산책을 하지 않겠느냐고
물었다. "제 아내는 점심을 먹은 뒤엔 언제나 낮잠을 자요. 나
는 그거 안 좋아해요. 난 걸어야 해요. 늘 아내에게 그편이 건
강에 좋다고 말하지요. 하지만 결국 자기 하고 싶은 대로 하는
거죠." 마리는 남아서 마송 부인이 설거지하는 것을 거들겠다
고 말했다. 그러자면 남자들은 밖으로 내보내야 한다고 자그
마한 파리 여자가 말했다. 우리 세 사람은 아래로 내려왔다.

태양은 거의 수직으로 모래 위에 내리꽂혔고 바다에 반사
되는 그 강렬한 빛은 견디기 어려울 정도였다. 이제 바닷가에
는 아무도 없었다. 언덕 가장자리를 따라 바다를 굽어보며 늘
어선 작은 별장들 안에서는 접시며 포크, 나이프 같은 것들이
덜그럭거리는 소리가 들리고 있었다. 땅에서 올라오는 혹독
한 열기 속에서는 숨을 쉬기도 힘들었다. 처음에 레몽과 마송
은, 내가 알지 못하는 일들과 사람들의 이야기를 했다. 나는
그들 두 사람이 오래전부터 아는 사이라는 것과, 심지어 한때
같이 산 적도 있다는 것을 알 수 있었다. 우리는 물가 쪽으로
가서 바다를 끼고 걸었다. 때때로 잔물결이 더 길게 밀려와서
우리의 헝겊 신발을 적셨다. 나는 맨머리 위로 내리쬐는 태양
때문에 반쯤 졸고 있었으므로 아무 생각이 없었다.

그때 레몽이 마송에게 뭐라고 말했으나, 나는 잘 알아듣지
못했다. 그러나 그와 동시에 나는 바닷가 저 끝 아주 멀리서,
푸른 작업복 차림의 아랍인 둘이 우리 쪽으로 걸어오는 것을
보았다. 내가 레몽을 쳐다보자 그가 말했다. "그놈이야." 우리

는 계속 걸었다. 마송은 그들이 어떻게 여기까지 우리를 따라올 수 있었던 거냐고 물었다. 나는, 우리가 해수욕 가방을 들고 버스에 타는 것을 그들이 본 것이라고 생각했지만 아무 말도 하지 않았다.

아랍인들은 천천히 다가오고 있었는데, 벌써 훨씬 가까운 거리에 와 있었다. 우리는 걷는 속도를 바꾸지 않았지만 레몽이 말했다. "마송, 싸움이 붙으면 넌 두 번째 놈을 맡아. 내 상대는 내가 알아서 할게. 그리고 뫼르소, 만약 또 다른 놈이 나타나면 그건 네가 맡아." 나는 "응." 하고 말했고, 마송은 두 손을 호주머니 속에 넣었다. 뜨겁게 달아오른 모래가 내 눈엔 이제 벌겋게 보였다. 우리는 일정한 걸음으로 아랍인들을 향해 걸어갔다. 그들과 우리 사이의 거리는 규칙적으로 가까워졌다. 우리 사이의 간격이 불과 몇 걸음으로 좁혀지자 아랍인들이 멈춰 섰다. 마송과 나는 걸음을 늦추었다. 레몽이 곧장 자기 상대에게로 갔다. 나는 그가 뭐라고 했는지 잘 알아듣지 못했지만 상대가 머리로 들이받는 시늉을 했다. 그러자 레몽이 먼저 한 대 후려치고 곧장 마송을 불렀다. 마송은 레몽이 미리 지목해 준 녀석에게로 가서 온몸의 무게를 실어 두 번 후려갈겼다. 아랍인이 물속으로 엎어지면서 얼굴을 바닥에 처박았고, 한동안 그러고 가만히 있었는데 머리통 주위에서 수면으로 거품이 터져 올라왔다. 그러는 동안에 레몽 쪽에서도 후려쳤고 그의 상대는 얼굴이 온통 피투성이가 되었다. 레몽이 나를 돌아보며 말했다. "이놈이 어떤 꼴을 당하는지 잘 봐." 내가 그에게 소리쳤다. "조심해, 저놈 칼 가졌어!" 그러나 이미 레몽은 팔을 베이고 입을 찢긴 상태였다.

마송이 앞으로 휙 몸을 날렸다. 엎어져 있던 아랍 녀석이 일어나서 칼을 가진 녀석 뒤로 몸을 숨겼다. 우리는 움직이지 않았다. 그들은 우리에게서 눈을 떼지 않은 채 단도로 위협을 하면서 천천히 뒷걸음을 쳤다. 충분한 거리가 확보되었다는 걸 알게 되자 그들은 부리나케 달아났고, 그러는 동안 우리는 햇볕 아래 꼼짝 않고 서 있었고, 레몽은 핏방울이 떨어지는 팔을 움켜쥐고 있었다.

마송은 곧, 일요일마다 언덕 위 별장에 와서 지내는 의사가 있다고 말했다. 레몽은 당장 의사에게 가려고 했다. 그러나 그가 말을 할 때마다 상처에서 피가 흘러나와 입속에서 거품을 일으켰다. 우리는 그를 부축해 허둥지둥 별장으로 돌아왔다. 거기로 오자 레몽은 상처가 가벼운 것이라면서 의사에게 갈 수 있다고 했다. 그는 마송과 함께 갔고, 나는 남아서 여자들에게 무슨 일이 있었는지 설명해 주었다. 마송 부인은 울고 있었고, 마리는 하얗게 질려 있었다. 나는 그들에게 설명을 하는 게 귀찮았다. 나는 결국 입을 다물어 버리고 담배를 피우면서 바다를 바라보았다.

1시 반쯤 레몽이 마송과 함께 돌아왔다. 팔에는 붕대를 감고 입가에는 반창고를 붙이고 있었다. 의사는 별것 아니라고 말했다지만, 레몽은 매우 침울한 표정이었다. 마송은 그를 웃기려고 애를 썼다. 그러나 레몽은 여전히 말이 없었다. 그가 바닷가로 내려간다고 하기에 나는 그에게 어디로 가느냐고 물었다. 그는 바람을 쐬고 싶다고 대답했다. 마송과 나는 함께 가겠다고 했다. 그러자 레몽이 화를 내며 우리에게 욕을 했다. 마송은 그의 비위를 거스르지 않는 편이 좋겠다고 말했다. 그래도 나는 그를 따라나섰다.

　우리는 오랫동안 해변을 걸었다. 이제 태양은 찍어 누르는 듯했다. 햇빛이 모래와 바다 위에서 조각조각 부서지고 있었다. 나는 레몽이 자신이 가는 곳을 알고 있다는 느낌을 받았지만, 어쩌면 잘못 짚은 것일 수도 있었다. 바닷가 맨 끝까지 가자, 우리는 마침내 커다란 바위 뒤에 위치한, 모래밭으로 흐르고 있는 조그만 샘에 이르게 되었다. 거기서 우리는 좀 전의 두 아랍인을 발견했다. 그들은 기름기 묻은 작업복 차림으로 누워 있었다. 더없이 편안하고 거의 만족한 표정들이었다. 우리가 나타나도 전혀 흔들림이 없었다. 레몽을 찌른 녀석은 아무 말 없이 레몽을 쳐다보았다. 또 한 녀석은 작은 갈대 피리를 불고 있는데, 우리에게 곁눈질을 해 가면서 제 악기가 내는 세 가지 음만을 끊임없이 되풀이하고 있었다.

　그러는 동안 줄곧 거기에는 오직 태양, 그리고 나직한 샘물 소리와 세 가지 음이 어우러진 그 침묵뿐이었다. 이윽고 레몽이 주머니의 권총에 손을 댔지만 상대편은 움직이지 않았고, 그리하여 둘은 여전히 서로를 바라보고 있었다. 나는 피리를 부는 녀석의 발가락들 사이가 몹시 벌어져 있다는 것을 눈여겨보았다. 그러나 레몽은 상대편에게서 눈을 떼지 않고, "해치워 버려?" 하고 내게 물었다. 안 된다고 했다간 그가 제풀에 흥분해서 틀림없이 쏠 거라는 생각이 들었다. 그래서 나는 그에게 "저 녀석은 아직 너한테 아무 말도 안 했는데, 이대로 쏘는

건 비겁해."라고만 말했다. 침묵과 열기 속에서, 또다시 나직한 물소리와 피리 소리가 들렸다. 이윽고 레몽이 말했다. "그럼 저 녀석에게 욕을 하겠어. 그래서 놈이 대꾸하면 쏴 버리지 뭐." 내가 대답했다. "그래. 하지만 놈이 칼을 뽑지 않는 한 쏘면 안 돼." 레몽이 약간 흥분하기 시작했다. 다른 녀석은 여전히 피리를 불고 있었고, 둘 다 레몽의 일거일동을 주시하고 있었다. 내가 레몽에게 말했다. "안 돼. 남자 대 남자로 맞상대해야지. 그리고 그 권총은 이리 줘. 만약에 다른 녀석이 끼어들거나 저 녀석이 칼을 뽑으면 내가 쏘겠어."

레몽이 내게 권총을 건네줄 때, 태양이 그 위로 번쩍하며 미끄러졌다. 그러나 마치 모든 것이 우리 주위를 둘러막아 가두어 버렸다는 듯이, 우리는 여전히 그대로 꼼짝도 하지 않고 있었다. 우리는 시선을 떨구지 않은 채 마주 보고 있었으며, 모든 것이 여기, 바다, 모래, 태양, 그리고 피리 소리와 물소리가 자아내는 이중의 침묵 사이에 정지해 있었다. 그 순간 나는, 권총을 쏠 수도 있고 쏘지 않을 수도 있다고 생각했다. 그러나 갑자기 아랍인들이 뒷걸음질을 쳐서 바위 뒤로 스며들듯이 사라졌다. 그래서 레몽과 나는 갔던 길을 되돌아왔다. 레몽은 기분이 좀 풀린 듯, 집으로 돌아갈 버스 이야기를 했다.

나는 그와 함께 별장까지 갔고, 그가 나무 층계를 올라가는 동안 첫 계단 앞에 그대로 서 있었다. 머릿속에서 태양이 꽝꽝 울렸고, 힘들게 그 나무 층계를 걸어 올라가서 또다시 여자들과 대면할 생각을 하니 그만 맥이 풀렸던 것이다. 하지만 열기가 하도 뜨거워서, 눈을 멀게 할 듯 하늘에서 쏟아붓는 불비를 맞으며 우두커니 서 있는 것 또한 내겐 고통스러운 일이었다. 여기 가만히 서 있든 자리를 뜨든 결국 매한가지인 것이었다. 잠시 후 나는 다시 바닷가 쪽으로 돌아서서 걸어가기 시작했다.

태양의 붉은 폭발은 여전히 그대로였다. 모래 위에서 바다는 작은 물결들이 되어 부서지며 급하고 가쁜 숨을 몰아쉬고 있었다. 나는 천천히 바위들 쪽으로 걸어가고 있었는데, 쏟아지는 태양의 열기에 이마가 팽창하는 느낌이었다. 그 모든 열기가 머리 위에서 나를 내리누르면서 내가 앞으로 나아가는 것을 방해하고 있었다. 그래서 뜨거운 태양의 엄청난 숨결을 얼굴에 느낄 때마다, 나는 이를 악물었고, 바지 주머니 속에서 두 주먹을 불끈 쥐었고, 태양과 태양이 쏟아붓는 그 캄캄한 취기(醉氣)를 이겨 내려고 전신을 긴장시켰다. 모래, 흰 조개껍질, 유리 조각에서 빛의 칼날이 솟아날 때마다 내 턱뼈가 움찔움찔했다. 나는 한참을 걸었다.

햇빛과 바다의 먼지 같은 수증기가 만들어 내는 눈부신 후광(後光)에 둘러싸인 조그만 바윗덩어리가 멀리 거무스름하게 보였다. 나는 그 바위 뒤의 서늘한 샘을 생각했다. 졸졸 흐르는 그 샘물 소리를 다시 듣고 싶었고, 태양과 힘겨운 노력과 여자의 울음소리에서 벗어나고 싶었으며, 그늘과 휴식을 되찾고 싶었다. 그러나 좀 더 가까이 갔을 때, 나는 레몽의 상대가 되돌아와 있는 것을 발견했다.

그는 혼자였다. 그는 반듯이 드러누워, 두 손으로 목덜미를 괴고 이마는 바위 그늘 속에 둔 채 전신에 햇볕을 받고 있었다. 그의 작업복이 열기 속에서 김을 내고 있었다. 나로서는 좀 의외였다. 내가 생각하기에 그건 이미 끝난 일이었고, 나는 그 일은 생각도 않고 그리로 온 것이었다.

그는 나를 보자마자 몸을 약간 일으켜 호주머니에 손을 넣었다. 물론 나도 웃옷 속에 들어 있는 레몽의 권총을 그러쥐었다. 그는 다시 몸을 젖혀 누웠지만 주머니에서 손을 빼지는 않은 채였다. 나는 그에게서 퍽 멀찍이, 한 10여 미터쯤 떨어져 있었다. 절반쯤 감은 그의 눈꺼풀 사이로 이따금 그의 시선을 알아챌 수 있었다. 그러나 대개는 그의 모습이, 불타는 대기 속에서 나의 눈앞에 어른거리고 있었다. 파도 소리는 정오 때보다 더 나른했고 더 가라앉아 있었다. 똑같은 모래밭 위에서의 똑같은 태양, 똑같은 빛이 여기 그대로 연장되고 있었다. 벌써 두 시간째 낮이 더 이상 앞으로 나아가지 않고 정지해 있었고, 벌써 두 시간째 낮이 펄펄 끓는 금속의 대양 속에 닻을 내리고 있었다. 수평선 위로 조그만 증기선이 지나갔다. 나는 내 시선의 가장자리에 보이는 검은 반점으로 그 배를 분간할 수 있었다. 왜냐하면 나는 잠시도 아랍인에게서 눈을 떼지 않고 있었기 때문이다.

나는 내가 뒤로 돌아서기만 하면 일은 끝난다는 생각을 했다. 그러나 태양으로 진동하는 해변 전체가 내 뒤로 밀려들고 있었다. 나는 샘 쪽으로 몇 걸음을 내디뎠다. 아랍인은 움직이지 않았다. 어쨌든 그는 아직 꽤 멀리 떨어져 있었다. 아마도 얼굴 위에 드리워진 그림자 때문인지 그는 웃고 있는 것처럼 보였다. 나는 기다렸다. 불로 지지는 태양의 열기가 내 두 뺨으로 확 번졌고 땀방울들이 내 눈썹 위에 고이는 것이 느껴졌다. 그것은 내가 엄마의 장례를 치르던 그날과 똑같은 태양이었고, 그날처럼 특히 머리가 아팠고, 이마의 모든 핏줄들이 한꺼번에 다 피부 밑에서 펄떡거렸다. 불로 지지는 것 같은 그 뜨거움을 더 이상 견딜 수가 없어서 나는 한 걸음 앞으로 나섰다. 나는 그게 어리석은 짓이며, 한 걸음 몸을 옮겨 본댔자 태양을 떨쳐 버릴 수 없다는 것을 알고 있었다. 그렇지만 나는 한 걸음, 단 한 걸음 앞으로 나섰다. 그러자 이번에는 아랍인이, 몸을 일으키지는 않은 채 칼을 뽑더니 태양 빛 속에서 나를 향해 쳐들었다. 빛이 강철 위에서 반사되었고, 번쩍하는 긴 칼날 같은 것이 되어 내 이마를 쑤셨다. 그와 동시에, 눈썹에 고여 있던 땀이 단번에 눈꺼풀 위로 흘러내려서 미지근하고 두꺼운 막으로 눈꺼풀을 뒤덮었다. 내 두 눈은 이 눈물과 소금의 장막에 가려서 캄캄해졌다. 나는 다만 이마 위에서 울리는 태양의 심벌즈 소리, 그리고 내 앞의 칼에서 여전히 뿜어져 나오는 눈부신 빛의 칼날을 어렴풋이 느낄 뿐이었다. 그 불타는 칼은 내 속눈썹을 쥐어뜯고 고통스러운 두 눈을 후벼 팠다. 모든 것이 기우뚱한 것은 바로 그때였다. 바다가 무겁고 뜨거운 바람을 실어 왔다. 하늘 전체가 갈라지면서 불비가 쏟아지는 것 같았다. 나의 전 존재가 팽팽하게 긴장했고 나는 손으로 권총을 꽉 그러쥐었다. 방아쇠가 당겨졌고, 권총 손잡이의 매끈한 배가 만져졌다. 그리하여 날카롭고도 귀를 찢는 소리와 함께 모든 것이 시작되었다. 나는 땀과 태양을 흔들어 털었다. 나는 내가 대낮의 균형과, 내가 행복을 느끼고 있었던 어느 바닷가의 그 특별한 침묵을 깨뜨려 버렸다는 것을 깨달았다. 그래서 나는 그 움직이지 않는 몸에 다시 네 발을 쏘았다. 총알들은 깊이 들어가 박혀 보이지 않았다. 그것은 마치, 내가 불행의 문을 두드리는 네 번의 짧은 노크 소리와도 같았다.

2부

1

체포되자 곧 나는 여러 번 심문을 받았다. 그러나 인정 심
문이어서 오래 걸리지는 않았다. 처음에 경찰서에서는 아무
도 내 사건에 관심을 갖는 것 같지 않았다. 일주일 후 예심 판
사는 그와 반대로 호기심을 가지고 나를 바라보았다. 그러나
우선 그는 오직 나의 이름과 주소, 직업, 생년월일과 출생지를
물었을 따름이다. 그러고는 내가 변호사를 선임했는지 알고
싶어 했다. 나는 안 했다고 인정하면서 반드시 변호사를 선임
해야 하느냐고 물었다. "왜 그러시죠?" 그가 말했다. 나는 내
사건이 지극히 간단한 것이라고 생각한다고 대답했다. 그는
웃으면서 말했다. "그것도 하나의 의견이긴 하죠. 하지만 법이
라는 게 있어서, 당신이 변호사를 선임하지 않으면 우리가 국
선 변호사를 지정하게 됩니다." 나는 사법부가 그런 세세한 것
을 맡아 준다니 참 편리하다고 생각했다. 그리고 예심 판사에

게 그렇게 말했다. 그도 나에게 동의를 표하고, 법이 아주 잘 되어 있다고 결론을 내렸다.

나는 처음엔 그를 중요시하지 않았다. 그는 커튼을 둘러친 어떤 방에서 나를 맞아 주었다. 그 방에 전등은 그의 책상 위에 놓인 것 하나뿐이었는데, 그것의 불빛은 그의 지시에 따라 내가 앉은 안락의자를 비추고 있었고 그 자신은 어둠 속에 머물러 있었다. 나는 전에 이와 비슷한 장면의 묘사를 책에서 읽은 적이 있었고, 내가 느끼기엔 그 모든 게 무슨 장난 같았다. 대화를 끝낸 뒤에는 반대로 내가 그를 쳐다보았는데 그가 섬세한 용모, 움푹한 푸른 눈, 큰 키, 긴 회색 콧수염, 거의 백발에 가까운 수북한 머리털을 가진 남자라는 것을 알 수 있었다. 그는 분별력이 있어 보였고, 입술을 쫑긋거리는 신경질적인 버릇이 있기는 해도 그런대로 호감형으로 보였다. 방을 나설 때 나는 그에게 손을 내밀려고까지 했지만 내가 사람을 죽였다는 사실을 제때에 상기했다.

이튿날 어떤 변호사가 감옥으로 나를 만나러 왔다. 키가 작고 통통하고 꽤 젊은 데다 머리를 정성스럽게 빗어 붙인 모습이었다. 날씨가 더운데도(나는 셔츠 바람이었다.) 그는 짙은 색 정장 차림으로, 끝이 접힌 정장용 칼라에 굵은 흑백 줄무늬가 있는 이상한 넥타이를 매고 있었다. 그는 겨드랑이에 끼고 있던 서류 가방을 내 침대 위에 내려놓고 자기소개를 하더니 내 서류를 검토해 보았다고 말했다. 내 사건이 까다롭긴 하지만, 내가 그를 신뢰해 준다면 재판에 이길 것을 믿어 의심치 않는다는 것이었다. 내가 고맙다고 하자 그는 말했다. "그럼 본론으로 들어갑시다."

　그는 침대 위에 앉은 다음, 나의 사생활에 관한 조사를 해 보았다고 설명했다. 그는 나의 어머니가 최근에 양로원에서 사망한 사실을 알게 되었다. 그래서 마랭고에 가서 조사를 했다. 조사 결과 엄마의 장례식 날 '내가 냉담한 태도를 보였다'는 사실을 알게 되었다. 변호사가 내게 말했다. "그런데 말이죠, 사실 당신에게 이런 걸 묻는다는 게 나로선 좀 거북한 일이긴 해요. 하지만 이건 매우 중요합니다. 그리고 만약에 내가 반박할 거리를 전혀 찾아내지 못한다면 그건 검사 측에 아주 유리한 논거가 될 겁니다." 그는 내가 자신에게 협력해 주기를 바랐다. 그는 내가 그날 마음이 아팠느냐고 물었다. 그 질문에 나는 몹시 놀랐다. 만약에 내가 그런 질문을 해야만 할 처지라면 나는 매우 거북했을 것 같았다. 그렇지만 나는, 내 감정이 어떤지 살펴보는 습관 같은 건 별로 없기 때문에 그 점에 대해 알려 주기는 어렵다고 대답했다. 아마도 나는 엄마를 사랑했겠지만 그러나 그런 것은 아무 의미도 없었다. 정상적인 사람들은 사랑하는 사람들의 죽음을 많게건 적게건 바랐던 적이 있는 법이다. 그 말에 변호사는 내 말을 가로막았고 매우 흥분한 것 같아 보였다. 그는 법정에서든 예심 판사의 방에서든 그런 말은 하지 않겠다고 약속하라고 다그쳤다. 그렇지만 나는 그에게, 내가 원래 육체적 욕구에 감정이 방해받는 일이 많은 천성이라고 설명해 주었다. 엄마의 장례식이 있던 날, 나는 매우 피곤했고 졸렸다. 사정이 그렇다 보니 뭐가 어떻게 돌아가는 것인지 잘 알 수가 없었다. 내가 확실히 말할 수 있는 것은 엄마가 죽지 않았더라면 더 좋았겠다는 거였다. 그러나 내 변호사는 성이 차지 않는 것 같은 표정이었다. 그는 나에게 말했다. "그 정도로는 안 돼요."

그는 잠시 생각에 잠겼다. 그는, 그날 내가 자연스러운 감정을 억제했다고 말할 수 있느냐고 물었다. "아뇨. 그건 사실이 아니거든요." 나는 대답했다. 그는 내가 좀 밉살스럽다는 듯, 이상스러운 눈길로 나를 쳐다보았다. 그는 나에게, 어쨌든 양로원 원장과 직원들이 증인으로 불려 나와서 심문을 받을 텐데, '그렇게 되면 내게는 대단히 불리하게 작용할 수도 있다' 고 거의 쌀쌀맞다 싶은 어조로 말했다. 내가 그에게 그 이야기는 내 사건과 아무 관계가 없다고 지적했지만 그는, 내가 법정을 상대해 본 경험이 전혀 없다는 걸 말하지 않아도 알겠다고만 대답했다.

그는 화가 난 얼굴로 나가 버렸다. 나는 그를 좀 더 붙잡아 두고서, 그의 호감을 사고 싶다고, 나를 더 잘 변호해 주기를 바라서가 아니라 말하자면 그냥 마음이 그래서 그러고 싶다고 설명하고 싶었다. 무엇보다도 내가 그를 불편하게 만들고 있는 게 눈에 뻔히 보였다. 그는 나를 이해하지 못했고 오히려 나를 원망하고 있었다. 나는 내가 다른 사람들과 다를 바 없다고, 조금도 다를 바 없다고 그에게 분명히 말해 주고 싶었다. 그러나 그 모든 게 결국은 별 소용이 없는 짓이었다. 나는 귀찮아서 그러는 걸 포기하고 말았다.

얼마 뒤에 나는 다시 예심 판사 앞으로 불려 갔다. 오후 2시 였는데, 이번에는 그의 사무실이 얇은 커튼으로 약간 걸러졌을 뿐인 빛으로 가득했다. 매우 더웠다. 그는 나를 앉힌 다음, 나의 변호사는 '피치 못할 사정 때문에' 오지 못했다고 매우 정중하게 말해 주었다. 그러나 내게는 변호사가 입회할 때까지 그의 심문에 대답하지 않고 기다릴 권리가 있다고 했다. 나는 혼자서도 대답할 수 있다고 말했다. 그가 손가락으로 책상 위의 버튼을 눌렀다. 젊은 서기가 들어와서 내 등 바로 뒤에 자리를 잡고 앉았다.

우리는 둘 다 안락의자에 편안하게 앉았다. 심문이 시작되었다. 판사는 먼저, 사람들이 나에 대해 말이 없고 내성적인 성격이라고 하던데 그 점에 대해서 어떻게 생각하느냐고 물었다. "별로 할 말이 없으니까요. 그래서 말을 안 하는 거죠." 나는 대답했다. 그는 첫 심문 때처럼 빙그레 웃으면서 그건 참 지당한 이유라고 말한 다음, "하기야 그건 전혀 중요한 일이 아니지요."라고 덧붙였다. 그는 말을 멈추고 나를 바라보더니, 갑자기 자세를 바로 하면서 빠른 어조로 말했다. "내가 관심을 가지는 쪽은 당신입니다." 나는 그가 무슨 뜻으로 하는 말인지 잘 몰라서 아무 대답도 하지 않았다. 그는 이어서 덧붙였다. "당신의 행동에는 나로선 이해하기 힘든 점들이 있어요. 나는 당신이 그걸 이해할 수 있도록 도와줄 거라고 확신합니다." 나는 모두 지극히 단순한 일들이었다고 말했다. 그는 그날 하루의 일들을 다시 이야기해 보라고 나를 재촉했다. 나는 그에게 이미 한 번 이야기한 것을 되풀이했다. 레몽, 바닷가, 해수욕, 싸움, 다시 바닷가, 작은 샘, 태양 그리고 다섯 발의 총격. 한마디 할 때마다 그는 "그렇죠, 그렇죠."라고 말하곤 했다. 쓰러진 시체에 이야기가 미치자 그는 "좋아요."라는 말로 진술에 동의했다. 나는 그처럼 같은 이야기를 되풀이하는 것이 지겨웠다. 나로서는 그렇게 말을 많이 해 본 적은 한 번도 없었던 것 같다.

잠시 침묵이 흐른 뒤 그는 자리에서 일어나더니, 나를 도와주고 싶다, 내게 흥미를 느낀다, 하느님의 도움을 얻어 나를 위해 뭔가 해 줄 수 있을 것 같다고 말했다. 그러나 먼저 그는 나에게 몇 가지 더 물어보고 싶다고 했다. 그러더니 다짜고짜로, 엄마를 사랑했느냐고 물었다. 나는 "네, 누구나 그렇듯이요."라고 대답했다. 그러자 그때까지 규칙적으로 타이프를 치고 있던 서기가 키를 잘못 친 것 같았다. 당황하면서 다시 앞쪽으로 돌아가지 않으면 안 되었으니 말이다. 여전히 확연한 논리적 연관성도 없이, 그가 이번엔 권총 다섯 발을 연달아서 쏘았느냐고 물었다. 나는 잠시 생각해 본 뒤, 처음에 한 발만 쏘고, 몇 초 후에 다시 네 발을 쏘았다고 분명하게 말했다. 그러자 그는 "첫 발과 둘째 발 사이에 왜 기다렸습니까?" 하고 물었다. 또다시 붉은 바닷가가 눈에 선해지면서 나는 태양의 지지는 듯한 열기를 이마 위에 느꼈다. 나는 그러나 이번에는 아무 대답도 하지 않았다. 침묵이 이어지는 동안 판사는 흥분하는 것 같았다. 그는 자리에 앉더니 머리털을 헝클면서 책상 위에 팔꿈치를 괸 다음, 이상한 표정으로 나를 향해 약간 몸을 굽혔다. "왜, 왜 땅바닥에 쓰러진 시체에다 대고 쏘았느냐고요?" 그 물음에도 나는 대답할 수가 없었다. 예심 판사는 두 손으로 이마를 짚고 목소리까지 약간 변해서는 거듭 물었다. "왜요? 그 까닭을 말해 줘야죠. 왜죠?" 나는 여전히 입을 다물고 있었다.

갑자기 그가 일어서서 사무실 한끝으로 성큼성큼 걸어가더니 서류함의 어떤 서랍을 열었다. 그리고 거기서 은 십자가를 꺼내더니 내 쪽으로 돌아오며 그것을 흔들어 댔다. 그러고는 완전히 달라진, 거의 떨리는 목소리로 외쳤다. "당신은 이걸, 이분을 압니까?" "네, 물론이죠." 내가 말했다. 그러자 그는 빠르고 격정적인 어조로, 자기는 신을 믿는다고, 신이 용서하지 못할 만큼 죄가 많은 인간은 하나도 없지만, 다만 신의 용서를 받기 위해서는 인간이 뉘우침을 통해서 어린애처럼 마음을 깨끗이 비우고 모든 것을 받아들일 준비가 돼 있어야 한다는 것이 자신의 신념이라고 말했다. 그는 책상 위로 온몸을 기울이고 십자가를 거의 내 머리 위에서 휘두르다시피 하고 있었다. 솔직히 말해서 나는 그의 논리를 제대로 따라갈 수가 없었다. 우선은 너무 더운 데다 그의 사무실에 있는 큼직한 파리들이 내 얼굴에 달라붙곤 했기 때문이고, 또 그가 내게 좀 겁을 주기 때문이기도 했다. 그와 동시에 그건 좀 우스꽝스럽다는 생각도 들었다. 왜냐하면, 뭐니 뭐니 해도 범죄자는 바로 나였으니 말이다. 그런데도 그는 계속 떠들어 댔다. 내가 대강 이해한 바로는, 그가 생각할 때 나의 자백 가운데는 오직 한 가지 모호한 부분이 있으니, 그건 바로 둘째 발을 쏘기 전에 짬을 두고 기다렸다는 사실이다. 그 밖의 내용은 다 이해가 되는데, 바로 그 점을 그는 이해할 수 없었다.

나는 그에게 그처럼 집요하게 물고 늘어지는 것은 잘못이라고, 그 마지막 문제는 그다지 중요하지 않다고 말할 셈이었다. 그러나 그는 나의 말을 가로막고는, 벌떡 일어서서 마지막으로 한 번 더 나를 설득하려 들며 내게 신을 믿느냐고 물었다. 나는 아니라고 대답했다. 그는 분개하여 털썩 주저앉았다. 그는 그럴 수는 없다고, 인간은 모두 신을 믿는다고, 심지어 신을 외면하는 이들조차도 신을 믿는다고 말했다. 그것이야말로 그의 신념이었고, 만약 그것을 조금이라도 의심해야 한다면 그의 삶은 무의미해지고 말 것이었다. "당신은 내 삶이 무의미해지기를 바라는 겁니까?" 그가 외쳤다. 내 생각에, 그건 나와는 아무 상관이 없는 일이었다. 나는 그에게 그렇게 말했다. 그러나 그는 벌써 책상 너머로 손을 쭉 뻗어 그리스도의 십자가상을 내 눈앞에 들이대며 미친 듯이 소리를 지르는 것이었다. "나는 기독교 신자야. 나는 이분께 네 죄를 용서해 달라고 빌고 있어. 어떻게 넌 그리스도께서 너를 위해 고통받으셨다는 것을 믿지 않을 수가 있지?" 나는 그가 내게 반말을 하고 있다는 것을 알아차렸지만 이젠 진절머리가 났다. 더위는 점점 더 심해지고 있었다. 별로 귀 기울이고 싶지 않은 사람에게서 벗어나고 싶을 때면 늘 그러듯이, 나는 그의 말을 시인하는 체했다. 놀랍게도 그는 의기양양해서, "그것 봐, 그것 보라고. 너도 믿잖아? 그리고 하느님께 너를 맡기려 하잖아?" 하고 말했다. 물론 나는 다시 한번 더 아니라고 말했다. 그는 다시 안락의자에 털썩 주저앉았다.

그는 매우 피곤해 보였다. 잠시 동안 그는 아무 말이 없었지만, 그동안에도 쉬지 않고 대화를 뒤쫓아 온 타자기가 마지막 부분을 계속해서 받아 치고 있었다. 이윽고 예심 판사가 약간 슬픈 표정으로 물끄러미 나를 바라보았다. "당신처럼 영혼이 메마른 사람은 한 번도 본 적이 없어요." 그가 중얼거렸다. "내 앞으로 찾아온 범죄자들은 이 고상(苦像)을 보고는 하나같이 다 눈물을 흘렸어요." 나는, 그건 바로 그들이 범죄자이기 때문이라고 대답하려고 했다. 그러나 나 역시 그들과 같은 입장이라는 생각이 들었다. 그것은 나로서는 도무지 익숙해지지 않는 생각이었다. 그때 심문이 끝났다는 것을 내게 알려 주기라도 하려는 듯 판사가 자리에서 일어섰다. 그는 여전히 좀 피곤한 표정으로 내가 한 행동을 후회하느냐고만 물었다. 나는 잠깐 생각해 본 뒤, 진정한 후회라기보다는 차라리 좀 귀찮다 싶은 느낌이라고 대답했다. 나는 그가 나를 이해하지 못하고 있다는 인상을 받았다. 그러나 그날의 일은 그 정도에서 그쳤다.

그 뒤 나는 자주 예심 판사를 다시 만났다. 단, 매번 내 변호사가 내 옆에 동석했다. 예심 판사는 내가 이전에 한 진술 중 몇몇 부분을 좀 더 분명하게 밝히도록 요구하는 정도에 그쳤다. 그렇지 않으면 내 변호사와 기소 사유에 관한 의견을 주고받았다. 그러나 그럴 때면 그들은 사실상 나에게는 전혀 신경을 쓰지 않았다. 어쨌든 차츰차츰 심문의 어조가 달라졌다. 판사는 더 이상 나에게 관심이 없는 것 같았다. 말하자면 내 사건은 아예 매듭을 지어 버리기라도 한 것 같았다. 그는 다시는 나에게 신에 대해 이야기하지 않았고, 나는 첫날처럼 흥분한 그를 다시는 보지 못했다. 그 결과 우리의 대화는 더 화기

애애해졌다. 몇 가지 질문, 내 변호사와의 약간의 대화가 있고 나면 심문은 끝나곤 했다. 나의 사건은, 판사의 표현처럼 순조롭게 진행되었다. 이따금 대화가 일반적인 내용에 이를 때면 판사가 나를 대화에 끼워 주기도 했다. 나는 그제야 숨을 돌릴 수 있었다. 그런 때에는 아무도 나에게 고약하게 굴지 않았다. 모든 것이 너무나도 자연스럽고 순조롭고 소박하게 진행되어, 나는 '가족적인 분위기'라는 어처구니없는 인상을 받기까지 했다. 이리하여 열한 달 동안이나 계속된 그 예심을 치르고 나서, 나는 판사가 자기 사무실 문까지 나를 따라 나와서 내 어깨를 두드리며 "오늘은 끝났습니다, 반기독자(反基督者) 양반." 하고 다정스럽게 말해 주던 그 흔하지 않은 순간들 외에는 아무것도 즐거울 게 없었다는 사실에 거의 놀랐을 정도였다고 말할 수 있다. 그러고 나면 나는 다시 경관들의 손에 인계되는 것이었다.

2

결코 이야기하고 싶지 않은 일들도 있었다. 감옥에 들어와서 며칠이 지나자, 나는 장차 내 생애의 그 시기에 대해서는 이야기하고 싶지 않게 되리라는 것을 깨달았다.

나중에는 그러한 거부감이 더 이상 대수롭지 않게 여겨졌다. 사실인즉, 처음 며칠간 나는 실제로 감옥에 있는 것이 아니었다. 그저 막연히 뭔가 새로운 사건을 기다리고 있었던 것이다. 모든 것이 시작된 것은 오직, 마리가 처음이자 단 한 번뿐인 면회를 온 다음부터였다. 그녀의 편지를 받은 날부터,(그녀는 나의 아내가 아니기 때문에 이제 더 이상 면회 허가를 받을 수 없다고 했다.) 바로 그날부터, 나는 감방이 내 집이고 내 삶이 그 속에서 멈추어 버렸다는 것을 느꼈다. 체포되던 날, 나는 우선 이미 여러 사람이 수감돼 있는 감방에 갇히게 되었는데, 대부분이 아랍인들이었다. 그들은 나를 보더니 웃었다. 그러고 나서 내게 무슨 짓을 했느냐고 물었다. 내가 아랍인을 한 명 죽였다고 대답하자 그들은 잠잠해졌다. 그러나 잠시 후 저녁이 되었다. 그들은 누워 잘 돗자리를 어떻게 깔아야 하는지를 설명해 주었다. 한끝을 말아서 베개로 사용할 수 있는 것이었다. 밤새도록 빈대가 얼굴 위를 기어 다녔다. 며칠 후에 나는 독방에 격리되어 나무판자 침대에서 자게 되었다. 변기통과 쇠로 만든 대야가 있었다. 감옥은 도시의 맨 꼭대기에 있어서 작은 창문으로 바다를 볼 수 있었다. 어느 날 철창에 달라붙어 빛이 들어오는 쪽으로 얼굴을 내밀고 있는데 간수가 들어와서 면회 온 사람이 있다고 말했다. 나는 마리구나 하고 생각했다. 과연 마리였다.

나는 면회실로 가기 위해 긴 복도를 지나가고 층계를 지나가고 끝으로 또 다른 복도를 지나갔다. 나는 널따란 창으로 빛이 들어오는 아주 큰 방으로 들어섰다. 방은, 세로로 방을 가르는 두 개의 커다란 철책에 의해 세 부분으로 분리되어 있다. 두 철책 사이에는 8미터에서 10미터가량의 간격이 있어서, 면회인과 죄수를 갈라놓고 있었다. 나는 내 맞은편에서 줄무늬 원피스를 입고 얼굴이 햇볕에 그을린 마리를 알아보았다. 내가 서 있는 쪽에는 여남은 명의 수감자들이 있었는데, 대부분이 아랍인들이었다. 마리는 무어인들에게 둘러싸여 있었고 두 여자 면회객 사이에 서 있었다. 그중 한 사람은 입을 꼭 다물고 있는 키 작은 노파로 검은 옷차림이었고, 또 한 사람은 맨머리의 뚱뚱한 여자였는데, 요란하게 몸짓을 해 대면서 아주 큰 소리로 지껄이고 있었다. 두 철책 사이의 거리 때문에 면회인들과 죄수들은 아주 큰 소리로 이야기하지 않으면 안 되었다. 방 안에 들어서니, 소란스러운 말소리가 그 방의 크고 텅 빈 벽들에 부딪쳐 울리고 하늘에서 유리창들 위로 쏟아지는 세찬 빛이 방 안으로 뻗쳐 들어오고 있어서 나는 정신이 얼떨떨했다. 나의 감방은 그보다 더 조용하고 더 어둑했다. 그곳에 익숙해지기까지는 잠시 시간이 필요했다. 그러나 마침내 나는 환한 빛 속에 뚜렷이 드러나는 얼굴 하나하나를 잘 볼 수 있게 되었다. 나는 간수 한 사람이 두 철책 사이 복도의 끝에 앉아 있는 것을 보았다. 대부분의 아랍인 죄수들과 그들의 가족들은 서로 마주 향한 채 웅크리고 앉아 있었다. 그들은 소리를 지르지 않았다. 그처럼 소란스러운 가운데서도 그들은 아주 나직하게 말을 주고받으면서도 용케 서로의 말을 알아듣는 것이었다. 가장 아래쪽에서 올라오는 그들의 희미한 속삭임은 그들의 머리 위에서 교차하는 대화에 대해 일종의 지속적인 저음부를 이루고 있었다. 그러한 모든 것을 나는 마리에게로 다가가면서 한순간에 재빨리 알아챘다. 마리는 벌써 철책에 달라붙어서, 있는 힘을 다해 나에게 웃어 보이고 있었다. 나는 그녀가 매우 아름답다고 생각했으나, 그 말을 그녀에게 하지는 못했다.

"그래 어때?" 마리가 아주 큰 소리로 말했다. "그냥 그렇지 뭐." "잘 지내지? 뭐 필요한 건 없고?" "응, 아무것도 없어."

우리는 입을 다물었고 마리는 여전히 웃고 있었다. 뚱뚱한 여자는 내 옆의 남자를 향해서 고함을 질러 댔다. 아마도 그녀의 남편인 듯, 솔직한 눈매에 키가 큰 금발의 사내였다. 그들은 이미 시작된 어떤 대화를 계속하는 중이었다.

"잔은 개를 맡기 싫대요." 여자가 고래고래 소리를 질러 댔다. "응, 그래." 사내가 말했다. "당신이 나오면 개를 다시 맡을 거라고 해도, 잔은 개를 맡기 싫대요."

이번에는 마리 쪽에서도 레몽이 내게 안부를 전하더라고 소리를 질렀고 나는 "고마워." 하고 말했다. 그러나 내 목소리는, '개는 잘 지내느냐'고 묻는 내 옆 사내의 목소리에 묻혀 버렸다. 그의 아내는, '개가 더할 나위 없이 건강하다'고 말하면서 웃었다. 내 왼편에 있는, 손이 가냘프고 키가 작은 청년은 아무 말이 없었다. 나는 그가 자그마한 노파와 마주 보고 있으며, 두 사람 다 서로를 뚫어지게 쳐다보고 있다는 것을 알아차렸다. 그러나 내겐 그들을 더 관찰할 여유가 없었다. 마리가 내게 희망을 가져야 한다고 외쳤기 때문이다. 나는 "그래." 하고 대답했다. 그와 동시에 나는 마리를 바라보았고, 원피스 위로 그녀의 어깨를 꼭 껴안고 싶었다. 나는 그 얇은 천을 느끼고 싶었다. 그리고 그 천 말고 더 바랄 게 뭐가 있는지 알 수가 없었다. 아마 마리가 말하려는 것도 바로 그것이었으리라. 마리가 여전히 미소를 짓고 있었으니 말이다. 이제 내 눈에 보이는 것은 그녀의 반짝이는 치아와 눈가의 잔주름뿐이었다. 마리가 다시 외쳤다. "나오게 될 거야. 그럼 우리 결혼해!" 나는 "그래." 하고 대답했다. 그러나 그것은 무엇보다도 무슨 말이건 해야겠기에 한 말이었다. 그러자 마리는 아주 빨리, 그리고 여전히 높은 음성으로 정말이라고 말했고, 또 나는 석방될 거고 또 해수욕을 하러 가게 될 거라고 말했다. 그러나 그녀 옆의 여자가 고함을 질러 대며 서기과(書記課)에 바구니 하나를 맡겨 놓았다고 말했다. 그녀는 그 속에 넣은 것을 빠짐없이 주워섬겼다. 돈을 많이 주고 산 것들이니 잘 확인해야 한다는 것이었다. 내 옆의 청년과 그의 어머니는 여전히 서로를 쳐다보고 있었다. 아랍인들의 속삭이는 소리는 우리의 아래쪽에서 계속되고 있었다. 밖에서는 빛이 창에 부딪혀 부풀어 오르는 것 같았다.

나는 몸이 좀 아픈 것 같아서 그만 밖으로 나갔으면 싶었다. 시끄러운 소리 때문에 고통스러웠다. 그러면서도 다른 한편으로는 마리가 와 있을 때 그녀를 좀 더 보고 싶었다. 시간이 얼마나 지났는지 모르겠다. 마리는 자기 일에 대해서 이야기를 했고 끊임없이 미소를 지었다. 속살거림, 외침, 대화가 서로 교차하고 있었다. 서로 마주 바라보고 있는 내 옆의 젊은이와 노파, 두 사람만이 침묵의 섬을 이루고 있었다. 아랍인들이 한 명씩 차례로 떠밀려 나갔다. 맨 처음 사람이 나가는 즉시 거의 모든 사람이 일시에 말을 뚝 그쳤다. 키 작은 노파가 쇠창살로 다가섰고 그와 동시에 간수가 그녀의 아들에게 눈짓을 했다. 아들이 "잘 가, 엄마." 하고 말하자, 노파는 창살 사이로 손을 내밀고 아들에게 천천히 오래도록 작은 손짓을 했다.

노파가 나가자 그사이에 한 남자가 모자를 손에 들고 들어와서 그 자리를 차지했다. 그러자 남자 죄수 한 사람이 인도되어 들어왔고, 그들은 활기 있게 이야기를 시작했지만 목소리는 작았다. 방 안이 다시 조용해졌기 때문이었다. 내 오른편의 사내가 불려 나갈 차례가 되자, 그의 아내는 더 이상 크게 소리 지를 필요가 없다는 것을 깨닫지 못한 듯, 여전히 목소리를 낮추지 않고 그에게 말했다. "건강 잘 돌보고 조심해요." 그다음에 내 차례가 되었다. 마리는 몸짓으로 내게 키스를 보냈다. 나는 방을 나서기 전에 뒤를 돌아다보았다. 마리는 얼굴을 창살에 꼭 갖다 붙인 채 여전히 어정쩡하고 경직된 미소를 지으며 우두커니 서 있었다.

그녀가 편지를 보낸 것은 그로부터 얼마 지나지 않아서였다. 그리고 내가 절대로 이야기하고 싶지 않았던 일들이 시작된 것은 바로 그때부터였다. 어쨌든 무엇이건 과장해서 말하면 안 되고, 또 그건 다른 사람들에 비해 나에게는 더 쉬운 일이었다. 하지만 구금 생활 초기에 가장 힘든 점은, 내가 자유로운 사람처럼 생각한다는 것이었다. 가령 나는 바닷가에 가 있고 싶었고 바다 쪽으로 내려가고 싶은 욕구에 사로잡히곤 했다. 발바닥 밑으로 밀려드는 첫 파도의 소리, 몸이 물속으로 들어갈 때의 느낌, 그리고 물속에서 맛보는 해방감을 상상하다 보면 나는 문득 내 감옥의 벽들이 얼마나 내 가까이 있는가를 실감하는 것이었다. 그러나 그러는 것도 그저 몇 달간이었다. 그다음부터는 죄수로서의 생각밖에 없었다. 나는 안뜰에서 하는 매일의 산책이나 내 변호사의 방문을 기다리는 것이었다. 나머지 시간은 그럭저럭 잘 보낼 수 있었다. 그 당시 나는, 만약 누가 나를 마른 나무둥치 속에 들어가 살게 만들어 내가 머리 위의 꽃 같은 하늘을 바라보는 것 말고는 다른 할 일이 아무것도 없게 된다 해도, 차츰 그 생활에 익숙해졌으리라는 생각을 자주 했다. 그러면 나는 새들이 지나가거나 구름들이 서로 만나기를 기다렸을 것이다. 여기서 내 변호사의 기이한 넥타이가 나타나기를 기다리듯이, 또 저 바깥세상에서 마리의 몸을 껴안기 위해 토요일까지 참고 기다렸듯이 말이다. 그런데 가만 생각해 보면, 나는 마른 나무둥치 속에 들어 있는 것이 아니었다. 나보다 더 불행한 사람들도 있었다. 사실 이건 엄마의 생각이었다. 엄마는 자주 그 말을 되뇌곤 했다. 사람은 결국 무엇에든 익숙해지는 법이라고 말이다.

그러나 나는 보통 그렇게 멀리까지 생각하지는 못했다. 처음 몇 달 동안은 힘들었다. 그러나 바로 내가 바쳐야 했던 노력이 그 몇 달을 지내는 데 도움이 되었다. 가령 여자에 대한 욕정이 고통거리였다. 젊으니까 당연한 일이었다. 특별히 마리가 생각나는 것은 결코 아니었다. 그러나 나는 어떤 한 여자를, 여러 여자들을, 알고 지냈던 모든 여자들을, 그들을 사랑했던 모든 상황들을 어찌나 골똘히 생각했는지 나의 감방이 그 모든 얼굴들로 가득 찼고 내 욕정으로 와글댔다. 어느 면에서 그것은 나의 마음을 어지럽게 했다. 그러나 또 다른 면에서는 시간을 때우게 해 주었다. 나는 마침내, 식사 시간에 주방 심부름꾼과 같이 오는 간수장의 호감을 얻게 되었다. 여자 이야기를 먼저 꺼낸 것은 그였다. 다른 죄수들이 제일 먼저 호소하는 고충이 바로 그것이라고 그는 말했다. 나는 그에게, 나도 다른 사람들과 마찬가지이며 그런 대우는 부당하다고 생각한다고 말했다. "그러나 바로 그러자고 당신네들을 감옥에 가두는 거라고요." 그가 말했다. "아니, '그러자고'라니요?" "그럼요, 자유란 바로 그런 거거든요. 당신네들에게서 그 자유를 빼앗는 거예요." 나는 한 번도 그 점을 생각해 본 적이 없었다. 나는 그에게 동감을 표했다. "맞아요, 정말 그러네요. 아니면 뭐가 벌이겠어요?" "그렇죠. 말귀를 잘 알아듣는군요. 다른 죄수들은 안 그래요. 그렇지만 결국 그네들은 스스로 알아서 문제를 해결하게 되지요." 그렇게 말하고 나서 간수는 가 버렸다.

담배 문제도 있었다. 감옥으로 들어오자 나는 허리띠, 구두끈, 넥타이, 그리고 주머니에 소지하고 있던 모든 것, 특히 담배를 압수당했다. 일단 감방으로 들어오자 담배를 돌려달라고 요청했다. 그러나 그건 금지되어 있다는 것이었다. 처음 며칠 동안은 매우 힘들었다. 무엇보다 가장 나의 기를 꺾어 놓은 것이 아마도 그것이었을 거다. 나는 침대 판자에서 나뭇조각들을 뜯어내서 빨곤 했다. 온종일 끊임없이 구역질이 따라다녔다. 아무에게도 해가 되지 않는 그것을 왜 압수한 것인지 알 수가 없었다. 나중에야 나는 그것도 벌의 일부임을 깨달았다. 그러나 그때는 벌써 담배를 피우지 않는 습관이 들어서 그것이 더 이상 나에게 벌이 되지 못했다.

그러한 문제들을 제외하면, 나는 그다지 불행하지 않았다. 거듭 말하지만, 문제는 오로지 시간을 보내는 일이었다. 기억을 되살리는 법을 터득한 순간부터는 더 이상 심심해서 괴로운 일은 없었다. 나는 가끔 내 방을 생각하는 습관을 갖게 되었다. 상상력을 동원하여 방의 한구석에서 출발해 그리로 다시 돌아올 때까지 지나는 길에 놓여 있는 것을 전부 마음속으로 꼽아 보는 것이었다. 처음에는 금방 끝나 버렸다. 그러나 다시 되풀이할 적마다 조금씩 길어졌다. 왜냐하면 거기 있는 가구를 하나하나 기억해 내고, 그 가구 하나하나마다 그 속에 들어 있는 물건들을, 또 그 물건 하나하나마다 그 모든 세부들을, 그 세부들마다 그 자체의 어떤 상감(象嵌)이나 갈라진 틈이나 이 빠진 가장자리나 혹은 그것들의 빛깔이나 결 같은 것을 기억해 냈기 때문이다. 그와 동시에 나는 내가 기억해 낸 명세의 맥락을 놓치지 않고 완전한 총목록을 만들도록 노력했다. 그 결과 몇 주일이 지나자 내 방 안에 있는 것들을 하나하나 꼽아 보는 것만으로도 여러 시간을 보낼 수 있었다. 그처럼 깊이 생각을 하면 할수록 나는 소홀히 했던 것, 잊어버렸던 것들을 더 많이 기억에서 끌어낼 수 있었다. 그때 나는 단 하루밖에 살지 않은 사람도 감옥에서의 100년쯤은 어렵지 않게 살 수 있으리라는 것을 깨달았다. 그런 사람도 추억할 거리가 얼마든지 있어 심심하지 않을 것이다. 어떻게 생각하면 그건 하나의 장점이었다.

또 잠도 문제였다. 처음에는 밤에 잠을 잘 자지 못했고, 낮에는 한숨도 못 잤다. 차츰 밤에 잘 자게 되었고, 낮에도 잘 수 있었다. 마지막 수개월 동안은 하루에 열여섯 시간에서 열여덟 시간씩 잤다고 할 수 있다. 그리고 남은 여섯 시간은 식사와 대소변과 나의 기억들, 그리고 체코슬로바키아의 이야기로 그럭저럭 보내면 되었다.

사실 나는 짚을 넣은 내 매트와 침대 판자 사이에서 옛날 신문지 한 조각을 발견했던 것이다. 천에 거의 들러붙고 노랗게 빛이 바래고 종이가 투명하게 비쳐 보였다. 시작 부분은 떨어져 나가고 없었지만, 체코슬로바키아에서 일어난 것으로 보이는 어떤 사건에 대한 기사가 실려 있었다. 어떤 남자가 체코의 어떤 마을을 떠나 돈벌이를 하러 갔다. 이십오 년이 지난 뒤에 그는 부자가 되어 아내와 어린 자식을 데리고 돌아왔다. 그의 어머니는 누이와 함께 고향 마을에서 여관을 경영하고 있었다. 그들을 놀래 주려고 사내는 아내와 아이를 다른 여관에 남겨 두고 어머니의 집으로 갔는데, 그가 들어갔을 때 어머니는 그를 알아보지 못했다. 그는 장난삼아 방을 하나 잡기로 마음먹었다. 그리고 자기가 지닌 돈을 내보였다. 밤중에 그의 어머니와 누이는 그를 망치로 때려죽이고 그가 가진 돈을 턴 다음 시체를 강물에 던져 버렸다. 아침이 되어, 사내의 아내가 찾아와서 자기도 모르게 여행자의 신원을 밝히게 되었다. 어머니는 목을 맸다. 누이는 우물에 몸을 던졌다. 나는 그 이야기를 아마 수천 번은 읽었을 것이다. 한편으로 그것은 있을 법하지 않은 이야기였다. 또 한편으로는 자연스러운 이야기였다. 어쨌든 내가 볼 때 그런 결과에 대해서는 여행자에게도 좀 책임이 있었으며, 그리고 장난을 치면 절대 안 된다는 생각이 들었다.

그렇게 잠자는 시간, 기억하기, 사건 기사 읽기, 그리고 빛과 어둠의 교차로 시간은 지나갔다. 감옥에 있으면 시간 개념을 잃게 된다는 것을 나도 분명히 읽은 적이 있었다. 그러나 나에게는 그런 얘기가 별로 의미가 없었다. 하루하루의 날들이 얼마나 길면서도 짧을 수 있는지 나는 예전에는 미처 깨닫지 못했던 것이다. 하루하루는 지내기에는 물론 길지만, 하도 길게 늘어져서 결국 하루가 다른 하루로 넘쳐 나고 말았다. 하루하루는 그리하여 제 이름을 잃어버리는 것이었다. 어제 혹은 내일이라는 말만이 나에게는 의미가 있었다.

어느 날 간수로부터 내가 감옥에 들어온 지 다섯 달이 지났다는 말을 들었을 때, 나는 그의 말을 믿기는 했지만 이해할 수는 없었다. 내가 볼 때는 언제나 같은 날이 내 감방으로 밀려들었고 나는 언제나 같은 일을 계속하고 있었다. 그날 간수가 가고 나서 나는 양철 식기에 비친 내 얼굴을 들여다보았다. 내가 아무리 바라보고 웃음 지으려 해도 그 얼굴은 여전히 정색을 하고 있는 것 같았다. 나는 그 모습을 내 앞에서 흔들었다. 나는 미소를 지었지만 그 얼굴은 여전히 심각하고 슬픈 표정을 지었다. 날이 저물고 있었고, 그것은 내게 있어서는 이야기하고 싶지 않은 시간, 감옥의 모든 층으로부터 저녁의 소음들이 침묵의 행렬을 이루어 올라오는 이름 없는 시간이었다. 나는 천장에 뚫린 창문 쪽으로 다가가 마지막 빛 속에서 다시 한번 내 모습을 바라보았다. 여전히 심각한 표정이었다. 그야 놀라울 게 없었다. 그때 나 자신 역시 심각한 표정이었으니까. 그러나 그와 동시에, 여러 달 만에 처음으로 나는 내 목소리를 똑똑히 들었다. 나는 그것이 이미 오래전부터 내 귓전에 울리던 그 소리임을 알아차렸고, 그동안 줄곧 내가 혼자서 말을 하고 있었다는 것을 깨달았다. 그때 나는 엄마의 장례식 날, 간호사가 했던 말이 생각났다. 그렇다, 정말 빠져나갈 길이 없었다. 감옥 안에서 보내는 저녁들이 어떤 것인지는 그 누구도 상상할 수 없다.

3

사실상 여름은 매우 빨리 지나가고 또다시 여름이 되었다고 할 수 있다. 첫더위가 기승을 부리면서 나는 내게 뭔가 새로운 일이 생기리라는 것을 알고 있었다. 내 사건은 중죄 재판소의 마지막 회기에 다루도록 되어 있었는데, 그 회기는 6월로 끝나는 것이었다. 심리가 시작되었을 때, 밖에는 햇빛이 가득했다. 내 변호사는 심리가 이삼 일 이상 계속되지는 않을 것이라고 내게 잘라 말했다. 그리고 덧붙였다. "게다가 법정에서도 서두를 겁니다. 왜냐하면 당신 사건은 이번 회기에 가장 중요한 사건이 아니니까요. 바로 다음에 다룰 존속 살해 사건이 있어요."

나는 아침 7시 30분에 불려 나갔고, 호송차에 실려 법원으로 갔다. 경관 두 사람이 나를 어둠침침한 작은 방 안으로 들여보냈다. 우리는 어떤 문 옆에 앉아서 기다렸는데 문 뒤에서는 말소리, 부르는 소리, 의자 소리, 그리고 동네 축제에서 음악 연주가 끝난 뒤 춤을 출 수 있도록 장내를 정리할 때를 연상시키는 온갖 떠들썩한 소리가 들려왔다. 재판부의 출정을 기다려야 한다고 경관들이 내게 말했고, 그중 한 사람이 내게 담배를 권했지만 나는 거절했다. 조금 뒤에 그가 나더러 떨리느냐고 물었다. 나는 아니라고 대답했다. 심지어 어떤 의미에서 나는 재판 구경을 하는 것이 재미있기도 했다. 살아오는 동안 그런 기회가 한 번도 없었던 것이다. 그러자 또 다른 경관이 말했다. "그렇겠네요. 하지만 나중엔 지겨워지고 말아요."

잠시 후에 작은 벨 소리가 방 안에 울렸다. 그러자 그들이 내 수갑을 풀어 주었다. 그들은 문을 열고 나를 피고인석으로 들여보냈다. 법정에는 사람들이 터질 듯이 꽉 들어차 있었다. 블라인드가 내려져 있는데도 햇빛이 여기저기로 새어 들어왔고 벌써부터 공기는 숨이 막힐 듯 답답했다. 유리창들은 닫아 둔 채였다. 나는 자리에 앉았고, 경관들이 나의 좌우에 자리를 잡았다. 내 앞에 나란히 열을 지어 자리한 얼굴들이 눈에 들어온 것은 바로 그때였다. 모두가 다 나를 바라보고 있었다. 나는 그들이 배심원이라는 것을 깨달았다. 그러나 그 얼굴들 하나하나가 어떻게 달랐는지는 말할 수가 없다. 내가 받은 인상은 한 가지뿐이었다. 말하자면 내 눈앞에 전차의 긴 좌석이 있고 거기에 앉아 있는 이름 모를 승객들 모두가 새로 전차에 올라탄 승객을 몰래 엿보면서 웃음거리를 찾아내려고 하는 것 같았다. 그러나 그것이 어리석은 생각이라는 것을 나는 잘 알고 있었다. 왜냐하면 거기서 배심원들이 찾고 있던 것은 웃음

거리가 아니라 범죄였기 때문이다. 그러나 그 차이는 그리 크지 않고, 어쨌든 그것이 내 머리를 스친 생각이다.

나는 또한 그 닫힌 방 안에 들어찬 그 모든 사람들 때문에 좀 얼이 빠져 있었다. 법정 안을 다시 한번 둘러보았지만 알아볼 수 있는 얼굴이 하나도 없었다. 나는 그 모든 사람들이 나를 보려고 밀려들었다는 사실을 처음엔 알아차리지 못했던 것 같다. 평소에 사람들은 나의 존재에 관심을 기울이지 않았다. 내가 그 모든 법석의 원인이라는 것을 이해하기 위해서는 노력이 필요했다. 나는 경관에게 말했다. "많이도 모였네요!" 그러자 경관은 신문 때문이라고 대답하며 배심원석 밑의 테이블 옆에 있는 한 무리의 사람들을 가리켰다. "저기들 와 있네요." 그가 내게 말했다. "누구요?" 하고 내가 물으니까, "기자들 말이에요." 하고 그가 다시 말했다. 경관은 기자 중 한 사람을 알고 있었는데, 바로 그때 그 기자가 그를 보고 우리 쪽으로 걸어왔다. 이미 나이가 지긋한 호감형의 사내로 얼굴을 약간 찌푸리고 있었다. 그는 매우 정답게 경관과 악수를 했다. 그 순간 나는, 모든 사람들이 서로 만나고 말을 걸고 대화를 나누는 것이 마치 같은 세계의 사람들끼리 서로 만나서 즐거워하는 어떤 클럽에라도 와 있는 것 같다는 생각을 했다. 내가 남아도는 존재라는, 좀 불청객 같다는 기묘한 느낌 또한 납득이 되었다. 그러나 기자는 웃음을 띠면서 나에게 말을 걸었다. 그는 내게 일이 다 잘 풀리기를 바란다고 말했다. 내가 고맙다고 하자 그가 덧붙였다. "아시다시피, 우리가 당신 사건을 좀 띄워서 보도했어요. 여름은 신문 쪽에서 보면 한가한 철이거든요. 거리가 될 만한 것이라곤 당신 사건과 존속 살해 사건밖에 없었어요." 그리고 그는, 자신이 방금 빠져나온 사람들 무리 속에서 큼직한 검은 테 안경을 쓴, 살찐 족제비처럼 생긴 키 작은 남자를 가리켜 보였다. 파리에 있는 어떤 신문의 특파원이라고 했다. "하기야 당신 사건 때문에 온 건 아니지요. 그렇지만 존속 살해 사건에 관한 취재를 맡은 까닭에, 당신 사건도 한꺼번에 기사로 만들어 보내라는 지시를 받은 겁니다." 그 말에 대해서도 나는 하마터면 감사하다고 말할 뻔했다. 그러나 그건 우스꽝스러운 일이라는 생각이 들었다. 그 기자는 나에게 다정스러운 손짓을 살짝 해 보이고 가 버렸다. 우리는 또 몇 분을 기다렸다.

내 변호사가 법복을 입고 여러 다른 동료들에게 둘러싸여 들어왔다. 그는 기자들에게 가서 악수를 했다. 기자들은 농담을 주고받기도 하고 웃기도 하며 아주 느긋해 보였다. 그때 마침 법정 안에 벨 소리가 요란스럽게 울렸다. 모두들 자기 자리로 돌아갔다. 내 변호사가 내게로 와서 악수를 했고, 질문을 받으면 간단하게 대답하고 이쪽에서 먼저 나서서 말하지 말 것이며, 그 밖의 일은 자기에게 맡기라고 충고했다.

내 왼편에서 의자를 뒤로 빼는 소리가 들리더니, 붉은 법복을 입고 코안경을 쓴, 키가 크고 호리호리한 남자가 조심스럽게 옷을 여미며 앉는 것이 보였다. 검사였다. 진행관이 재판부의 출정을 알렸다. 그와 동시에 커다란 선풍기 두 대가 윙윙거리기 시작했다. 판사 세 사람이 들어왔다. 둘은 검정 옷을 입고 하나는 붉은 옷을 입었는데, 그들은 서류를 가지고 들어와서 실내를 한눈에 내려다볼 수 있는 단으로 매우 빨리 걸어갔다. 붉은 옷을 입은 사람이 중앙의 안락의자에 앉더니 법관 모자를 앞에 벗어 놓고 조그만 대머리를 손수건으로 닦은 뒤 개정을 선언했다.

기자들은 벌써 만년필을 손에 들고 있었다. 모두들 무심하고 약간 비웃는 듯한 표정이었다. 그러나 그들 중 회색 플란넬 양복을 입고 푸른 넥타이를 맨 훨씬 더 젊은 청년 하나만은 만년필을 앞에 놔둔 채 나를 바라다보고 있었다. 좌우 균형이 약간 어긋나 보이는 그의 얼굴에서 매우 맑은 두 눈만이 내 눈에 들어왔다. 그 눈은 이렇다 할 어떤 표정도 드러내지 않은 채 나를 주의 깊게 관찰하고 있었다. 그러자 나는 나 자신이 나를 바라보고 있는 것 같은 야릇한 인상을 받았다. 아마도 그 때문에, 그리고 또 그런 장소의 관례를 잘 알지 못했기 때문에, 나는 뒤이어 일어난 모든 일들, 즉 배심원들의 추첨과 변호사, 검사, 배심원을 향한 재판장의 질문,(배심원들은 질문을 받을 때마다 일제히 재판부 쪽으로 고개를 돌렸다.) 내가 아는 지명, 인명들이 귀에 들리는 빠른 기소장 낭독, 그리고 다시 내 변호사에게 던져지는 또 다른 질문들을 제대로 이해할 수가 없었다.

그런데 재판장이 증인들을 소환토록 하겠다고 말했다. 진행관이 이름들을 읽었는데 그 이름들이 내 주의를 끌었다. 조금 전까지만 해도 불분명한 모습이었던 그 방청객들 속에서 하나씩 일어나 옆문으로 사라지는 사람들이 보였다. 양로원 원장과 관리인, 토마 페레스 영감, 레몽, 마송, 살라마노, 마리. 마리는 나에게 살짝 걱정스럽다는 신호를 보냈다. 나는 그들을 진작 알아보지 못한 것에 대해 아직 놀라워하고만 있었는데, 바로 그때 마지막으로 셀레스트가 자기 이름이 호명되는 소리를 듣고 일어섰다. 그의 옆에는 식당에서 봤던 그 키 작은 여자가 그때의 그 재킷을 입고서 예의 정확하고 단호한 모습으로 앉아 있는 것이 보였다. 그녀는 나를 뚫어지게 바라보고 있었다. 그러나 재판장이 또 말을 하기 시작했기 때문에 나는 깊이 생각할 겨를이 없었다. 재판장은 이제부터 정식 심리가 시작될 것인즉, 방청석의 정숙을 새삼스럽게 주문할 필요는 없을 것으로 생각한다고 말했다. 그의 말에 따르면, 사건의 심리를 공명정대하게 진행하는 것이 그의 직분이며, 그는 객관적인 눈으로 사건을 바라보려 한다는 것이었다. 배심원들의 평결은 정의의 정신에 입각해서 이루어질 것이며, 어쨌든 조그만 불상사라도 생기면 그는 방청객들에게 퇴장을 명하게 될 것이었다.

더위는 점점 심해졌고, 실내에서 방청객들이 신문지로 부채질하는 것이 보였다. 그 때문에 구겨진 종이가 내는 나직한 소음이 계속되었다. 재판장이 손짓을 하자 진행관이 밀짚으로 엮은 부채 세 개를 가져왔고, 세 판사는 즉시 그것을 사용했다.

나에 대한 심문이 즉시 시작되었다. 재판장은 침착하게, 심지어 다정한 느낌마저 깃든 어조로 나에게 질문을 했다. 또다시 내게 신분을 밝히라고 했는데, 나는 짜증이 나기는 했으나, 따지고 보면 그건 당연한 일이라는 생각이 들었다. 왜냐하면 어떤 사람을 다른 사람으로 잘못 알고 재판을 한다면 그건 너무나 중대한 문제일 것이기 때문이다. 이윽고 재판장이 내가 한 일에 대한 얘기를 다시 시작했는데 두세 마디마다 매번 나를 향해서 "맞나요?" 하고 물었다. 그럴 때마다 나는 변호사가 시킨 대로 "네, 재판장님." 하고 대답했다. 재판장은 이야기를 할 때 지극히 세밀한 부분들까지 언급했으므로 시간이 오래 걸렸다. 그동안 기자들은 줄곧 필기를 했다. 나는 그중 가장 젊은 기자와 그 키 작은 자동인형 여자의 시선을 느끼고 있었다. 전차의 긴 좌석은 일제히 재판장 쪽을 향하고 있었다. 재판장은 기침을 하고 서류를 뒤적이더니 부채질을 하며 내게로 눈을 돌렸다.

재판장은 나에게, 이제부터 겉보기에는 나의 사건과 무관한 것 같지만, 아마도 대단히 밀접한 관계가 있는 문제들을 다루겠다고 말했다. 나는 그가 또 엄마 이야기를 하려는 것임을 알아차렸고 동시에 그것이 내게는 얼마나 지겨운 일인가를 느꼈다. 그는 왜 엄마를 양로원에 보냈느냐고 물었다. 나는 엄마를 돌보고 보살피게 할 만한 돈이 없었기 때문이라고 대답했다. 그는 그 일이 나에게 개인적으로 괴로운 일이었느냐고 물었고 나는, 어머니도 나도 더 이상 서로에게, 또한 다른 누구에게 기대하는 것이 아무것도 없었다고, 그리고 우리는 둘 다 각자의 새로운 생활에 익숙해져 있었다고 대답했다. 그러자 재판장은 그 점에 관해서는 더 캐묻지 않겠노라고 말한 다음, 검사를 향하여 내게 할 질문이 더 없느냐고 물었다.

검사는 반쯤 나에게 등을 돌리고 있었는데, 나를 쳐다보지도 않은 채, 재판장이 허락한다면 내가 아랍인을 살해할 의도로 혼자서 샘 쪽으로 되돌아간 것인지를 알고 싶다고 말했다. "아닙니다." 하고 나는 말했다. "그렇다면 피고인은 왜 무기를 지니고 있었으며, 왜 다름 아닌 바로 그 장소로 되돌아간 것입니까?" 나는 우연이었다고 대답했다. 그러자 검사는 심술 섞인 어조로, "지금은 이 정도로 하겠습니다." 하고 말했다. 그러고 나서는 모든 것이 좀 혼란스러웠다. 적어도 나에게는 그랬다. 그러나 잠시 밀담을 나눈 뒤 재판장은 폐정을 선언하면서 증인 심문을 오후로 넘기겠다고 말했다.

나는 깊이 생각할 겨를이 없었다. 이끌려 나와서 호송차를 타고 감옥으로 돌아와 점심을 먹었다. 매우 짧은 시간, 피곤함을 겨우 느낄 만한 시간이 지나자, 나는 다시 불려 나갔다. 모든 것이 다시 시작되어, 나는 같은 방 안에, 같은 얼굴들 앞에 앉게 되었다. 다만 더위가 훨씬 더 심해졌고, 무슨 기적이라도 일어난 듯 모든 배심원, 검사, 내 변호사 그리고 몇몇 기자들이 하나같이 밀짚 부채를 구해 들고 있었다. 젊은 기자와 키 작은 여자도 여전히 거기에 있었다. 그러나 그들은 부채질을 하지 않았고, 아무 말 없이 여전히 나를 바라보고 있었다.

나는 얼굴에 흐르는 땀을 닦았다. 그리고 겨우 그 장소와 나 자신에 대한 의식을 얼마만큼 회복할 수 있었을 때 나는 양로원 원장의 이름을 부르는 소리를 들었다. 엄마가 나에 대한 불평을 하더냐는 질문을 받자 원장은 그렇다고 하면서, 그러나 근친들에 대해 불평하는 것은 원생들에게서 볼 수 있는 괴벽 같은 것이라고 말했다. 양로원에 자신을 맡긴 것에 대하여 엄마가 나를 자주 원망했는지 좀 더 분명히 말하라고 재판장이 요구하자, 원장은 또 그렇다고 대답했다. 그러나 이번에는 아무 설명도 덧붙이지 않았다. 또 다른 질문에 그는, 장례식 날 나의 담담한 태도를 보고 놀랐다고 대답했다. 담담하다는 것은 어떤 의미인가 하고 재판장이 묻자 원장은 구두코를 내려다보더니, 내가 엄마를 보려고 하지 않았고, 단 한 번도 눈물을 흘리지 않았으며, 장례식이 끝난 뒤 무덤 앞에서 묵도도 하지 않고 곧 떠났다고 말했다. 또 하나 그를 놀라게 한 일이 있는데, 장의사 직원 한 사람에게 들은 바로는, 내가 엄마의 나이를 모르더라는 것이었다. 잠시 침묵이 흘렀고, 이어 재판장이 그에게, 그 말이 과연 나에 관한 것임에 틀림없느냐고 물었다. 원장이 그 질문의 뜻을 알아차리지 못하자 재판장은 "법 절차상 하는 질문입니다." 하고 말했다. 그리고 재판장이 차장 검사에게 증인에 대해 질문이 없느냐고 묻자 검사가 외쳤다. "아! 없습니다. 그것으로 충분합니다." 그 목소리가 어찌나 강렬하고 나를 보는 그 눈초리가 어찌나 의기양양한지, 여러 해 만에 처음으로 나는 바보같이 울음이 터져 나올 것만 같은 심정이 되었다. 왜냐하면 내가 그 모든 사람들에게 얼마나 미움을 사고 있는지를 느꼈기 때문이다.

배심원 측과 나의 변호사에게 질문이 없는가 묻고 나서 재판장은 양로원 관리인의 진술을 들었다. 그에게도 다른 모든 증인들 때와 같은 의식 절차가 되풀이되었다. 자리에 나와 서며, 관리인은 나를 쳐다봤다가 눈길을 돌렸다. 그는 질문을 받고 대답했다. 그는 내가 엄마를 보고 싶어 하지 않았고, 담배를 피웠고, 잠을 잤고, 밀크 커피를 마셨다고 말했다. 그때 나는 방청석 전체를 격앙시키는 무엇인가를 느꼈고, 처음으로 내가 죄인이라는 것을 깨달았다. 재판장은 관리인에게 밀크 커피 이야기와 담배 이야기를 한 번 더 반복하게 했다. 차장 검사는 조소의 빛이 담긴 눈으로 나를 빤히 바라보았다. 그때 나의 변호사가 관리인에게, 그도 나와 함께 담배를 피우지 않았느냐고 물었다. 그러나 이 질문에 항의하여 검사가 자리를 박차고 일어섰다. "도대체 지금 누가 범죄자입니까? 검찰 측 증인을 욕되게 하여, 명명백백한 것임에 변함이 없는 증언의 심각성을 축소하려는 이런 방법들은 대체 무엇입니까?" 그럼에도 불구하고 재판장은 질문에 대답하라고 관리인에게 말했다. 관리인 영감은 당황한 표정으로 말했다. "제가 잘못했다는 것은 잘 압니다. 그러나 저분이 권하신 담배를 차마 거절할 수가 없었습니다." 끝으로, 재판장이 나에게 덧붙일 말이 없느냐고 물었다. 나는 "없습니다. 다만 증인의 말이 옳다는 것을 말씀드립니다. 제가 증인에게 담배를 권한 건 사실입니다." 하고 대답했다. 그러자 관리인은 약간의 놀라움과 일종의 감사의 뜻이 담긴 눈길로 나를 바라보았다. 잠시 망설이더니 그는, 밀크 커피를 권한 것은 자기였다고 말했다. 내 변호사는 기세가 등등해져서, 배심원들이 그 점을 참작하리라 생각한다고 말했다. 그러나 검사가 우리의 머리 위로 벼락같이 소리를 질렀다. "물론 배심원들께서는 그 점을 참작하실 겁니다. 그리고 배심원들께서는, 아무 관계도 없는 남이야 커피를 권할 수도 있지만, 아들이라면 자기를 낳아 준 어머니의 시신 앞에서 모름지기 그것을 거절해야 한다고 결론을 내리실 것입니다." 관리인은 자기 자리로 돌아갔다.

　토마 페레스의 차례가 되었을 때는, 진행관이 그를 증인대까지 부축해야만 했다. 페레스는 자신이 어머니와 특별히 잘 아는 사이였고, 나는 장례식 날 한 번 만났을 뿐이라고 말했다. 그날 내가 어떻게 행동했느냐는 질문에 그는 이렇게 대답했다. "사실 말씀이죠, 그날 나 자신이 너무 힘들었습니다. 그래서 아무것도 보지 못했습니다. 힘들어서 아무것도 눈에 보이지 않았습니다. 왜냐하면 그건 나에게 굉장히 마음 아픈 일이었으니까요. 심지어 기절까지 했습니다. 그래서 나는 저분을 보질 못했습니다." 차장 검사는, 적어도 내가 눈물을 흘리는 것은 본 적이 있느냐고 물었다. 페레스는 없다고 대답했다. 그러자 이번에는 검사가 "배심원들께서는 이 점을 참작하실 겁니다." 하고 말했다. 그러나 내 변호사가 화를 냈다. 그는 내가 보기에도 과장되었다 싶은 어조로 페레스에게, '내가 눈물을 흘리지 않는 건 본 적이 있느냐'고 물었다. 페레스는 "없습니다." 하고 대답했다. 방청객들이 웃었다. 그러자 내 변호사는 한쪽 소매를 걷어붙이면서 단호한 어조로 말했다. "이것이 바로 이 재판의 모습입니다. 모든 것이 다 사실이고 어느 것 하나 사실인 게 없습니다." 검사는 수수께끼 같은 얼굴로 문서의 제목을 연필로 찔러 대고 있었다.

　오 분간의 휴정 시간에 변호사는 나에게 모든 것이 더할 수 없이 잘되어 간다고 말했다. 휴정 후 피고인 측에서 요청한 셀레스트의 증언이 있었다. 피고인 측이란 바로 나였다. 셀레스트는 때때로 나에게 시선을 던졌고 두 손으로 파나마모자를 만지작거리며 돌려 댔다. 그는 가끔 일요일에 나와 함께 경마 구경을 갈 때 입었던 새 양복을 입고 있었다. 그러나 셔츠에 칼라는 달지 못했던지 구리 단추로 목을 채우고 있었다.[4] 내가 그의 손님이었느냐는 질문에 그는, "그렇습니다. 하지만 또 친구이기도 했습니다." 하고 말했다. 나를 어떻게 생각하느냐는 물음에는 내가 사나이라고 대답했다. 사나이란 무슨 뜻이냐고 물으니까 그는, 그것이 무슨 뜻인지는 누구나 다 안다고 말했다. 내가 내성적인 성격인 것을 알고 있었느냐는 질문에는 다만, 내가 쓸데없는 말을 하지 않았다고 대답했다. 내가 식비는 어김없이 치렀느냐고 차장 검사가 묻자 셀레스트는 웃고 나서, "그건 우리끼리의 사사로운 일입니다." 하고 말했다. 다시, 나의 범죄를 어떻게 생각하느냐는 질문을 받자 그는 증언대 위에 손을 올려놓았다. 뭔가 할 말을 미리 준비했다는 것을 알 수 있었다. 그가 말했다. "내가 볼 때, 그건 하나의 불행입니다. 하나의 불행, 그게 뭔지는 누구나 다 압니다. 불행이라는 건, 어쩔 도리가 없는 겁니다. 에, 또! 내가 볼 때, 그건 하나의 불행입니다." 그는 더 계속하려고 했으나, 재판장이 됐다고 하며 고맙다고 말했다. 그러자 셀레스트는 약간 당황한 표정을 보였다. 그러나 그는 좀 더 이야기를 하고 싶다고 말했다. 재판장은 간단히 말해 달라고 요청했다. 셀레스트는 또다

---

4) 20세기 초에는 셔츠의 목 부분에 뗐다 붙였다 하는 칼라를 매번 세탁하여 달기도 했지만 미처 못 달게 된 경우에는 목 부분을 단추로 잠그기만 할 수도 있었다. 증인으로 출석한 셀레스트는 나름대로 성의를 다하여 구리 단추를 달았다.

시 그것은 하나의 불행이라는 말을 되풀이했다. 그러자 재판장은 "네, 알았어요. 그러나 우리가 할 일은 그러한 불행을 판단하는 것입니다. 수고하셨습니다." 하고 말했다. 자신의 지혜와 성의를 다했으나 더 이상은 어쩔 수가 없었다는 듯이 셀레스트는 나에게로 고개를 돌렸다. 그의 눈이 번쩍이고 입술이 떨리는 것 같았다. 그는 나를 위해 자기가 더 할 수 있는 일이 무엇일지 나에게 묻는 듯했다. 나는 아무런 말도, 몸짓도 하지 않았으나, 한 인간을 껴안아 주고 싶은 마음이 우러난 것은 그때가 처음이었다. 재판장은 증인대에서 물러갈 것을 그에게 다시 한번 지시했다. 셀레스트는 방청석으로 가서 앉았다. 나머지 심문이 계속되는 동안 줄곧 그는 몸을 약간 앞으로 기울여 무릎에 팔꿈치를 괴고 모자를 두 손으로 잡은 채, 오가는 모든 얘기에 귀를 기울였다. 마리가 들어왔다. 모자를 쓰고 있었고 여전히 아름다웠다. 그러나 나는 머리를 풀어 헤쳤을 때가 더 좋았다. 내가 앉아 있는 곳에서도 그녀의 젖가슴의 가벼운 무게감을 느낄 수 있었고 아랫입술이 여전히 조금 부풀어 있는 것도 알아볼 수 있었다. 그녀는 매우 신경이 날카로워져 있는 것 같았다. 그녀는 곧장, 언제부터 나를 알았느냐는 질문을 받았다. 그녀는 우리 회사에서 같이 일하던 시기를 말했다. 재판장은 나와 어떤 사이인지 알고 싶다고 했다. 마리는 자기가 내 여자 친구라고 말했다. 또 다른 질문에 그녀는, 나와 결혼하기로 되어 있는 것은 사실이라고 대답했다. 서류를 뒤적이던 검사가 갑자기, 언제부터 우리의 관계가 시작되었느냐고 물었다. 마리는 그 날짜를 말했다. 검사는 무심한 표정으로, 그것은 엄마가 죽은 직후인 것 같다고 지적했다. 그러고는 약간 비웃는 말투로, 그러한 미묘한 사정을 더 캐묻고 싶지도 않고 또 마리의 거리낌을 잘 이해하지만, 그러나 (여기에서 그의 어조는 모질어졌다.) 자기의 의무상 부득이 결례할 수밖에 없다고 말했다. 그래서 검사는 마리에게 나와 관계를 맺게 된 그날 하루 동안의 일을 요약해 달라고 요구했다. 마리는 이야기하고 싶어 하지 않았으나 검사의 채근에 어쩔 수 없이 우리의 해수욕, 우리가 함께 영화 구경을 간 일, 그리고 함께 우리 집으로 돌아온 일을 말했다. 차장 검사는 예심에서 마리의 진술을 듣고 그날의 영화 프로그램을 조사해 보았다고 말했다. 그리고 그는 그때 무슨 영화가 상영되고 있었는지를 마리 자신의 입으로 말해 주기 바란다고 덧붙였다. 과연 마리는 거의 하얗게 질린 목소리로, 그것은 페르낭델이 나오는 영화였다고 밝혔다. 그녀의 말이 끝나자 법정은 물을 끼얹은 듯이 조용해졌다. 그러자 검사가 일어서서 심각하게, 그리고 내가 보기에도 정말 흥분한 목소리로, 나를 손가락으로 가리키며 또박또박 천천히 말했다. "배심원 여러분, 어머니가 돌아가신 바로 다음 날 이 사람은 해수욕을 했고, 부적절한 관계를 맺기 시작했고, 희극 영화를 보러 가서 시시덕거렸습니다. 더 이상 드릴 말씀이 없습니다." 여전한 정적 속에서 검사는 말을 맺고 자리에 앉았다. 그런데 갑자기 마리가 흐느껴 울기 시작하면서, 그게 아니다, 다른 것도 있었다, 사람들이 억지로 자기가 생각하는 것과는 반대되는 말을 하게 만든 것이다, 자기는 나를 잘 알고 있고, 나는 그 어떤 나쁜 짓도 하지 않았다고 말했다. 그러나 재판장이 손짓을 하자 진행관이 그녀를 데리고 나갔고, 심문은 다시 계속되었다.

그다음에 마송이 나서서, 나는 정직한 사람이며 '그뿐만이 아니라, 성실한 사람'이라고 말했으나, 들어주는 사람이 거의 없었다. 살라마노도 내가 자기 개에게 퍽 잘해 줬다는 점을 상기시켰고, 또 어머니와 나에 관한 질문에서는 내가 엄마와 할 말이 아무것도 없었고 그 때문에 엄마를 양로원에 맡긴 거라고 대답했으나, 역시 들어주는 사람이 거의 없었다. 살라마노는 "이해해 주셔야 합니다. 이해해 주셔야 해요."라고 말하곤 했다. 그러나 이해해 주는 사람은 하나도 없는 것 같았다. 그도 이끌려 나갔다.

뒤이어 레몽의 차례가 되었다. 그가 마지막 증인이었다. 레몽은 나에게 슬쩍 어떤 신호를 해 보이더니 다짜고짜로 나는 죄가 없다고 말했다. 그러나 재판장은, 그에게 요구하는 것은 평가가 아니라 사실이라고 잘라 말했다. 재판장은 그에게, 기다렸다가 질문을 듣고 대답을 하라고 권고했다. 그가 피해자와 어떤 관계였는지 정확하게 말해 보라는 요구가 있었다. 레몽은 그 기회를 이용해, 자기가 피해자 누이의 뺨을 때린 다음부터 피해자가 미워하고 있던 것은 바로 자기라고 말했다. 그러나 재판장은, 피해자가 나를 미워할 이유는 없었느냐고 물었다. 레몽은 내가 바닷가에 같이 있었던 것은 우연한 일이었다고 말했다. 그러자 검사는 어떻게 해서 사건의 발단이 된 그 편지를 내가 쓰게 된 거냐고 물었다. 레몽은 그것도 우연이었다고 대답했다. 검사는, 이 사건에서 우연은 이미 양심에 많은 폐해를 가져왔다고 반박했다. 그는 레몽이 자기 정부의 뺨을 때렸을 때 내가 말리지 않은 것도 우연인지, 내가 경찰서에 가서 증인을 서 준 것도 우연인지, 그때의 증언이 레몽을 두둔하는 내용 일색이었던 것도 우연인지 알고 싶다고 했다. 그리고 끝으로 레몽에게 생활 수단이 무엇이냐고 물었다. '창고 감독'이라고 레몽이 대답하자 차장 검사는 배심원들에게, 증인이 포주 노릇을 업으로 하고 있다는 것은 두루 알려진 사실이라고 말했다. 나는 그의 공범이요 친구였다. 이것은 가장 저질의 치정 사건으로, 피고인이 도덕적으로 기형적 인물이라는 점 때문에 더욱 위중하다는 것이었다. 레몽이 반박하려 했고 내 변호사도 항의했으나, 재판장은 검사의 이야기를 끝까지 들어야 한다고 말했다. 검사는 "더 할 말이 별로 없습니다." 하고 말한 다음 레몽에게, "피고인은 당신의 친구였습니까?" 하고 물었다. 레몽은 "그렇습니다, 나의 친구였습니다." 하고 말했다. 그러자 차장 검사가 나에게 같은 질문을 했고 나는 레몽을 바라보았다. 그는 나에게서 눈을 돌리지 않았다. 나는 "네." 하고 대답했다. 그러자 검사는 배심원들에게로 돌아서며 선언했다. "어머니가 돌아가신 다음 날 가장 수치스러운 방탕 행위에 골몰했던 바로 그 사람이 하찮은 이유로, 차마 입에 담을 수 없는 치정 사건을 정리하기 위하여 살인을 한 것입니다."

검사는 그제야 자리에 앉았다. 그러나 나의 변호사는 참다못해 두 팔을 높이 쳐들며 외쳤다. 그 때문에 법복의 소매가 흘러내리면서 풀 먹인 셔츠의 주름이 드러나 보였다. "도대체 피고인은 어머니의 장례를 치렀다고 해서 기소된 것입니까,

아니면 살인을 했다고 해서 기소된 것입니까?" 방청객들이 웃었다. 그러나 검사가 다시 벌떡 일어나 법복의 위엄을 과시하면서, 존경하는 변호인처럼 순진하다면 어떨지 모르겠지만, 그 두 범주의 사실들 사이에 어떤 심오하고 비장하고 본질적인 관계가 있음을 감지하지 않을 수 없다고 잘라 말했다. "그렇습니다." 하고 그는 힘차게 외쳤다. "본인은, 범죄자의 마음으로 자기 어머니를 땅에 묻었다는 이유로 이 사람의 유죄를 주장합니다." 이 선언은 방청객들에게 엄청나게 강한 인상을 준 것 같았다. 변호사는 어깨를 으쓱하고는 이마에 흐르는 땀을 닦았다. 그러나 그는 동요한 듯했고, 나는 사태가 내게 유리하게 돌아가지 않고 있다는 것을 깨달았다.

심문이 끝났다. 법원을 나와 호송차를 타러 가면서, 나는 짧은 한순간 여름 저녁의 냄새와 빛을 기억해 냈다. 굴러가는 감옥의 어둠 속에서 나는 내가 좋아했던 한 도시의, 그리고 이따금 스스로 만족감을 느꼈던 어떤 시각의 귀에 익은 그 모든 소리들을, 마치 내 피로의 밑바닥으로부터 찾아내듯이 하나씩 되찾아 냈다. 이미 고즈넉하게 가라앉은 대기 속에서 들려오는 신문팔이들의 외치는 소리, 작은 공원 안의 마지막 새소리, 샌드위치 장수들의 호객하는 소리, 시내 고지대의 굽은 길에서 울리는 전차의 마찰음, 그리고 항구 위로 어둠이 기울기 전 하늘의 저 술렁이는 소리, 그러한 모든 것이 나에게는 소경이 되어 더듬어 가는 행로를 재구성해 주고 있었다. 감옥에 들어오기 전에 내가 잘 알고 있었던 그 행로를 말이다. 그렇다, 그것은 아주 오래전에 내가 스스로 만족감을 느끼곤 했던 그런 시각이었다. 그때 나를 기다리고 있던 것은 언제나 가볍고 꿈도 없는 잠이었다. 그러나 이제는 무엇인가 달라져 있었다. 왜냐하면, 다음 날에 대한 기대와 더불어 이제 내가 다시 대면한 것은 바로 나의 감방이었으니 말이다. 마치 여름 하늘 속에 그려진 낯익은 길들이 우리를 감옥으로 데려갈 수도 있고 순진무구한 잠으로 데려갈 수도 있다는 듯이.

4

비록 피고인석에 앉아 있을지라도 자기 자신에 대해 하는 말을 듣는 것은 언제나 흥미로운 일이다. 검사와 변호사 사이에 논고와 변론이 오가는 동안 사람들은 나에 대해서 많은 이야기를 했다. 아마 내 범죄에 대해서보다 나에 대해서 더 많은 이야기를 했다고 할 수 있을 것이다. 게다가 양쪽의 논고와 변론에 큰 차이가 있었던가? 변호사는 두 팔을 쳐들고 유죄를 인정하되 변명을 붙였다. 검사는 양손을 앞으로 뻗으며 유죄를 고발하되 변명의 여지를 주지 않았다. 그러나 나로서는 어딘가 좀 걸리는 것이 하나 있었다. 나대로의 걱정거리들이 있음에도 불구하고, 때로는 나도 한마디 참견을 하고 싶었다. 그러면 변호사는 "가만있어요, 그편이 당신 사건에 더 유리해요." 하고 말하는 것이었다. 이를테면 사람들은 나를 빼놓은 채 사건을 다루고 있는 것 같았다. 모든 것이 나의 참여 없이 진행되었다. 나의 의견을 묻는 일 없이 나의 운명이 결정되고 있었다. 때때로 나는 다른 모든 사람들의 이야기를 가로막고 이렇게 말하고 싶었다. "대체 누가 피고인가요? 피고인이 된다는 건 중요한 일이에요. 내게도 할 말이 있어요." 그러나 깊이 생각해 보면, 내겐 할 이야기가 아무것도 없었다. 사실 나는, 사람들의 관심을 끄는 데서 얻는 재미는 오래 계속되지 않는다는 것을 인정하지 않을 수 없었다. 예를 들어서, 검사의 논고는 금방 따분하게 느껴졌다. 나의 주의를 끌거나 흥미를 불러일으킨 것은 오직 단편적인 말, 몸짓, 혹은 전체 맥락과 동떨어진 장광설 같은 것들뿐이었다.

내가 제대로 이해했다면, 검사 측 생각의 요점은 내가 범죄를 사전에 계획했다는 것이었다. 적어도 그는 그것을 증명하려고 애썼다. 실제로 그 자신이 이렇게 말하고 있었다. "제가 그것을 증명하겠습니다, 여러분. 그것도 양면으로 증명하겠습니다. 우선은 명명백백한 사실에 비추어서, 다음으로는 이 범죄적 영혼의 심리 상태가 제공하는 어두컴컴한 조명에 의지해서 증명하겠습니다." 검사는 엄마가 죽은 뒤의 여러 가지 사실들을 요약했다. 내가 냉담했다는 것, 엄마의 나이를 몰랐다는 것, 이튿날 여자와 해수욕을 하러 갔다는 것, 영화 구경, 페르낭델, 그리고 끝으로 마리와 함께 집으로 돌아왔다는 것을 상기시켰다. 그때 나는 검사의 말을 이해하는 데 시간이 좀 걸렸다. 그가 '그의 정부(情婦)'라고 말했기 때문이다. 그러나 나에게 그녀는 그저 마리일 뿐이었다. 그다음으로 검사는 레몽의 이야기에 이르렀다. 사건들을 보는 그의 방식에는 명쾌

한 면이 없지 않다는 생각이 들었다. 그의 이야기는 그럴듯했다. 나는 레몽과의 합의하에, 그의 정부를 유인하여 '품행이 수상한' 어떤 인물의 악랄한 손아귀에 넘기려고 편지를 썼다. 바닷가에서는 내가 레몽의 상대들에게 시비를 걸었다. 레몽이 상처를 입었다. 나는 레몽에게 권총을 달라고 했고, 그것을 사용할 생각으로 혼자서 되돌아갔다. 그러고는 계획했던 대로 아랍인을 쏘아 죽였다. 그리고 기다렸다. 그리고 나서 '일이 제대로 되었는지 확인하기 위해서' 다시 네 발을 침착하게, 틀림없이, 말하자면 깊이 생각한 끝에 쏘았다는 것이었다.

"이상과 같습니다. 여러분!" 하고 검사는 말했다. "저는 여러분 앞에서, 이 사람이 고의적으로 살인을 하게 된 사건의 경위를 되짚어 보았습니다. 저는 이 점을 강조하고자 합니다. 왜냐하면 이것은 보통의 살인, 정상 참작의 여지가 있는 충동적인 행위가 아니기 때문입니다. 여러분, 이 사람은 똑똑합니다. 그의 진술을 여러분도 듣지 않으셨습니까? 그는 대답할 줄 압니다. 말뜻도 잘 압니다. 그러므로 자기가 무슨 짓을 하는지 모르고 행동했다고는 할 수 없습니다."

나는 귀를 기울이고 있었고, 내가 똑똑한 사람이라고 그가 말하는 것을 들었다. 그러나 평범한 사람이 갖춘 장점이 어떻게 그를 죄인으로 모는 명백한 기소 사유가 될 수 있는 것인지는 잘 이해할 수가 없었다. 적어도 나를 놀라게 한 것은 그 점이었다. 그 뒤 나는 검사의 말에 더 이상 귀 기울이지 않았는데 문득 그의 이런 말이 들렸다. "피고인이 하다못해 후회의 빛이라도 보였던가요? 전혀 아닙니다, 여러분. 예심이 진행되는 동안 이 사람은 단 한 번도 자기가 저지른 가증스러운 범행을 뉘우치는 빛이 없었습니다." 그 순간 그는 내 쪽으로 돌아서서 손가락으로 나를 가리키며 계속해서 나를 몰아붙였는데, 나는 왜 그러는지 그 이유를 잘 알 수 없었다. 하기야 그의 말이 옳다는 것은 나도 인정하지 않을 수 없었다. 나는 내가 한 행동을 그다지 뉘우치고 있지 않았던 것이다. 그렇지만 그가 그토록 악착스럽게 덤벼드는 것은 의외였다. 나는 다정스럽게, 거의 애정을 기울여, 나는 원래 진정으로 무엇을 뉘우쳐 본 적이 없다고 그에게 설명해 주고 싶었다. 나는 언제나 앞으로 일어날 일, 오늘 일 또는 내일 일에 정신이 팔려 있었던 것이다. 그러나 내가 처해 있던 상황에서 당연히 누구에게도 그런 투로는 말할 수 없었다. 나는 다정스럽게 대하거나 호의를 보일 권리가 없는 것이었다. 그리고 검사가 나의 영혼에 관해서 이야기하기 시작했으므로 나는 다시 귀를 기울이려고 애썼다.

검사는, 배심원 여러분, 그 영혼을 깊숙이 들여다보았으나 아무것도 찾아볼 수 없었다고 말했다. 사실상 나에게는 영혼 같은 것은 있지도 않았고, 인간다운 점도, 인간들의 마음을 지켜 주는 그 어떤 도덕적 원리도 없었다는 것이었다. 그는 이렇게 덧붙였다. "아마도 우리는 그렇다고 해서 이 사람을 비난할 수는 없을 것입니다. 그가 갖추고 있을 수 없는 것이 결여되어 있다고 해서 우리가 그에게 불평할 수는 없는 일입니다. 그러나 이 법정에서는 관용이라는 매우 소극적인 덕목은, 그보다 더 어렵기는 하지만 더 고귀한, 정의라는 덕목으로 바뀌어야

합니다. 이 사람에게서 볼 수 있는 것 같은 심리적 공허가 어떤 구렁텅이가 되어 사회 전체를 삼켜 버릴 수도 있는 경우에는 더더욱 그렇습니다." 그가 엄마에 대한 나의 태도를 거론한 것은 바로 그때였다. 그는 심리 중에 했던 말을 다시 되풀이했다. 그러나 그는 내가 저지른 범죄를 이야기할 때보다 훨씬 더 길게 끌었다. 심지어 너무나 길게 끄는 바람에 결국 나는 그날 아침나절의 더위밖에는 더 이상 아무것도 느끼지 못했다. 적어도 차장 검사가 말을 멈출 때까지는 그랬다. 그는 잠시 말을 끊었다가 다시 매우 낮지만 매우 자신 있는 목소리로 말했다. "여러분, 바로 이 법정은 내일 가장 흉악한 범죄, 아버지를 살해한 범죄를 심판하게 될 것입니다." 그의 말에 따르면, 이 잔학한 범죄 앞에서는 상상력조차 뒷걸음친다는 것이었다. 그는 인간 사회의 율법이 가차 없이 처단해 주기를 감히 기대해 마지않는다고 말했다. 그러나 그는, 서슴지 않고 말하거니와, 그 범행이 불러일으키는 혐오감은, 나의 무감각함 앞에서 자신이 느끼는 혐오감에 비하면 차라리 한 수 아래라고 했다. 여전히 그의 말에 따르면, 정신적으로 어머니를 죽이는 인간은, 자기에게 생명을 준 아버지를 제 손으로 죽이는 인간과 마찬가지로 인간 사회를 등지는 것, 어쨌든 전자는 후자의 행위를 준비하며, 말하자면 그러한 행위를 예고하고 또 정당화한다는 것이었다. 그는 목소리를 높이며 덧붙였다. "여러분, 저는 확신합니다. 피고인석에 앉아 있는 이 사람은 이 법정이 내일 판결을 내리게 될 살인죄에 대해서도 역시 유죄라고 말씀드린다 해도, 여러분은 제 생각이 너무 과장되었다고 여기지 않을 것입니다. 그러므로 이 사람은 벌을 받아 마땅합니다." 여기에서 검사는 땀으로 번들거리는 얼굴을 닦았다. 끝으로 그는, 자기의 의무는 고통스러운 것이지만 결연히 그 의무를 수행하겠다고 말했다. 그리고, 나는 사회의 가장 근본적인 규율을 무시하고 있으므로 이 사회와는 아무 관계도 없으며, 인간의 마음에서 우러나오는 가장 기본적인 반응도 보일 줄 모르므로 인정에 호소할 수도 없다고 말했다. "본 검사는 이 사람의 목을 요구합니다. 하지만 가벼운 마음으로 요구합니다. 왜냐하면, 이미 짧지 않은 재임 기간 중 저는 여러 번 사형을 구형했지만, 그 괴로운 의무가 오늘처럼, 절박한 지상 명령을 따른다는 의식에 의해, 그리고 흉악무도함밖에 찾아낼 수 없는 한 인간의 얼굴을 앞에 두고 느끼는 혐오감에 의해 보상받고, 채워지고, 빛을 받는다고 느껴 본 적이 한 번도 없었기 때문입니다."

검사가 자리에 앉자, 상당히 오랜 정적이 흘렀다. 나는 더위와 놀라움으로 어리둥절한 상태였다. 재판장이 잔기침을 하고 나서 아주 낮은 목소리로 나에게, 덧붙여 말하고 싶은 것은 없느냐고 물었다. 나는 자리에서 일어났고, 말을 하고 싶었으므로, 사실은 그저 생각나는 대로, 아랍인을 죽이려는 의도는 없었다고 말했다. 재판장은 그것은 하나의 주장이라고 대답하고, 지금까지 자기는 나의 자기방어 논리를 잘 이해할 수가 없었으므로 변호사의 변론을 듣기 전에 내가 그런 행동을 하게 된 동기를 분명하게 말해 주면 좋겠다고 했다. 나는 빠르게, 좀 뒤죽박죽이 된 말로, 그리고 우스꽝스러운 말인 줄 알

면서도, 그것은 태양 때문이었다고 말했다. 법정 안에서 웃음
이 터졌다. 나의 변호사는 어깨를 으쓱했고, 곧이어 발언권을
얻었다. 그러나 그는 시간이 늦었고, 자기의 변론에는 많은 시
간이 필요하므로 오후로 미루어 줄 것을 요청한다고 말했다.
재판부는 이에 동의했다.

　오후에도 커다란 선풍기들이 여전히 실내의 무더운 공기를
휘젓고 있었고, 배심원들이 손에 든 여러 색깔의 작은 부채들
이 모두 같은 방향으로 움직이고 있었다. 내 변호사의 변론은
좀처럼 끝날 것 같지 않았다. 그러나 어느 순간엔가 나는 그의
말에 귀를 기울였다. "내가 살인을 한 것은 사실입니다." 하고
그가 말했기 때문이다. 그리고 그는 그런 투로 계속하면서 나
에 대해 이야기할 적마다 '나는'이라고 말하는 것이었다. 나는
매우 놀랐다. 나는 경관에게 몸을 굽혀 그러는 이유를 물었다.
경관은 잠자코 있으라고 하더니 조금 있다가 덧붙였다. "변호
사들은 다 그러는 거예요." 나는, 그것 또한 나를 사건에서 제
쳐 놓고 나를 아무것도 아닌 걸로 취급하는 것이며, 어떤 의미
로는 나를 대신하는 것이라는 생각이 들었다. 그러나 그때 나
는 이미 그 법정에서 아득하게 먼 곳에 가 있었던 것 같다. 게
다가 내 눈엔 내 변호사도 우스꽝스럽게 보였다. 그는 매우 빠
르게 상대 측의 도발임을 주장하고[5] 이어서 그 역시 나의 영
혼에 대하여 말했다. 그러나 내가 보기에 그는 검사보다 재능

---

[5] 여기서 '도발'은 검사 측에서 도발했다는 뜻이 아니라 죽은 아랍인 쪽에
서 도발했기 때문에 뫼르소가 대응하는 과정에서 살인을 하게 되었다는 의
미이다.

이 훨씬 떨어지는 것 같았다. "저 역시 그 영혼을 들여다보았습니다만, 훌륭하신 검사님과 달리 저는 그 무엇인가를 발견할 수 있었습니다. 아니, 막힘없이 술술 그 내용을 읽어 볼 수 있었다고 할 수 있습니다." 그는 내가 착실한 사람이며, 규칙적이고 근면하고 근무하는 회사에 충실한 근로자, 모든 사람에게 사랑받고 다른 사람의 불행을 동정하는 사람이라는 것을 그 영혼 속에서 읽었다는 것이었다. 그가 본 바로는, 나는 힘이 닿는 한 오랫동안 어머니를 부양했던 모범적인 아들이었다. 그러다가 결국 내 능력으로는 마련해 드릴 수 없는 안락한 생활을 양로원이 대신해서 늙은 어머니에게 베풀어 주기를 기대하게 된 것이었다. "여러분, 그 양로원과 관련하여 이러니저러니 그렇게도 말이 많았다는 것이 저로서는 놀랍기만 합니다. 요컨대, 만약 그러한 시설이 유용하고 중요하다는 증거가 꼭 필요하다면, 그런 시설을 지원하고 있는 것이 다름 아닌 국가라는 사실을 지적하지 않을 수 없으니 말입니다." 그가 덧붙였다. 다만 그는 장례식에 관해서는 언급하지 않았고 나는 그것이 그의 변론에서 부족한 점이라고 느꼈다. 그러나 그 모든 장광설, 나의 영혼에 대하여 이야기했던 그 모든 날들과 끝이 없을 것 같던 시간들 때문에, 모든 것이 빛깔 없는 물처럼 변해 버리고 그 속에서 나는 어질어질 현기증이 나는 것만 같았다.

결국 내가 기억하는 것은 오직 변호사가 이야기를 계속하는 동안, 거리로부터, 다른 방들과 법정들의 전 공간을 거쳐서, 아이스크림 장수의 나팔 소리가 나의 귀에까지 울려 왔다는 것뿐이다. 나는 더 이상 나의 것이 아니게 된 어떤 삶, 그러나 나로 하여금 가장 초라하지만 가장 끈질긴 기쁨을 맛보게 했던 어떤 삶에의 추억에 휩싸였다. 여름의 냄새들, 내가 좋아하던 거리, 어느 저녁 하늘, 마리의 웃음과 옷. 그러자 내가 지금 여기서 하고 있는 그 모든 무용한 짓이 목구멍까지 치밀고 올라와 숨이 막혔다. 내가 서둘러 하고 싶은 것이 있다면 단한 가지, 어서 모든 것이 끝나서 나의 감방으로 돌아가 잠이 드는 것뿐이었다. 내 변호사가 외쳐 대는 소리가 가까스로 귀에 들려왔다. 그는 끝으로, 배심원 여러분들께서는 일시적으로 잘못 생각하여 길을 잃었을 뿐인 성실한 근로자를 죽음의 자리로 보내지는 않을 것이라면서, 내가 이미 가장 확실한 벌로써 영원한 뉘우침의 짐을 끌고 가게 만든 그 범죄에 대해 정상 참작을 요구했다. 재판부가 휴정을 선언하고, 변호사는 기진맥진한 얼굴로 자리에 앉았다. 그러나 그의 동료들이 다가와서 그의 손을 잡았다. "아주 훌륭했어." 하는 말이 들렸다. 그중 한 사람은 심지어 나에게 맞장구를 쳐 달라는 듯 "안 그래요?" 하고 말하기까지 했다. 나는 동의했지만, 나의 칭찬은 진심이 아니었다. 나는 너무나 피곤했던 것이다.

그러는 사이에 밖에서는 어느덧 날이 기울어 갔고 더위는 수그러져 있었다. 거리에서 들려오는 소리들에서 나는 저녁의 감미로움을 짐작했다. 우리는 모두 거기서 기다리고 있었다. 그런데 우리가 함께 기다리는 것은 오직 나 자신하고만 관련된 일이었다. 나는 다시 한번 장내를 둘러보았다. 모든 것이 첫날과 똑같은 상태였다. 나는 회색 재킷 차림의 기자, 그리고 자동인형 같은 여자의 눈길과 마주쳤다. 그제야 재판 중에 내가 한 번도 눈으로 마리를 찾아보지 않았다는 데 생각이 미쳤다. 그녀를 잊지는 않았으나 할 일이 너무나 많았던 것이다. 셀레스트와 레몽 사이에서 마리가 보였다. 그녀는 "드디어"라고 말하듯이 나에게 작은 몸짓을 해 보였다. 나는 약간 근심 어린 표정으로 웃음 짓고 있는 그녀의 얼굴을 보았다. 그러나 가슴이 꽉 막힌 것 같은 느낌이어서 그녀의 미소에 답할 수 없었다.

재판이 재개되었다. 매우 빠른 속도로, 배심원들을 향하여 일련의 질문들이 낭독되었다. '살인죄'…… '계획적 범행'…… '정상 참작' 등의 말들이 들렸다. 배심원들이 퇴장했고, 나는 이미 앞서 기다린 적이 있는 방으로 이끌려 갔다. 내 변호사가 따라와서 매우 수다스럽게, 그 어느 때보다도 더 자신 있고 다정한 태도로 내게 이야기를 했다. 그는 다 잘될 것이며, 몇 년 동안의 감금형 혹은 도형 정도로 해결되리라고 생각하고 있었다. 만약 불리한 판결이 날 경우에 파기할 기회가 있느냐고 나는 물었다. 그는 아니라고 대답했다. 배심원 측의 비위를 건드리지 않기 위해서 의견서를 제출하지 않는 것이 그가 세워둔 전술이라는 것이었다. 그는 그렇게, 아무 사유도 없이 그냥 판결을 파기하지는 않는 법이라고 설명했다. 내가 생각해도 그것은 명백해 보여서, 나는 그의 논리에 승복했다. 냉정하게 따져 보면 그것은 지극히 당연한 일이었다. 그렇지 않다면 쓸데없는 서류들이 너무 많아질 것 같았다. "어쨌든 항고의 기회가 있어요. 그러나 결과가 유리하게 나오리라고 확신합니다."

내 변호사가 말했다.

　우리는 매우 오랫동안 기다렸다. 거의 사오십 분쯤 되었던 것 같다. 그만큼 시간이 지난 뒤 벨이 울렸다. 변호사는 "배심원 대표가 평결을 낭독할 거예요. 당신은 판결문 발표 때에나 들여보낼 겁니다."라고 말하고는 나를 두고 가 버렸다. 문을 여닫는 소리가 들렸다. 사람들이 층계를 뛰어가고 있었으나, 멀고 가까움을 분간할 수는 없었다. 그러고는 법정에서 잘 들리지 않는 목소리로 무엇인지 읽는 소리가 들렸다. 또다시 벨이 울리고 피고인석 문이 열렸을 때 나에게로 밀려온 것은 장내의 정적이었다. 그 정적, 그리고 그 젊은 기자가 시선을 딴 데로 돌리고 있는 것을 보고 내가 느낀 그 야릇한 느낌이었다. 나는 마리가 있는 쪽을 보지 못했다. 그럴 겨를이 없었다. 왜냐하면 재판장이 나에게 이상한 형식을 갖추어, 나는 프랑스 국민의 이름으로 공공 광장에서 목이 잘리게 된다고 말했기 때문이다. 그러자 나는 모든 사람들의 얼굴에서 실감되는 그 감정을 이해할 것 같았다. 그것은 분명 어떤 존중 같은 것이었다고 생각한다. 경관들은 나에게 아주 부드럽게 대했다. 변호사는 나의 손목에 자기 손을 올려놓았다. 나는 이제 아무 생각이 없었다. 그러나 재판장이 나에게 덧붙일 말이 없느냐고 물었다. 나는 잠시 생각해 보았다. 그리고 대답했다. "없습니다." 그러자 경관들이 나를 밖으로 데리고 나왔다.

5

세 번째로 나는 교도소 부속 사제의 면회를 거절했다. 그에게 말할 것도 없고 이야기도 하기 싫었다. 나는 그를 곧 만나게 될 것이다. 지금 나의 관심사는 기계 장치로부터 벗어나는 것, 피할 수 없는 그 일에서도 빠져나갈 구멍이 있을 수 있는지 알아보는 것이다. 내 감방이 바뀌었다. 지금 이 감방에서는, 반듯이 누우면 하늘이 내다보인다. 하늘밖에 보이지 않는다. 낮에서 밤으로 옮겨 가면서 색깔들이 약해지는 과정을 하늘의 얼굴 속에서 바라보는 것으로 하루하루가 지나간다. 누워서 머리 밑에 손을 괴고 나는 기다린다. 사형 선고를 받은 사람들 가운데 그 가차 없는 메커니즘에서 벗어난 예가, 처형되기 전에 종적을 감추거나 경찰의 비상선을 돌파한 예가 있었는지 나는 얼마나 여러 번 자문해 보았는지 모른다. 그럴 때마다 나는 전에 사형 집행에 관한 이야기에 충분히 주의를 기울이지 않았던 것을 자책했다. 그러한 문제에는 언제나 관심을 기울여야 마땅할 것이다. 어떤 일이 닥칠지 결코 알 수 없는 일이다. 다른 사람들과 마찬가지로 나도 신문에 난 취재 기사를 읽어 본 적은 있다. 그러나 전문적인 서적들이 분명히 있었을 텐데, 그것들을 들여다보고 싶어 한 적은 한 번도 없었다. 그러한 책들에서라면 탈출의 이야기들을 찾아낼 수 있었을 것이다. 적어도 한 번쯤은 돌아가던 바퀴가 멎는다든가, 그 거역할 수 없는 사전 계획 속에서도 우연과 요행이 무슨 변화를 일으키는 일이 단 한 번은 있었다는 것을 알게 되었을 것이다. 단 한 번! 어느 의미로는 내게는 그 한 번이면 충분했으리라고 생각한다. 나머지는 내 마음이 알아서 했을 것이다. 신문에서는 흔히 사회에 대한 부채를 말하곤 했다. 그들의 말에 의하면 그 부채를 갚아야 한다는 것이었다. 그러나 그러한 말은 상상력을 불러일으키지 못한다. 중요한 것은 탈출의 가능성, 무자비한 의식(儀式) 밖으로의 도약, 희망의 모든 기회를 제공하는 광란의 질주였다. 물론 희망이란, 힘껏 달리던 도중 길모퉁이에서, 어디선가 날아온 총탄에 맞아 쓰러지는 것이었다. 그러나 곰곰이 생각해 보면, 그러한 호사를 나에게 허락해 주는 것은 아무것도 없고 모든 것이 나에게 그런 호사를 금지하고 있었으니, 기계 장치가 나를 다시 붙잡는 것이었다.

아무리 해 보려 해도 나는 그러한 오만방자한 확실성을 받아들일 수가 없었다. 왜냐하면, 어쨌든 그 확실성에 근거를 제공한 판결과, 판결이 선고된 순간부터의 가차 없는 전개 과정 사이에는 어처구니없는 불균형이 있었기 때문이다. 판결문이 17시가 아니라 20시에 낭독되었다는 사실, 그 판결이 전혀 다를 수도 있었으리라는 사실, 속옷을 갈아입는 존재인 인간들에 의해 판결이 내려졌다는 사실, 프랑스(혹은 독일, 중국) 국민 같은 지극히 모호한 개념에 의거하여 판결이 내려졌다는 사실, 그러한 모든 것이 그 결정의 진지성을 많이 깎아내리는 것 같았다. 그러나 선고가 내려진 순간부터 그 선고의 결과는 내가 몸뚱이를 짓뭉개고 있던 그 벽의 존재와 마찬가지로 확실하고 심각한 것이 된다는 사실을 인정하지 않을 수 없었다.

그럴 때면, 나는 엄마가 아버지에 대해 들려준 어떤 이야기가 생각났다. 나는 아버지를 본 적이 없다. 아버지에 대하여 정확히 아는 것이라고는 아마도 엄마가 그때 이야기해 준 것이 전부였을 것이다. 아버지가 어느 살인범의 사형 집행을 보러 갔었다는 것이었다. 그것을 보러 간다는 생각만으로도 아버지는 병이 날 지경이었다. 그래도 아버지는 보러 갔고, 돌아오자 아침나절 한동안 구토를 해 댔다. 그 말을 들었을 때 나는 아버지가 좀 역겨웠다. 그러나 지금은 이해가 됐다. 지극히 당연한 일이었다. 사형 집행보다 더 중대한 일은 없으며, 요컨대 그것이야말로 한 인간에게 참으로 흥미 있는 유일한 일이라는 것을 어째서 그때는 알아차리지 못했을까! 혹시라도 이 감옥에서 나가게 된다면 나는 모든 사형 집행을 빠짐없이 다 보러 가겠다. 그러나 그러한 가능성을 생각하는 것은 잘못이었다고 생각한다. 왜냐하면, 어느 이른 아침에 경찰의 비상선 밖에, 말하자면 저쪽 편에 가 있는 나를 생각만 해도, 사형 집행 장면을 구경하러 왔다가 나중에 토할 수도 있는 구경꾼이 된 나를 생각만 해도, 독약 같은 기쁨의 물결이 가슴으로 차올랐기 때문이다. 그러나 그것은 분별없는 생각이었다. 그런 가정(假定)에 빠져드는 것은 잘못이었다. 왜냐하면 잠시 후 나는 매우 지독한 오한 때문에 담요를 뒤집어쓰고 몸을 웅크리지 않으면 안 되었으니 말이다. 걷잡을 수 없을 정도로 이가 덜덜 떨렸다.

그러나 물론 언제나 분별 있는 생각만 할 수는 없다. 예를 들어서, 또 어떤 때 나는 법률안을 만들어 보기도 했다. 형법 체제를 개혁해 보기도 했다. 제일 중요한 것은 사형수에게 한 번의 기회를 주는 것임을 나는 알아차렸다. 천 번에 단 한 번, 그것이면 수많은 일을 해결할 수 있었다. 그리하여 나는 환자(나는 환자라는 말을 생각했다.)가 먹으면 열 번에 아홉 번만 죽는 그런 화학 약품의 배합을 고안해 낼 수도 있을 것이라고 생각했다. 환자가 그 사실을 알고 있어야 한다는 것이 조건이었다. 왜냐하면 침착하게 이것저것 자세히 따져 본 결과 나는 단두대 칼날의 경우, 결함은 그것이 그 어떤 기회도, 절대적으로 그 어떤 기회도 허용하지 않는다는 데 있다는 것을 알 수 있었으니 말이다. 요컨대 단 한 번에 그 환자의 죽음이 결정되어 버리는 것이었다. 그것은 이미 결정된 일이며 확정된 배합이며 성립된 합의여서 재론의 여지가 없었다. 만에 하나 실패할 경우 다시 해야 했다. 그렇다 보니 난처한 것은, 사형수로서는 기계가 순조롭게 작동해 주기만 바라야 한다는 점이었다. 내 말은, 바로 그것이 불완전한 면이라는 것이다. 어떤 의미에선 그렇다. 그러나 또 다른 의미에서는 그 훌륭한 조직의 모든 비결이 거기에 있다는 것을 인정하지 않을 수 없었다. 요컨대 수형자는 정신적으로 협력을 하지 않으면 안 되었다. 모든 것이 탈 없이 진행되는 것이 그에게 이로운 것이다.

나는 또한, 그러한 문제에 관해서 내가 여태까지 옳지 못한 생각을 하고 있었다는 것을 인정하지 않을 수 없었다. 오랫동안 나는 — 왜 그랬는지는 모르지만 — 단두대로 가기 위해서는 그것이 설치된 대 위로 올라가야 한다고, 계단을 올라가야 한다고 믿고 있었다. 그것은 1789년의 대혁명, 다시 말해서, 그러한 문제에 관해서 사람들이 내게 가르쳐 주거나 보여 준 모든 것들 때문일 것이다. 그런데 어느 날 아침, 소문이 자자했던 어떤 사형 집행을 계기로 신문에 실렸던 사진 한 장이 생각났다. 사실인즉 기계는 그냥 땅바닥에 지극히 간단하게 놓여 있었다. 그리고 생각했던 것보다 훨씬 좁았다. 좀 더 일찍 그런 생각을 하지 못한 것이 정말 이상한 일이었다. 사진에서 본 그 기계는, 무엇보다도 정밀한 제품답게 완벽하고 번쩍이는 모습이 퍽 인상적이었다. 사람은 자신이 알지 못하는 것에 관해서는 항상 과장된 생각을 품는 법이다. 그런데 그와 반대로 모든 것은 단순하다는 사실을 나는 인정하지 않을 수 없었다. 기계는 그것을 향해 걸어가는 사람과 같은 높이에 설치되어 있었다. 그래서 마치 어떤 사람을 만나러 가듯이 가다가 그 기계를 만나게 되는 것이다. 이 역시 따분한 점이었다. 단두대를 향해 올라간다면, 하늘 높이 올라가는 것이라면, 그 방향으로 상상력이 뻗어 갈 수가 있었다. 그런데 여기서도 그 기계 장치가 모든 것을 압도해 버리는 것이었다. 약간 수치스럽게, 대단히 정확하게, 슬며시 목숨이 끊어지는 것이었다.

줄곧 나의 머리를 떠나지 않는 것이 두 가지 더 있었다. 새벽녘과 상고(上告)가 그것이었다. 그러나 나는 이성적이 되어서 그러한 생각을 하지 않으려고 애썼다. 나는 누워서 하늘을 바라보며 거기에 정신을 쏟으려고 노력했다. 하늘이 초록빛으로 변해 갔다. 저녁이었다. 나는 생각의 방향을 돌리려고 더욱 애썼다. 심장이 뛰는 소리에 귀를 기울였다. 그토록 오래전부터 나를 따라다니던 그 소리가 멎어 버릴 수 있다는 것을 상상할 수가 없었다. 나는 제대로 상상력을 발휘해 본 적이 한 번도 없다. 그래도 이 심장의 고동 소리가 더 이상 계속되지 않는 그 어떤 순간을 머릿속에 그려 보려고 애썼다. 그러나 헛수고였다. 새벽 또는 상고라는 것이 있었던 것이다. 나는 결국 마음을 억지로 돌리려 하지 않는 것이 가장 현명한 일이라고 생각하기에 이르렀다.

그들이 오는 것은 새벽이다. 나는 그걸 알고 있었다. 결국 나는 매일 그 새벽을 기다리며 밤을 지새운 셈이다. 언제나 나는 불시에 당하는 것을 싫어했다. 내게 무슨 일이 생길 때 나는 그 현장에 있고 싶다. 그래서 결국 나는 낮에만 조금 잤을 뿐 밤에는 하늘로 난 창에 새벽빛이 떠오를 때까지 꾹 참고 기다렸다. 가장 힘이 드는 때는, 통상 그들이 그 일을 실행하는 시간으로 알고 있는 그 의심쩍은 시각이었다. 자정이 지나면 나는 기다리며 망을 보았다. 나의 귀가 일찍이 그처럼 많은 소리들을 감지하고, 그렇게 가느다란 소리들을 분간해 본 적은 없었다. 사실 어떻게 보면 그 기간 동안 줄곧 나는 운이 좋았다고 할 수 있다. 발소리가 한 번도 들리지 않았으니 말이다. 엄마는, 사람이 전적으로 불행하기만 할 수는 없는 법이라고 자주 말했다. 감옥에서, 하늘이 빛으로 물들고 새로운 하루의 빛이 감방으로 새어 들 때면, 나는 엄마의 말이 맞다는 생각을 하곤 했다. 왜냐하면 발소리가 들려오고 내 심장이 터져 버릴 수도 있는 일이었기 때문이다. 나는 심지어 아주 작은 소리만 나도 문으로 달려가 판자에 귀를 대고 정신없이 기다리다가 결국은 나 자신의 숨소리를 듣게 되고, 그 소리가 헉헉거린다거나 개가 헐떡이는 소리와 너무나 닮았다는 것을 깨달으며 깜짝 놀라기도 했지만, 결국 내 심장은 터지지 않았고, 나는 또다시 스물네 시간을 벌게 되는 것이었다.

낮 동안에는 진종일 상고 생각을 했다. 나는 이 상고에 대한 생각에서 최선의 방책을 얻어 냈다고 본다. 나는 효과를 면밀히 따져 보고, 그러한 숙고를 통해서 최대의 결실을 얻어 내는 것이었다. 나는 늘 최악의 경우를 가정하곤 했다. 상고의 기각이 바로 그것이었다. "그래, 그러면 나는 죽는 거지 뭐." 다른 사람들보다 먼저. 그건 명백했다. 그러나 인생이 살 만한 가치가 없다는 것은 누구나 다 알고 있다. 따지고 보면 서른 살에 죽느냐 예순 살에 죽느냐는 별로 중요하지 않다는 것을 나도 모르는 바 아니었다. 둘 중 어떤 경우가 됐든 당연히 다른 남자들과 다른 여자들은 살아갈 것이고, 수천 년 동안 그럴 것이다. 요컨대 이보다 더 명백한 것은 없다. 지금이건 이십 년 후

건 언제나 죽는 것은 바로 나다. 그 순간의 추론에서 좀 난처한 점은, 앞으로 이십 년을 더 살 수도 있다는 데 생각이 미치면 돌연 마음속에서 끔찍한 그 무엇이 치솟는 게 느껴진다는 것이었다. 그러나 그것도, 이십 년 후 내가 어쨌든 그런 입장이 되어야 한다면 그때 내 생각은 어떠할까를 상상함으로써 눌러 버리면 그만이었다. 어차피 죽는 바에야 어떻게 죽든, 언제 죽든 그런 건 당연히 문제가 아니다. 그러므로,(그리고 어려운 것은 추론에서 이 '그러므로'라는 말이 의미하는 바를 간과하지 않는 것이었다.) 그러므로, 나는 내 상고의 기각을 받아들여야 했다.

그때, 오직 그때에야 비로소 나는 이를테면 두 번째 가정을 해 볼 권리를 얻을 수가, 말하자면 나 자신에게 그렇게 할 것을 허용할 수가 있는 것이었다. 즉 내가 사면받는다는 가정 말이다. 난처한 것은, 엄청난 기쁨으로 내 눈을 찌르며 튀어 오르는 그 피와 육신의 격정을 진정시키지 않으면 안 되었다는 점이다. 나는 열심히 그 부르짖음을 억누르고 통제해야 했다. 첫 번째 가정에서의 나의 단념이 더욱 그럴듯한 것이 되려면 이 두 번째 가정에서도 나는 태연해야만 했다. 그것이 가능해지면 나는 한 시간 동안 평온한 마음을 유지할 수 있었다. 이것만 해도 대단한 일이었다.

내가 한 번 더 부속 사제의 방문을 거절한 것은 바로 그런 때였다. 나는 누워 있었고, 하늘이 황금빛으로 물드는 것을 보고 여름 저녁이 가까워 오는 것을 느꼈다. 상고를 하지 않기로 한 직후였기에 나는 몸속에서 혈류가 규칙적으로 순환하는 것을 느낄 수 있었다. 나는 사제를 만날 필요가 없었다. 아주 오래간만에 처음으로 나는 마리를 생각했다. 그녀가 더 이상 편지를 보내오지 않은 지 퍽 오래되었다. 그날 저녁 나는 곰곰이 생각한 끝에, 아마 그녀가 사형수의 애인 놀음에 그만 지쳐 버린 것이리라고 혼자 짐작을 했다. 어쩌면 병이 났거나 죽었을지 모른다는 생각도 들었다. 충분히 있을 수 있는 일이었다. 이제는 서로 떨어져 있는 우리의 두 몸 이외에는 우리를 이어 주고 우리에게 서로를 생각나게 해 주는 것이 없었으니, 내가 어찌 그녀의 사정을 알 수 있었겠는가? 사실 그때부터 나는 마리와의 추억에 무관심해졌을 것이다. 죽은 마리는 더 이상 내 관심의 대상이 되지 못했다. 그것은 당연한 일이라고 생각되었다. 내가 죽은 뒤엔 사람들이 나를 잊게 된다는 것을 아주 잘 이해하고 있었듯이 말이다. 사람들은 나와 아무 상관이 없어지는 것이다. 심지어 그런 생각을 하는 것이 괴로웠다고 말할 수도 없었다.

부속 사제가 들어온 것은 바로 그때였다. 그를 보자, 나는 몸이 약간 떨렸다. 사제는 그걸 알아차리고 겁내지 말라고 했다. 나는 그에게 보통은 다른 시간에 오지 않았느냐고 말했다. 그는, 이번 면회는 나의 상고와는 아무 관계가 없는 순전히 친구로서의 면회이며, 자기는 상고에 관해서 아무것도 모른다고 대답했다. 그는 내 침상 위에 앉더니 나더러 가까이 와 앉으라고 권했다. 나는 거절했다. 그래도 그는 매우 부드러운 표정을 짓고 있었다.

그는 잠시 동안 두 팔을 무릎 위에 올려놓고 머리를 숙인 채, 자기 손을 물끄러미 바라보며 앉아 있었다. 그 손은 가냘

프면서도 근육이 드러나 보여서 날렵한 벌레를 연상시켰다. 사제는 천천히 그 두 손을 비볐다. 그러고는 여전히 머리를 숙이고 우두커니 앉아 있었다. 너무나 오랫동안 그러고 있어서, 나는 잠시 그를 잊어버린 것 같은 느낌이 들었다.

그러나 그가 갑자기 고개를 들고 나를 빤히 바라보았다. "왜 나의 면회를 거절하지요?" 그가 말했다. 나는 신을 믿지 않는다고 대답했다. 그 점에 대해 확신할 수 있느냐고 묻기에 나는, 그러한 것을 자문해 볼 필요는 없다고 말했다. 내게는 중요하지 않은 문제라고 생각되었기 때문이다. 그러자 그는 몸을 뒤로 젖히고 두 손을 펴 넓적다리 위에 얹은 채 벽에다 등을 기댔다. 그는 거의 나를 향해 말하는 것 같지도 않게, 사람은 때때로 자신이 확신한다고 생각하지만, 사실은 그렇지 않다고 지적했다. 나는 아무 말도 하지 않았다. 그는 나를 쳐다보더니 물었다. "어떻게 생각하나요?" 그럴 수도 있을 것이라고 나는 대답했다. 어쨌든 나는 내가 정말로 무엇에 관심이 있는지는 확신할 수 없을지 몰라도, 무엇에 관심이 없는지는 절대적으로 확신할 수 있다고 말했다. 그런데 그가 내게 말하는 내용이 바로 나로서는 관심이 없는 것이었다.

그는 눈을 돌렸다. 그리고 여전히 그 자세를 바꾸지 않은 채, 너무나 절망해서 그렇게 말하는 것이 아니냐고 물었다. 나는 절망한 것이 아니라고 설명했다. 다만 나는 두려울 뿐이었고 그것은 아주 자연스러운 일이었다. "그렇다면 하느님께서 도와주실 겁니다." 그가 말했다. "내가 만났던 당신과 같은 경우의 사람들은 모두 하느님께로 돌아왔어요." 그건 그 사람들의 권리라고 나는 인정했다. 그것은 또한 그들에게 그럴 시간이 있었음을 말해 주는 것이기도 했다. 그런데 나로 말하면 남에게 도움받는 것을 원치도 않고, 아무 흥미가 없는 것에 관심을 기울일 시간도 없었다.

그 순간 그는 짜증스러워하는 손짓을 했지만, 곧 자세를 바로 하고 사제복의 주름을 바로잡았다. 손질을 마치고 나서 그는 나를 '친구'라고 부르면서 말했다. 내가 사형수라서 그렇게 부르는 것은 아니라고 했다. 그가 생각할 때 우리는 모두가 다 사형수라는 것이었다. 그러나 나는 그의 이야기를 가로막고, 그건 같은 경우가 아니라고, 더군다나 어떤 경우에도 그것이 무슨 위안이 될 수는 없다고 말했다. "그야 그렇지요." 그는 동의했다. "그렇지만 오늘 당장 죽지 않는다 하더라도 당신은 장차 언젠가는 죽어요. 그때 가서도 같은 문제가 제기될 거예요. 그 무서운 시험을 어떻게 감당할 건가요?" 나는, 내가 지금 감당하고 있는 것과 꼭 같은 방식으로 그 시련을 감당할 거라고 대답했다.

그 말을 듣자 그는 자리에서 일어나더니 내 눈을 똑바로 쳐다보았다. 그것은 내가 잘 아는 놀이였다. 나는 흔히 에마뉘엘이나 셀레스트와 그 놀이를 했는데, 대개는 그들이 먼저 눈을 돌려 버렸다. 사제도 그 놀이를 잘 알고 있다는 것을 나는 금방 눈치챌 수 있었다. 그의 시선이 떨리지 않았으니 말이다. 그리고 역시 떨리지 않는 목소리로 그가 물었다. "당신은 그럼 아무 희망도 갖지 않나요? 죽으면 완전히 죽어 없어진다고 생각하며 살고 있는 건가요?" 나는 "네." 하고 대답했다.

그러자 그는 고개를 숙이고 다시 자리에 앉았다. 그는 내가 가엾게 느껴진다고 말했다. 인간으로서는 도저히 견딜 수 없는 일이라는 것이었다. 나는 그저 그가 귀찮아지기 시작한다는 느낌밖에 없었다. 이번에는 내가 돌아서서 하늘로 난 창 밑으로 갔다. 나는 어깨를 벽에 기대고 있었다. 귀담아듣지는 않았으나, 그가 나에게 또 뭐라고 묻기 시작하는 소리가 들렸다. 그는 걱정 섞인 절박한 목소리로 말하고 있었다. 그가 흥분한 상태라는 것을 깨닫고 나는 좀 귀를 기울였다.

그는, 나의 상고가 수락될 것이라고 확신하지만, 내가 죄의 짐을 지고 있으므로 그것을 벗어야 한다고 말했다. 그의 말에 따르면, 인간들의 심판은 아무것도 아니며 하느님의 심판이 전부였다. 나에게 사형을 선고한 것은 인간들의 심판이라고 내가 지적했다. 그는 그렇지만 인간들의 심판이 나의 죄를 씻어 준 것은 아니라고 대답했다. 나는 죄가 무엇인지 모른다고 말했다. 내가 죄인이라는 것을 남들이 나에게 가르쳐 주었을 뿐이었다. 나는 죄인이었고, 죄의 대가를 치르고 있었고, 나에게 그 이상을 요구할 수는 없었다. 그 순간 사제가 다시 자리에서 일어섰다. 나는 너무나 좁은 감방이라 그가 움직이고 싶어도 달리 선택의 여지가 없다는 생각을 했다. 앉든지 일어서든지 둘 중 하나밖에 할 수 없을 터였다.

나는 땅바닥에 눈을 박고 있었다. 그가 한 걸음 나에게로 다가서더니, 더 앞으로 나설 엄두가 안 난다는 듯이 멈춰 섰다. 그러고는 창살 너머로 하늘을 바라보았다. 그가 말했다. "당신은 잘못 생각하고 있어요, 몽 피스. 그 이상을 요구할 수도 있는 거예요. 아마 그 이상을 요구할 겁니다." "아니, 대체 뭘요?" "똑똑히 보라고 당신에게 요구할 겁니다." "뭘 봐요?"

신부는 주위를 한 바퀴 둘러보더니, 갑자기 매우 지친 것같이 들리는 목소리로 말했다. "이 모든 돌들은 고통의 땀을 흘리고 있어요. 나는 그걸 알아요. 이 돌들을 바라볼 때마다 나는 고통을 느껴요. 그렇지만 나는 마음속 깊이 알고 있어요. 당신들 가운데서 가장 비참한 사람들은 이 돌들의 어둠으로부터 하느님의 얼굴이 솟아나는 것을 보았다는 걸 말입니다. 당신에게 보라고 요구하는 건 바로 그 얼굴이지요."

나는 약간 기운이 살아났다. 나는 이 벽들을 들여다보고 지낸 지 여러 달째라고 말했다. 내가 이보다 더 잘 아는 것은 이 세상에 아무것도 없었고 아무도 없었다. 아마도 아주 오래전에, 나는 거기에서 어떤 얼굴을 찾아보려고 했던 것 같다. 그러나 그 얼굴은 태양의 색깔과 욕정의 불꽃을 지닌 것이었다. 바로 마리의 얼굴이었다. 나는 그것을 찾아내려고 했지만 헛일이었다. 이제는 그것도 지나간 일이었다. 어쨌든 나는 그 돌의 땀에서 솟아오르는 것은 아무것도 보지 못했다고 말했다.

부속 사제는 어딘지 슬픔이 어린 눈으로 나를 바라보았다. 이제 나는 등을 완전히 벽에 기대고 있었고, 햇빛이 내 이마 위로 흘러내렸다. 그가 뭐라고 말을 했으나 나는 듣지 못했다. 이어서 그가 매우 빠른 어조로 나를 껴안아도 되겠느냐고 물었다. 나는 "아뇨." 하고 대답했다. 그는 돌아서서 벽 쪽으로 걸어가더니 천천히 그 벽을 한 손으로 쓸었다. "그래, 그렇게도 이 땅을 사랑하나요?" 그가 중얼거렸다. 나는 아무 대답도 하지 않았다.

그는 상당히 오랫동안 돌아서 있었다. 그의 존재가 내게 짐스럽고 성가셨다. 그에게 그만 가 달라고, 혼자 있고 싶다고 말하려는데, 그때 그가 다시 나를 향해 돌아서면서 갑자기 큰 소리로 외쳤다. "아니, 난 당신 말을 믿을 수가 없어요. 장담하지만, 당신도 다른 삶을 원했던 적이 있어요." 물론이라고, 그러나 그것은 부자가 되거나 헤엄을 빨리 치거나 혹은 더 잘생긴 입을 가지는 것 따위를 원하는 것보다 더 중요할 게 없다고 나는 대답했다. 그것은 같은 종류의 일이었다. 그러나 그가 나의 말을 가로막고 그 다른 삶이라는 것을 어떻게 상상하느냐고 물었다. 그러자 나는 그에게 소리쳤다. "지금의 이 삶을 회상할 수 있는 그런 삶이죠." 그러고는 곧이어, 이제 좀 그만하라고 말했다. 그는 또다시 하느님에 대한 얘기를 하려고 했지만 나는 그에게로 다가서며, 나에게는 남은 시간이 별로 없다는 것을 마지막으로 한 번 더 설명하려 했다. 나는 하느님 이야기로 그 시간을 허비하고 싶지 않았다. 그는 화제를 바꾸려고, 왜 자기를 '아버지'[6]라고 부르지 않고 '선생님'이라고 부르느냐고 물었다. 그 말에 나는 짜증이 나서, 당신은 나의 아버지가 아니고 다른 사람들 편이라고 대답했다.

"아니지요, 몽 피스!" 그는 나의 어깨 위에 손을 올려놓으며

---

6) mon père. 본래는 '아버지'라는 뜻이지만 가톨릭 신자가 신부를 부를 때 쓰는 표현이다.

말했다. "나는 당신 편이에요. 그러나 당신은 마음의 눈이 멀어서 그것을 모르는 겁니다. 당신을 위해서 기도드리겠어요."

그때, 왜 그랬는지 모르지만, 내 속에서 뭔가가 폭발해 버렸다. 나는 목이 터져라 고함을 치기 시작했고 그에게 욕설을 퍼부었고 기도하지 말라고 말했다. 나는 그의 사제복 깃을 움켜잡았다. 기쁨과 분노가 뒤섞여 솟구쳐 오르는 가운데 나는 그에게 마음속을 송두리째 쏟아부었다. 그는 어지간히도 자신만만한 태도군, 안 그래? 그러나 그의 신념이란 건 죄다 여자의 머리카락 한 올만도 못해. 그는 죽은 사람처럼 살고 있으니, 살아 있다는 것에 대한 확신조차 없는 셈이지. 나를 보면 맨주먹뿐인 것 같겠지. 그러나 내겐 나 자신에 대한, 모든 것에 대한 확신이 있어. 신부 이상의 확신이 있어. 나의 삶에 대한, 닥쳐올 그 죽음에 대한 확신이 있어. 그래, 내겐 이것밖에 없어. 그러나 적어도 나는 이 진리를 굳세게 붙들고 있어. 그 진리가 나를 붙들고 놓지 않는 것만큼이나. 내 생각은 옳았고, 지금도 옳고, 또 언제나 옳아. 나는 이런 식으로 살았고, 다른 식으로 살 수도 있었어. 나는 이건 했고 저건 하지 않았어. 나는 어떤 일은 하지 않았는데 다른 일은 했어. 그러니 어떻다는 거야? 나는 마치 저 순간을, 나의 정당성이 증명될 저 신새벽을 여태껏 기다리고 있었던 것만 같아. 아무것도, 아무것도 중요하지 않아. 난 그 까닭을 알아. 신부인 그 역시 그 까닭을 알아. 내가 살아온 이 부조리한 전 생애 동안, 내 미래의 저 깊숙한 곳으로부터 한 줄기 어두운 바람이, 아직 오지 않은 세월을 거슬러 내게로 불어 올라오고 있었어. 내가 살고 있는, 더

실감 난달 것도 없는 세월 속에서 나에게 주어지는 것은 모두
다, 그 바람이 지나가면서 서로 아무 차이가 없는 것으로 만들
어 버리는 거야. 다른 사람들의 죽음, 어머니의 사랑, 그런 것
이 내게 무슨 중요성이 있다는 거야? 그의 그 하느님, 사람들
이 선택하는 삶들, 사람들이 선택하는 운명들, 그런 것이 내게
무슨 중요성이 있다는 거야? 오직 하나의 운명만이 나 자신을
택하도록 되어 있고, 나와 더불어 그처럼 나의 형제라고 자처
하는 수십억의 특권 가진 사람들을 택하도록 되어 있는데 말
이야. 이해하겠어? 이해하겠느냐고? 사람은 누구나 다 특권
가진 존재야. 세상엔 특권 가진 사람들밖에 없어. 다른 사람들
도 역시 장차 사형 선고를 받을 거야. 신부인 그 역시 사형을
선고받을 거야. 만약에 그가 살인범으로 고발당하고 자기 어
머니 장례식 때 눈물을 흘리지 않았다는 이유로 처형당하게
된다 한들 그게 무슨 상관이야? 살라마노의 개나 그의 마누라
나 그 가치를 따지면 매한가지야. 자동인형 같은 그 키 작은
여자도, 마송과 결혼한 그 파리 여자나, 또 내가 결혼해 주기
를 바랐던 마리나 다 마찬가지로 죄인이야. 셀레스트는 레몽
보다 낫지만, 레몽이 셀레스트 못지않은 내 친구라는 게 무슨
상관이야? 마리가 오늘 또 다른 뫼르소에게 입술을 내바치고
있다 한들 그게 무슨 상관이야? 도대체 이해하기나 하는 거
야? 이 사형수를, 그리고 미래의 저 깊숙한 곳으로부터…….
이런 모든 걸 외쳐 대느라 나는 숨이 막혔다. 그러나 벌써 사
람들이 사제를 내 손아귀에서 떼어 내고 있었고 간수들이 나
를 위협하고 있었다. 그러나 사제는 그들을 진정시켰고, 한동

안 말없이 나를 바라보았다. 그의 눈에는 눈물이 가득 괴어 있었다. 그는 마침내 돌아서더니 사라졌다.

그가 나가고 나자 나는 평정을 되찾았다. 나는 기진맥진해서 침상에 몸을 던졌다. 그러고는 잠이 들었던 모양이다. 왜냐하면 눈을 뜨자 얼굴 위로 별들이 쏟아지고 있었으니 말이다. 들판의 소리들이 나에게까지 올라오고 있었다. 밤 냄새, 흙냄새, 소금 냄새가 내 관자놀이를 시원하게 식혀 주었다. 잠든 그 여름의 그 신기로운 평화가 밀물처럼 내 속으로 흘러들었다. 그때 밤의 저 끝에서 뱃고동 소리가 크게 울렸다. 그것은 이제 나와는 영원히 관계가 없게 된 한 세계로의 출발을 알리고 있었다. 참으로 오래간만에 처음으로 나는 엄마를 생각했다. 엄마가 왜 한 생애가 다 끝나 갈 때 '약혼자'를 만들어 가졌는지, 왜 다시 시작해 보는 놀음을 했는지 이해할 수 있을 것 같았다. 거기, 뭇 생명들이 꺼져 가는 그 양로원 근처 거기에서도, 저녁은 우수가 깃든 휴식 시간 같았다. 그토록 죽음이 가까운 시간에 그곳에서 엄마는 마침내 해방되어 모든 것을 다시 살아 볼 준비가 되었다고 느꼈던 것 같다. 아무도, 아무도 엄마의 죽음을 슬퍼할 권리는 없는 것이다. 그리고 나 또한 모든 것을 다시 살아 볼 수 있을 것 같은 생각이 들었다. 마치 그 커다란 분노가 나의 고뇌를 씻어 주고 희망을 비워 버리기라도 했다는 듯, 신호들과 별들이 가득한 이 밤을 앞에 두고, 나는 처음으로 세계의 정다운 무관심에 마음을 열고 있던 것이다. 세계가 그토록 나와 닮아서 마침내 그토록 형제 같다는 것을 깨닫자, 나는 전에도 행복했고, 지금도 여전히 행복하다고 느꼈다. 모든 것이 완성되도록, 내가 외로움을 덜 느낄 수 있도록, 내게 남은 소원은 다만, 내가 처형되는 날 많은 구경꾼들이 모여들어 증오의 함성으로 나를 맞아 주었으면 하는 것뿐이었다.

『이방인』에 대한 편지[7]

　친애하는 선생님, (……) 당신의 계획을 접하고 나서 내가 다소 망설이고 있다는 것을 짐작하실 수 있겠지요. 나는 온갖 형태의 연극 활동에 관심을 기울여 온 지 어언 이십여 년입니다.(나 자신 배우였고 연출도 했습니다.) 그래서 연극 무대의 조명은 소설 속에 도입될 수 있는 계산된 빛과는 아무런 상관이 없다는 것을 나는 잘 알고 있는 터입니다. 그냥 이야기 속에서는 잘 버티고 서 있을 수 있는 인물이 연극 무대의 세찬 조명 아래서는 완전히 무너져 앉아 버리는 수도 있는 것입니다. 그러나 당신의 편지와 드블뤼 씨의 편지를 받고 보니 당신과 함께 그 모험을 한번 해 보고 싶은 욕심이 생겼습니다. 그리고

---

7) 1954년에 어떤 독일 독자가 알베르 카뮈에게 『이방인』을 각색해 보겠다는 계획을 제시한다. 여기에 실린 글은 그 제안에 대한 카뮈의 답장이다.

나는 어떤 공동 작업을 결정하기 전에 바랄 수 있는 유일한 보증은 공감이라는 사실을 경험을 통해서 알고 있습니다. 그러므로 당신은 『이방인』을 각색해 무대에 올리는 것에 대해 나의 허락을 받은 것으로 생각해도 좋습니다. 나 자신은 그 작품을 각색하지 않겠습니다. 사실상 나는 그 인물을 나의 이야기 속에서 결정적인 모습으로 보았던 것이므로 그러한 조망에서 시선을 딴 데로 돌릴 수가 없습니다.

이제 당신의 계획에 대한 내 생각을 말해 보자면 다음과 같습니다. 이제부터 우리는 작업을 같이하는 동료로서, 다시 말해서 간단 솔직하게 말을 하기로 합시다. 그러는 편이 좋으니까요. 나는 두 가지 반대 의견을 말하고 싶습니다.

1) 살인 장면이 무대에 나타나 보이지 않는다면 곤란합니다. 우선 그 대목은 이야기의 핵심이기 때문입니다. 그것은 태양이 가득한 살인이며 여기서 태양은 그것을 중심으로 해서 드라마가 전개되도록 만들어진, 그야말로 중심입니다. 드라마는 그 뜨거운 조명을 받음으로써 카프카식의 어둠침침하고 현실과 거리가 있는 이야기로 변질해 버리지 않을 수 있는 것입니다. 당신은 그 살인 장면을 무대 위에다 나타내 보이기가 어렵다고 말하겠지요. 그러나 나는 바로 그렇기 때문에 표현 방법을 찾아내야 한다고 대답하고 싶습니다.

찾아보십시오. 그래서 만약 그 방도를 찾아낸다면 당신 연출의 진정한 독창성을 획득할 수 있게 되는 것입니다.

2) 여섯 번째 장을 독백으로 끝마치고 싶다고 했는데 내가 보기에 그것은 불가능하다고 여겨집니다. 연극에서 독백은

행동과 맞물려 있을 경우에만(그것도 대배우를 기용할 경우) 참고 보아줄 수 있는 것입니다.

당신이 생각하고 있는 그 대목에서라면 독백은 '교훈'의 느낌을 줄 것입니다. 따라서 그것은 인위적이 될 것입니다. 그러나 화해의 테마는 그대로 간직되어야 마땅합니다. 이 점 역시 어떻게 하면 좋을지 잘 연구해 보셔야겠습니다.

당신도 이미 알고 있으리라 생각은 됩니다만, 그래도 꼭 피해야 할 위험들에 대해서 말해 두고 싶습니다. 간단히 말해서 1925년 이래 귀국에서 그토록 많은 추종자들이 생겨 있는 터인 카프카류, 혹은 표현주의류는 피하라고 충고하겠습니다. 『이방인』은 사실주의도 아니고 환상적 장르도 아닙니다. 나로서는 오히려 육화된 신화, 그것도 삶의 살과 열기 속에 깊이 뿌리내린 신화라고 봅니다. 어떤 사람들은 이 작품에서 새로운 유형의 배덕자를 발견할 수 있다고 했습니다. 그건 완전히 틀린 생각입니다. 여기서 정면으로 공격받고 있는 대상은 윤리가 아니라 재판의 세계입니다. 재판의 세계란 부르주아이기도 하고 나치이기도 하고 공산주의이기도 합니다. 한마디로 말해서 우리 시대의 모든 암들입니다. 뫼르소로 말하자면 그에게는 긍정적인 그 무엇이 있습니다. 그것은 죽는 한이 있더라도 거짓말을 하지 않겠다는 결연한 거부의 자세입니다. 거짓말을 한다는 것은 단순히 있지도 않은 것을 있다고 말하는 것만이 아니라, 대부분의 경우 사회에 적응하기 위해서, 자기가 아는 것보다 더 말하는 것에 동의하는 것도 의미합니다. 뫼르소는 판사들이나 사회의 법칙이나 판에 박힌 감정들의 편이 아닙니다. 그는 햇볕이 내리쬐는 곳의 돌이나 바람이나 바다처럼(이런 것들은 거짓말을 하지 않아요.) 존재합니다.

만약 당신이 이 책을 이러한 측면에서 해석해 본다면 거기서 어떤 정직성의 모럴을, 그리고 이 세상을 사는 기쁨에 대한 해학적이면서도 비극적인 찬양을 발견할 것입니다. 따라서 여기에서는 어둠이라든가 표현주의적인 회화(戲畫)라든가 절망의 빛 같은 것은 관심의 대상이 아닙니다.

파리, 1954년 9월 8일

알베르 카뮈

미국판 서문

나는 오래전에 『이방인』을 나 스스로도 매우 역설적이라고 인정하는 바인 한마디로 다음과 같이 요약한 바 있다. "우리 사회에서 자기 어머니의 장례식에서 울지 않은 사람은 누구나 사형 선고를 받을 위험이 있다." 나는 다만, 이 책의 주인공은 유희에 참가하고자 하지 않았기 때문에 유죄 선고를 받았다는 말을 하고 싶었다. 그런 의미에서 주인공은 자기가 사는 사회에서 이방인이며 사생활의 변두리에서 주변적인 인물로서 외롭게, 관능적으로 살아간다. 그렇기 때문에 독자들은 그를 일종의 표류물과도 같이 간주하고 싶은 느낌을 받는 것이다. 그렇지만 뫼르소가 어떤 면에서 유희를 하지 않으려고 하는 것인지를 자문해 본다면 그 인물에 대한 더 정확한 생각을, 어쨌든 작가의 의도와 더 일치하는 생각을 하게 될 것이다. 그 대답은 간단하다. 즉 그는 거짓말하는 것을 거부한다. 거짓말을 한다는 것은 단순히, 있지도 않은 것을 말하는 것만이 아니다. 그것은 특히 실제로 있는 것 이상을 말하는 것, 인간의 마음에 대한 것일 때는, 자신이 느끼는 것 이상을 말하는 것을 뜻한다. 이건 삶을 좀 간단하게 하기 위해 우리들 누구나 매일같이 하는 일이다. 그런데 뫼르소는 겉보기와는 달리 삶을 간단하게 하고자 하지 않는다. 그는 있는 그대로 말하고 자신의 감정을 은폐하지 않는다. 이렇게 되면 사회는 즉시 위협당한다고 느끼게 마련이다. 예컨대 사람들은 그에게 관례대로의 공식에 따라 스스로 저지른 죄를 뉘우친다고 말하기를 요구한다. 그는, 그 점에 대해서 진정하게 뉘우치기보다는 오히려 귀찮은 일이라 여긴다고 대답한다. 이러한 뉘앙스 때문에 그는 유죄 선고를 받는다.

따라서 내가 보기에 뫼르소는 표류물과 같은 존재는 아니다. 그는 가난하고 가식이 없는 인간이며 한 군데도 어두운 구석을 남겨 놓지 않는 태양을 사랑한다. 그에게 일체의 감수성이 결여되어 있다고는 결코 말할 수 없다. 집요하기 때문에 그만큼 뿌리가 깊은 정열이 그에게 활력을 공급한다. 절대에 대한, 진실에 대한 정열이 그것이다. 이것은 아직 소극적인 참으로 존재한다는 진실, 느낀다는 진실이다. 그러나 그 진실이 없이는 자아와 세계에 대한 그 어떤 정복도 가능하지 않을 것이다.

그 어떤 영웅적인 태도를 취하지는 않으면서도 진실을 위해서는 죽음을 마다하지 않는 한 인간을 『이방인』 속에서 읽는다면 크게 틀린 것이 아니라고 할 수 있겠다. 여전히 좀 역

설적인 뜻에서 한 것이지만, 나는 내 인물을 통해서, 우리들의
분수에 맞을 수 있는 단 하나의 그리스도를 그려 보려고 했다
는 말을 한 적이 있다. 내가 설명을 할 만큼 했으니까 나의 이
말에는 그 어떤 신성 모독적인 의도도 담겨 있지 않고, 그저
한 예술가가 스스로 창조한 인물들에 대해 느낄 권리가 있는
다소 얄궂은 애정만이 담겨 있다는 것을 여러분은 이해할 수
있을 것이다.

1955년 1월 8일

알베르 카뮈

『이방인』을 다시 읽는다
─『이방인』 50주년 기념 논문

지금부터 오십 년 전인 1942년에 『이방인』이 출간되었습니다. 그보다 일 년 전에 앙드레 말로는 출판사 사장 가스통 갈리마르에게, 당시로서는 아직 무명인 한 젊은 작가 — 그때 그는 스물여덟 살이었습니다. — 의 책을 추천한 바 있습니다. 그 책이 바로 알베르 카뮈가 알제리에서 구상하기 시작해 1940년 6월에 집필을 완료한 『이방인』입니다. 프랑스가 전쟁에 패했을 때 알베르 카뮈는 클레르몽페랑 시 — 나는 지금이 시의 시장입니다. — 로 피난을 가면서 타고 간 자동차의 트렁크 속에 『이방인』의 원고를 싣고 갔는데, 그 원고는 그 후 느리고도 어려운 길을 거쳐 마침내 출판업자의 손에 이르게 된 것입니다.

그 책의 표지에는 처음에 '소설'이라는 표시가 붙어 있었습니다. 그러나 두 번째 판부터는 작가의 결정에 따라 '소설(roman)'이라는 말이 '이야기(récit)'라는 말로 바뀌었습니다. 이와 같은 변화에서 우리는 이 책이 지닌 모든 애매성과, 또 작가가 자기 작품의 독창적인 성격에 대해 지니고 있었던 의식을 읽을 수 있습니다.

이 작품이 소설이라면 무엇보다도 먼저 이야기의 줄거리, 신문에 난 잡보 기사처럼 일어난 사건이 중요할 것입니다. 아직 젊은 나이인 한 청년이 알제의 어느 바닷가에서 미묘한 상황 아래 아랍인 한 사람을 살해했습니다. 수사 결과 그는 그전에 자기 어머니의 장례식을 치르고 난 다음, 평소와 마찬가지로 수영을 하러 갔다가 어떤 여자를 만나 정사를 벌였으며 그다음에는 바닷가에 놀러 갔다가 아랍인을 살해했다는 사실이 밝혀집니다.

나는 지금 그 당시의 신문이 보도했을 법한 방식으로 사건의 개요를 이야기했습니다. 그런데 책은 그와 다릅니다. 일어난 사건들을 하루하루 순서에 따라 우리에게 이야기해 주는 것은 바로 살인범 자신입니다. 그는 자기 어머니의 죽음에서부터 이야기를 시작해 자신이 사형 선고를 받고 난 후 형이 집행되려고 하는 시간에서 끝을 맺습니다. 이리하여 우리는 먼저 어머니의 죽음을 맞은, 살인 사건 '이전'의 그의 모습을 발견합니다. 다음으로 살인 사건 '이후'에 그는 자기에게 책임이 있는 그 아랍인의 죽음과 동시에 사법부가 결정하게 될 자기 자신의 죽음과 대면합니다. 작품을 이처럼 두 부분으로 나누어 놓음으로써 책의 의미는 근본적인 변화를 입게 됩니다. 단순히 신문에 나는 잡보 기사 같은 사건이 아니라 두 가지 세계의 대조가 문제시되기 때문입니다. 즉, 우선 본의 아닌 살인을 저지르기 전 죄 없는 삶의 세계가 있고 그다음에 죄를 저질러 버린 뒤의 세계가 있는 것입니다. 그와 병행해, 1부는 서민적인 세계인 반면 2부는 재판과 수사학의 세계입니다.

이 두 번째 차원의 해석에만 국한해 살펴본다면 우리는 충분히 이 작품을 사실주의적인 소설이라고 생각할 수 있습니다. 그리하여 1부는 카뮈가 젊은 시절의 경험을 통해서 누구보다도 잘 알고 있는 세계를 그려 보입니다. 가난의 세계, 아니 적어도 어떤 종류의 물질적, 지적 가난의 세계 말입니다. 여기서 우리는 셀레스트, 동네 간이식당, 잠깐 등장할 뿐인 에마뉘엘, 그리고 다른 친구들을 통해서 그런 서민들의 폭넓은 견본들을 발견할 수 있습니다. 개를 키우면서 어딘가 가학적 취미와 아울러 갈 곳 없는 애정을 쏟고 있는, 그리하여 개를 자신의 없어서는 안 될 동반자인 동시에 장난감으로 여기며 살아가는 고독한 영감 살라마노가 있습니다. 약간 수상쩍은 인물인 생테스도 있습니다. 그는 카뮈의 외할머니에게서 성을 빌려 온 인물로 살인의 간접적이고 본의 아닌 원인이 됩니다. 거기다가 우리는 뫼르소와 같은 식탁에 와 앉게 된 '키가 작은 이상한 여자'라든가 양로원의 노인들을 추가할 수도 있겠습니다. 이 노인들은 뫼르소가 양로원 뜰을 지나갈 때는 떠들썩하게 지껄이기 시작했는데, 시신을 옆에 두고 밤샘을 할 때는 거의 본능적으로 그의 주위에 둘러앉은 채 일종의 법정을 형성하고서, 그의 행동 하나하나에 대해, 담배 피우기 같은 그가 해서는 안 되는데 하는 행동, 반대로 상을 당해서 고통스러워하는 것 같은, 예를 들어서 뫼르소가 눈물을 흘려야 할 텐데 그러지 않는 것 같은, 마땅히 해야 하는데 안 하는 행동 따위를 재판하고 단죄하는 듯한 인상을 줍니다.

이 서민적인 세계에 속하는 인물의 특징을 시사해 주는 경우(예를 들어서 자동인형 같은 몸짓을 하는 키 작고 이상한 여자가 입은 재킷 같은)를 제외하고는, 작가는 가령 복장과 같은 외면적인 모습은 그다지 강조하지 않습니다. 반면에 그는 알제의 일요일 풍경, 산책하는 가족들, 머리에 포마드를 발라 짝 붙여 빗고 붉은 넥타이 차림으로 영화관에 가는 젊은이들을 이미 『작가수첩』에서 수고 상태로 언급했던 모습 그대로 다시 그려 보임으로써 도시 일요일의 공허한 정경을 살려 냅니다. 마찬가지로, 그는 어머니가 죽었을 때의 여러 가지 반응들을 간결하고 소박하게 그립니다. 극적인 요소를 제거하면서도 수줍은 공감을 표현하는 것입니다. "하나밖에 없는 어머니신데." 하는 셀레스트의 질박한 우정의 표시, 완장과 넥타이를 자연스럽게 빌려 주는 에마뉘엘 등. 이런 모든 것은 이미 수많은 대화들 속에서도 비쳐 보이는 체면(dignité)의 감정에 속하는 것입니다. 가령 『결혼』 중 「알제의 여름」에서 볼 수 있는 명예 의식이 그렇고 셀레스트가 '그는 사나이'라고 간단히 요약하는 바의 어떤 가치, 자신을 '업신여기는 것'을 용납해서는 안 되며 문제가 생겨도 법관이나 경찰이 끼어들게 하지 말고 스스로 해결해야 한다는 등의 것이 그렇습니다.

여자들의 일이 따로 있고, 남자들의 일이 따로 있습니다. 마리가 마송의 아내와 즐겁게 웃는 것만 보고서도 뫼르소는 '아마 그때 처음으로' 자신이 이제 곧 결혼을 하게 된다는 생각을 합니다. 마송과 그의 아내가 이루는 부부 관계와 자신이 마리와 이루는 한 쌍의 관계가 대비되기 때문이지요. 여자는 오브제가 아니라, 기쁨과 어려움을 나누는 파트너입니다. 물론, 여자들에게는 감정이라든가 남들이 어떻게 생각하는가에 대한 배려, 그리고 결혼에 대한 동경으로 나타나는 안정된 생활에의 욕구가 더 많은 것이 사실입니다. 그러나, 여자들에게는 남자들에게서나 마찬가지로, 여러 가지 감정들을 초보적인 차원, 즉 태양을 섬기는 일종의 그리스적 이교도 정신(paganisme solaire)의 차원에 머문다고 볼 수 있습니다.

이러한 그리스적 이교도 정신은 육체, 그리고 육체의 여러 가지 유희에 대한 취향으로 나타납니다. 그저 신이 나서 달리는 트럭을 뒤쫓아 뛰어가는 뫼르소와 에마뉘엘이 그렇고, 해변으로 출발할 때 기뻐 어쩔 줄 모르는 마리의 태도가 그렇습니다. 그 여자는 "방수포 가방을 휘둘러" 수선화 꽃잎들을 마구 흩뜨리며 장난을 합니다. 뫼르소와 마리는 일단 바닷물 속으로 들어가자 멀리 헤엄쳐 나가서 그들이 "몸놀림과 만족감에 있어 서로 일치한다는 것"(68쪽)을 느낍니다. 그러고 나서 그들은 함께 장난을 치면서 수영을 했고 서로 옆구리를 꼭 붙인 채 누웠다가 욕망에 사로잡힙니다. "그녀의 다리가 내 다리를 휘감는 것이 느껴졌고, 나는 그녀에게 욕정을 느꼈다."

(69쪽)고 뫼르소는 말합니다. 그날 하루 종일이 그와 같이 자연스럽고 단순한 한나절입니다. 바위를 등에 진 채 물속에 박힌 나무기둥을 딛고 선 해변의 작은 집, 빵, 생선, 고기, 감자튀김. "우리는 모두 아무 말 없이 먹었다. 마송은 빈번히 포도주를 들이켰고 나에게도 줄기차게 따라 주었다."(69쪽) 푸짐하달 것도 못 되는 소박한 식사입니다. 아랍인들과 싸움이 벌어지자 모든 것이 서부 영화를 연상시키는 서민적인 의식 절차에 따라 진행됩니다. 각자 상대를 하나씩 맡고 박치기, 주먹질, 칼부림이 벌어집니다. 그리고 레몽이 상처를 입고 나자 쌍방이 각기 뒤로 물러납니다. 요컨대 마찬가지로 투박하기만 한 아랍인들과 피에 누아르(프랑스 식민)들 사이에서 벌어지는 평범하고 거의 의식적인 난투극일 수 있었던 것입니다.

이 모든 단순한 사람들 가운데서 뫼르소로 말할 것 같으면 블랑쇼의 말을 빌리건대 일종의 '만인 씨(萬人氏, Monsieur tout le monde)'라고 할 수 있습니다. 고등교육을 받았지만 별로 야심이 없는 회사원이지요. 선하 증권 따위를 만지면서 일을 하는 그는 진급도 바라지 않고 파리로의 영전도 바라지 않습니다. 요컨대 생활의 변화를 일체 거부하는 것입니다. 물론 학생때는 야망도 없지 않았습니다. 그러나 '곧 그런 모든 것이 아무런 실질적 중요성이 없다'는 것을 깨달았습니다. 그는 바다와 태양과 사랑의 쾌락과 영화 구경으로 만족합니다. 마찬가지로, 일단 감옥에 갇히게 되자 대조적으로 면회의 기쁨을 맛봅니다.

이 '만인 씨', 이 '평범 씨'는 그러나 보통 이상으로 평범합니다. 그가 파리로 가서 일하기를 거절하는 데는 기이한 까닭이 있습니다. "더러워. 비둘기들과 컴컴한 마당들이 있어. 사람들은 피부가 허옇고."(59쪽)『이방인』에 인종차별주의가 담겨 있다면 그것은 아마도 아랍인들을 겨냥한 것이라기보다는 프랑스 본토를 겨냥한 것입니다. 그리고 물론 재판관들도 그 대상입니다. 다른 많은 경우에서처럼 그 한마디 말 속에서 우리는 뫼르소의 모습을 발견합니다. 그가 자기 주위의 세계와 사람들에게서 지각하는 것은 표면, 어떻게 보면 피부 그 자체라고 할 수 있습니다. 그는 상대방의 몸짓, 가장 단순한 말, 자기 자신의 반응에 관심을 가지는 것에 그칩니다. 하품, 담배를 피우고 난 뒤의 씁쓸한 맛, '하늘의 이미 단단해진 푸른빛' ― 약간의 시적 광채가 없지 않습니다! ― 을 배경으로 하얗게 피어난 수선화와 노란 돌들, 그리고 '기분 좋은' 태양, 이런 것들입니다.

이미 다른 사람들이 지적한 바 있습니다만 여기서 카뮈는 미국 소설가들이 널리 활용한 이른바 행동심리학의 힘을 빌리고 있습니다. 그러나 카뮈는 그 심리학과 자신의 기법 사이의 유사성을 인정하면서도 그 기법에는 한계가 있다고 주장합니다. "당신들은 내가 현실성을 충실하게 그려 보이고자 하는 야심을 가지고 있다고 하지만 사실주의란 의미 없는 말입니다."라고 카뮈는 지적했습니다.『이방인』이 사실주의적인 소설이 아니라는 증거는 루키노 비스콘티가 그 소설을 충실하게 영화로 각색해 만들었다가 실패작이 되고 만 경우에서도 찾아볼 수 있을 것입니다.

사실주의적인 해석을 부인한다면, 아니 사실주의적 해석이 다른 목표들에 부응하는 것이라고 본다면, 그 다른 목표들이란 과연 어떤 것일까요? 『이방인』을 '볼테르적 콩트'의 한 형태, 즉 볼테르 자신이 철학적 콩트라고 명명한 바 있는 그것이라고 보는 장폴 사르트르 쪽으로 시선을 돌려 봅시다. 그런 의미에서 뫼르소는 캉디드(Candide)나 위롱(Huron)과 유사한 인물이겠습니다. 사실 제목만 보아도 이 작품들은 그 상징적 의미에 있어서 유사한 데가 있습니다. 캉디드(Candide라는 말은 '순박한 사람'이라는 뜻)는 순진한 인물이며 회색이나 검정색인 세계 속에서 돋보이는 흰색의 인물이어서 그 흰색은 자신을 둘러싸고 있는 사람들의 회색과 검은 색조를 더욱 눈에 띄게 하며 그럼으로써 그 어두움을 고발합니다. 뫼르소라는 '이방인'도 마찬가지로 이 세상의 무의미함, 혹은 영악함을 두드러져 보이게 만듭니다.

그러면 우선 가장 명백하게 드러나 보이는 후자, 즉 세상의 영악함에 대한 분석부터 시작해 보기로 합시다. 이 책은 전체가 다 1부와 2부 사이의 — 즉 살인 이전과 살인 이후의 — 이분법에 기초하고 있습니다. 살인 사건 이후에 심문의 시간이 시작되는데 뫼르소는 그 심문의 의미를 제대로 깨닫지도 못합니다. 인정 심문의 단계까지는 그는 아무도 자기에게 관심을 품고 있지 않다는 느낌을 받습니다. 변호사를 정했느냐는 질문을 받았을 때, 그리고 반드시 변호사를 선정하지 않으면 안 된다는(비록 국선 변호사일지라도) 설명을 들었을 때, 그는 법이 아주 '잘되어 있다'고 생각합니다. 극단적으로 말해서,

이것은 사법계와 그 메커니즘 — 카뮈가 신문 기자로서 수많은 재판들을 취재한 경험을 통해서 잘 알고 있는 터인 — 그리고 예심 판사(그들의 '섬세한 용모', '움푹한 푸른 눈', '긴 회색 콧수염' 등으로 묘사된)에 대한 사실주의적인 묘사라고 볼 수도 있을 것입니다. 그러나 끝에 나오는 다음과 같은 뫼르소의 언급은 그러한 해석이 불충분하다는 것을 말해 줍니다. 뫼르소는 말합니다. "방을 나설 때 나는 그에게 손을 내밀려고까지 했지만 내가 사람을 죽였다는 사실을 제때에 상기했다."(82쪽) 그는 후회도 감동도 느끼지 못하고 그냥 단순한 거리낌 같은 것을 느낄 뿐인 것입니다.

그리고 빠른 속도로 사법 장치가 작동하기 시작합니다. 뫼르소로 하여금 남들이 그의 여러 가지 행동들을 어떻게 해석하게 될지를 깨닫도록 만드는 것은 변호사입니다. 그가 어머니의 장례식을 치르던 날 느꼈던 그 피곤과 불편했던 기분이 돌연 무신경함으로 변질되어 버린 것입니다. 그가 눈물을 흘리지 않은 것도 사실이고, 어머니의 시신을 보려고 하지 않은 것도, 담배를 피운 것도 사실입니다. 그가 보인 모든 태도 하나하나가 이제는 전부 다 해석의 대상이 됩니다. 변호사 쪽에서는 뫼르소가 북받치는 감정을 억제하려고 애썼다는 쪽으로 몰고 가려고 합니다. 그러나 뫼르소는 그것은 거짓말이라고 항변합니다. "아뇨. 그건 사실이 아니거든요."(84쪽)

그 순간부터 두 가지 세계, 두 가지 언어가 서로 대립합니다. "내가 그에게 그 이야기는 내 사건과 아무 관계가 없다고 지적했지만 그는, 내가 법정을 상대해 본 경험이 전혀 없다

는 걸 말하지 않아도 알겠다고만 대답했다."(84쪽) 앞의 '관계
(rapports)'는 세상사의 자연스러운 이치에 따른 논리적 관계
이고, 뒤의 '관계'는 말의 인위적이고 수사학적 논리에 따른
논리적 관계입니다.

　그 순간부터 뫼르소는 '이방인'으로 변해 버립니다. 변호사도
그 어떤 재판관도 이해해 주지 못하는 '이방인'인 것입니다. 자
기는 여느 사람("정상적인 사람들은 사랑하는 사람들의 죽음을 많게
건 적게건 바랐던 적이 있는 법이다. (……) 내가 확실히 말할 수 있는
것은 엄마가 죽지 않았더라면 더 좋았겠다는 거였다."(83~84쪽))과
조금도 다름이 없다고 못박아 말해 주고 싶은 마음은 간절하
지만, 그러나 뫼르소는 그만 귀찮아져서, 그리고 무심해서 입
을 다물어 버리고 맙니다. 그와 동시에 그의 살인범이 된 모습
이 만들어지는 것입니다. 그는 별로 할 말이 없기 때문에 말을
하지 않는 것인데 남들은 그가 "말이 없고 내성적"이라고 말
하는 것입니다. 그리하여 영혼의 탐색자인 예심 판사가 "하느
님의 도움을 얻어" 속을 꿰뚫어 보려고 달려드는 대상은 과연
뫼르소인 것입니다. "내가 관심을 가지는 쪽은 당신입니다."
하고 그는 말합니다. 이때부터 열렬한 기독교 신자와 죄인이
대결합니다. 신자인 예심 판사는 신이 없다는 것은 견딜 수 없
는 일이라고 생각하며 죄인인 뫼르소를 개종시켜 용서하고
싶어 하지만 어떤 무관심의 벽에 부딪치고 맙니다. 그런 것
은 나와는 아무 관계도 없는 일이라고 뫼르소는 말합니다. 한
편 죄인은 고해를 거부합니다.("'하느님께 너를 맡기려 하잖아?'"
"물론 나는 다시 한번 더 아니라고 말했다.") '물론'입니다. 뫼르소

쪽에서 조금이라도 도전적인 태도를 보인 것은 아닙니다. 다만 거짓말하는 것을 거부할 뿐입니다.

이렇게 하여 뫼르소는 자기 자신의 사건에서 소외되고 맙니다.("그들은 사실상 나에게는 전혀 신경을 쓰지 않았다."라고 그는 말합니다. 이때 판사와 변호사를 지칭하는 '그들'은 이를테면 한통속입니다.) 사법 기관의 유희는 아주 잘 짜 맞추어져 있고 소박하게 진행되며 그 속에서 뫼르소도 본의 아니게 자기 자리를 맡고 있습니다. 즉 그는 "반기독자(反基督者) 양반"(90쪽)인 것입니다. 잘 정돈된 세계에서는 모든 사람이 다 그러하듯이 그에게도 꼬리표가 붙어 있습니다. 이 단계에서 사법의 메커니즘은 아직 카프카에서 볼 수 있는 것 같은 악몽의 세계는 아니니까 말입니다. 각자 자기가 맡은 역할을 벗어나지 않는 한 판사의 태도에서는 심지어 어떤 호감이랄까 암암리의 공감 같은 것까지 느껴지는 형편입니다.

사법부와 교도소의 세계에 대한 비판이 작품의 2부 전체에 걸쳐 계속됩니다. 이 비판은 사실주의적 방식(감옥, 면회실, 죄수들의 반응 등)과 동시에 풍자적인 방식(이야기의 1부에서 체험된 현실과 검사가 그 체험에 대해 가하는 수사학적 해석 사이의 대립 관계)으로 이루어집니다. 교도소의 세계는 추악하고 가증스러운 모습으로 소개되고 있지 않습니다. 뫼르소는 감옥 안에서 발견하게 되는 자유의 박탈을 어처구니없는 것인 동시에 한편으로는 당연한 것이라고 생각합니다. 그는 자신이 살인자라고 실감하지는 못하지만 자기가 객관적으로 살인범이라는 사실을 알고 있는 것입니다. 그 요란한 차림새로 보나 소송 절차로 보나 법정에서 목격할 수 있는 대조적 광경은 놀랍습니다. 한쪽에는 자기들끼리 잘 알고 있는 처지이며, 맞수인 동시에 공모 관계인 같은 세계 사람들이 '한통속'을 이루고 있습니다. 거기에는 신문 기자도 그들의 수다와 더불어 한몫하고 있습니다. 붉은 법복을 입은 사람들과 검은 제복을 입은 두 사람은 뫼르소가 보기에는, 마치 휴론 족(le Huron, 아메리카 원주민)의 눈에 비친 것처럼, 코미디 속 인물이나 연극의 가면 같습니다. 과연 연극이 시작됩니다. 그 연극 속에서 재판장, 검사, 변호사들은 뫼르소에게서 그의 인격을 박탈해 버린 채, 아메베 창(chants amébées: 길이가 같은 절〔節〕로 서로 화답하는 형식의 창〔唱〕)처럼 자기들끼리 응답합니다. 변호사는 뫼르소를 대신해서 '나'라고 말하고 재판장은 툭하면 바로 눈앞에 있는 뫼르소를 '그'라고 삼인칭으로 부릅니다. 이러한 효과는 주인공인 동시에 내레이터로서의 뫼르소가 규칙적으로 동원하곤 하는 자유간접화법으로 인해 더욱 강화됩니다. 그뿐이 아닙니다. 법정의 그것과 비교해 볼 때 셀레스트나 다른 친구들은 본질적인 대조를 보입니다. 뫼르소를 어떻게 생각하느냐는 물음에 대해, 셀레스트는 '사나이'라고 증언합니다. 사나이란 무슨 뜻이냐고 물으니까 그는 "그것이 무슨 뜻인지는 누구나 다 안다"고 말합니다. 혹은 뫼르소의 범죄를 어떻게 생각하느냐는 질문을 받자 그는 "내가 볼 때, 그건 하나의 불행입니다. 하나의 불행, 그게 뭔지는 누구나 다 압니다."라고 대답합니다. 여기서 비교한다면 증인들을 무력하게 하고 배심원들에게 영향력을 끼치기 위하여 개입하는 검사의 논고는 얼마나 대조적입니까.

이 두 세계 사이의 시합은 공평하지가 못합니다. 대개의 경우 말이 없으며 남과 의사소통을 하려면 어색해져서 어쩔 줄 몰라하는 서민들의 세계와 입씨름이라면 물고기가 물에서 놀듯이 자유자재인 사법계의 대결인 것입니다. 바로 이렇게 하여 검사는 뫼르소의 행동을 재구성해서 거기에 결여되어 있는 논리성을, 즉 계획적 범죄라는 논리성을 덮어씌우면서 희비극적인 장광설을 늘어놓는데 이것은 적어도 내레이터가 직접화법과 간접화법을 혼합하여 구사하는 바람에 한껏 희화적이 됩니다. "검사는, 배심원 여러분, 그 영혼을 깊숙이 들여다보았으나 아무것도 찾아볼 수 없었다고 말했다. 사실상 나에게는 영혼 같은 것은 있지도 않았고, 인간다운 점도, 인간들의 마음을 지켜 주는 그 어떤 도덕적 원리도 없었다는 것이었다." (123쪽) 여기에는 모든 웅변적인 효과가 다 동원되어 있지만 그것은 간접화법에 의해 걸러지는 바람에 희극적이 되고 맙니다. 이를테면 그 웅변의 힘은 그 원초적 충동에서부터 분쇄되어 버렸다고 하겠습니다.

이리하여 사법 체계의 메커니즘은 여기서 그 부조리함과 주관주의,(예심 판사나 검사나 다 같이 어떤 기독교 심리학에 따라 심문을 진행합니다.) 오직 우연만이 지배하는 세계 속에서 논리의 남용, 체계적이고 수미일관한 설명을 한사코 제시하려는 욕구 등을 여실히 드러냅니다. 이것이 사형 선고의 메커니즘이며 죽음을 예고하는 메커니즘인데 그 속에서 정작 개인은 으깨어지고 부정되고 잊힙니다. 『이방인』이 하나의 철학적 콩트라면 바로 이러한 면에서 그렇지만 그러나 동시에 이것은 그 이상인 것처럼 보입니다. 이 작품은, 그것이 『시지프 신화』와 같은 시기에 발표되었다는 사실을 감안할 때, 그 철학적 에세이를 세 가지 에피소드로 옮겨 놓은 것이리라는 추측이 그것입니다. 우선 죽음에 대한 반항은 특히 소설의 마지막 장에서 뫼르소가 감옥을 찾아온 사제에게 외치는 절규로 나타납니다. 다음으로 뫼르소가 감옥 안에서 양철 식기에 비친 자신의 모습을 들여다보면서 스스로를 알아보지 못하는 에피소드가 있습니다.("내가 아무리 바라보고 웃음 지으려 해도 그 얼굴은 여전히 정색을 하고 있는 것 같았다."(101쪽)) 그리고 끝으로 이 세계의 불투명성(l'opacité)을 발견하는 대목이 있습니다. 이러한 발견의 계기는 물론 사법 체계의 메커니즘과의 접촉이겠습니다만, 그 이상으로, 장차 희곡「오해」의 줄거리로 활용될 잡보 기사가 실려 있는 신문지 조각을 우연히 읽게 됨으로써 이루어지는 것입니다. 어처구니없게만 여겨지는 죽음에 대한 거부, 자기 스스로의 밖으로 쫓겨난 듯 자기 자신에 대해 느끼는 낯섦, 그리고 이 세계의 불투명한 어둠, 부조리는 송두리째 여기에 담겨 있습니다. 그리고 동시에 알제의 그 무료한 일요일 속에도 그것은 담겨 있습니다. 볼테르가 그의 『캉디드』에서 그랬듯이 카뮈는 이렇게 그의 이야기 속에다가 자기 세계관의 몇몇 요소들을 끼워 넣은 것입니다. 그렇지만 『이방인』은 『시지프 신화』를 소설 형식으로 번역해 놓은 것이 아닙니다. 그것은 철학적 콩트 이상입니다. 그것은 신화의 차원에 도달하고 있습니다.

이방인은 우선 한 인간입니다. 사람들은 그 인물의 모델을 찾으려고 애를 쓴 적이 있습니다. 특히 파스칼 피아(Pascal Pia)가 그 모델이라고 하는 사람도 있었습니다. 이방인은, 가장 초보적인 의미에서의 무관심(혹은, 무차별(indifférence))이 윤리의 한 형식이라고 믿는 인간입니다. 뫼르소에게는 모든 것들이 무관(indifférent)합니다. 다시 말해서 그는 이것과 저것의 차이를 구별하지 못합니다. 결혼하는 것과 결혼하지 않는 것, 범속한 장례식과 종교적 장례식, 직장에서 승진을 하는 것과 승진을 하지 않는 것이 다르다고 느끼지 못합니다. 시신을 옆에 두고 밤을 새운 다음 양로원의 늙은이들이 악수를 청하자 그는 그들과 친근해진 증거라고 느낍니다. 잠시 전에는 그들에게서 적의를 느꼈던 그가 말입니다. 그리고 가장 놀라운 점은, 그가 자기 자신의 반응에 대하여까지 무관심하다는 사실입니다. 날이 새자 그는 자기 사무실 동료들이 그때쯤 출근을 하겠구나 하고 생각하면서, 그런데 자기는 잠에서 깨는 그 시간을 좋아하지 않는다고 생각합니다. 그러나 그는 마치 어떤 다른 사람의 관심사이기나 하듯이, "나는 여전히 그런 생각에 좀 정신을 팔고 있었지만 건물들 안에서 울리는 종소리에 주의가 산만해져 버렸다."(23~24쪽)라는 것입니다. 그가 자기 어머니의 모습을 다시 보기를 거절할 때도 왜 거절하는지 그 까닭을 설명하지 않은 채 그저 "아뇨."라고만 합니다. 요컨대 그는 자기 자신에 대해서도 무관심합니다. 자기 스스로의 감정에 대해서도 이방인인 것입니다. 마치 그의 감정들과 그가 그 감정을 체험하는 방식 사이에 어떤 괴리가 존재하기라도 하듯이, 그 감정들이 그를 스쳐 가기만 할 뿐 아무런 흔적도 남기지 않는다는 듯이 말입니다.

이런 무관심의 윤리는 생테스(레몽)가 그에게 거짓 증언을 해달라고 부탁했을 때 그것을 거절해야 할 까닭을 모르겠다고 생각하는 대목에 이르면 절정에 달한다고 하겠습니다. 돌아가신 어머니의 나이를 정확하게 알지 못해서 그가 "그렇죠, 뭐." 하고 대답하는 경우도 마찬가지입니다. 아니 그뿐이 아닙니다. 담당 간호사가 너무나 뜨겁게 내리쬐는 햇볕 — 풍요로우면서도 살인적인 — 에 대해서 말하면서 "천천히 가면 일사병에 걸리기 쉽고 너무 빨리 가면 땀을 많이 흘려서 성당 안에 들어가선 오한이 나요."(29쪽)라고 했을 때 그는 그 말이 옳다, 빠져나갈 길이 없다고 생각합니다.

그리고 이때 부조리는 영구차의 뒤를 따라가면서, 행렬을 따라잡았다가 다시 뒤로 처졌다 하면서 헐떡거리는 페레스 영감의 한심한 모습으로 나타납니다. 그의 노력은 이를테면 부질없는 것입니다. 그의 절망, 그의 슬픔은 희극적으로 무용하고 눈앞에 있는 죽음의 현실과는 무관한 것으로 보입니다.

그러할진대 페레스 영감의 슬픔에 뒤이어, 다시 버스를 타고 집으로 돌아오면서 열두 시간 동안이나 푹 잠잘 수 있게 되기를 꿈꾸는 뫼르소의 기쁨이 곧바로 이어진다 한들 무엇이 놀랍겠습니까? 한쪽 편의 슬픔이건, 다른 쪽 편의 안도감이건, 모두가 무심하고 무관할 뿐인 것입니다.

그러나 1부에서 2부로 옮겨 가게 되면 뫼르소의 내면에서 뭔가가 변화합니다. 지금까지 뫼르소는 일어나는 사건들과 행동들을 카메라와 같은 중립적 시선으로 받아들이고 기록했을 따름입니다. 이제부터 그는 의식을 지니기 시작합니다. 2부는 여러 가지 소박한 행동들을 통해서 그 의식이 표면으로 떠오르는 점진적인 과정입니다. 그의 원초적인 순진함 속에 살인 사건은 균열을 가져옵니다. 처음에 그는, 총의 방아쇠를 그저 우연하게 다섯 번 당겼다는 것은 별로 중요한 것이 아니라고 믿습니다. 그는 재판관에게 자꾸만 우기는 것은 옳지 않다고 말하고 싶은 것입니다. 차츰차츰 그는 사태의 중요성을 깨닫습니다. 그것 때문에 그가 사형 선고를 받는 것이 정당화될 수 있습니다. 그는 자기가 죄인이라고 느끼지는 못합니다. 그러나 그는 자기가 그 문제에 관계가 있다는 것을 발견합니다. 여기서 총성은 『전락』에서 강물에 몸을 던지는 여자의 비명과 같은 역할을 합니다. 그 비명 소리를 듣고 나자 클라망스는 마음의 평온을 잃고 맙니다. 그와 마찬가지로 뫼르소 역시 그와 같은 길, 즉 수인의 길을 걷게 됩니다. 억압되어 있었던 그의 욕망들, 그의 반항들, "결코 이야기하고 싶지 않은 일들"을 그는 발견하게 되는 것입니다. 여기서 '그것'이란 바로 자유로운 사람으로서 느꼈던 그의 생각들과 감옥의 현실 사이의, 그의 자유롭게 떠도는 상상과 벽에 갇힌 좁은 공간 사이의 괴리를 말하는 것입니다.

그러나 여기서도 또다시 무관심(indifférence)이 끼어듭니다. 그의 적응력은 대단합니다. "사람은 결국 무엇에든 익숙해지는 법"이라고 그는 말합니다. 그러나 책의 마지막 페이지에 오면 의식의 발견은 그 절정에 달합니다. 그는 사형 집행의 바로 전날이 되어 정신을 차리게 되고 "커다란 분노"가 자신을 휘어잡는 것을 느낍니다. 그리고 마침내 모든 것을 다시 시작하기로 마음먹었던 자신의 어머니 생각을 하면서 마음의 평화를 되찾습니다.

2부에 서술되어 있는 재판의 소개는 캉디드가 사법 체계의 메커니즘에 대해 할 수 있었던 단순한 비판적 발견을 넘어서는 것입니다. 독일 라이슈타그 재판, 모스크바의 재판 등 이른바 '재판의 시대'라고 불렸던 그 시절에, 실제로 카뮈는 재판에 대한 재판을 벌입니다. 그는 가짜 희생자가 아니라 외관상의 모든 혐의들이 충분한 진짜 살인자를 골라서 재판을 하는 것입니다. 따지고 보면 인간 세계에서는 정의(재판) 그 자체가 불가능하다고 여겨집니다. 왜냐하면 그 정의는 필연적으로 그러한 외관들만을 보고서 판단을 하기 때문입니다. 그 정의는 따라서 어쩔 수 없이 거짓되고 억지이며 왜곡된 것입니다. 뫼르소라고 하는 '우리들의 분수에 맞을 수 있는 단 하나의 그리스도'가 우리에게 가르쳐 주는 바는 바로 복음서가 말하는 '남을 재판하지 말라'인 것입니다. 이 '남을 재판하지 말라'는 곧 '남을 죽이지 말라'는 계명으로 보충됩니다. 이것이야말로 사형 폐지를 위한 카뮈의 운동의 출발점입니다. 뫼르소는 살인자입니다. 그러나 사형이 그와 무슨 관계가 있다는 것입니까?

그러나 도마 위에 오른 것은 인간의 정의와 사법만이 아닙니다. 삶 전체가 법정에 선 것입니다. 도처에서 선고가 내려질 것입니다. 우리는 증인 심문 때 그것을 볼 수 있습니다. 어머니의 시신 옆에서 밤샘을 할 때의 노인들처럼 가장 호의적인 사람들도 법정을 이루듯이 둘러앉아서 재판을 합니다. 사방에서 꼬리표를 달려고 덤벼들고 천편일률적인 공식 속에 집어넣으려 하고 관습에 따라 단죄하려고 합니다. 그렇습니다. 삶은 어떤 기나긴 재판입니다. '재판하지 말라'라는 계명은 법정들과만 관련된 것이 아니고 일상생활과도 관련이 있습니다. 바로 이와 같이 하여 그리스도가 돌에 맞아 죽었고 사람들은 그가 죽을 때 박수를 치면서 얼굴에 침을 뱉었던 것입니다. 또 바로 이렇게 해서 뫼르소는 그의 사형이 집행될 때 그를 맞아 주게 될 증오의 외침 소리에서 어떤 해방감 같은 것을 맛보게 되기를 꿈꾸는 것입니다. 이는 반항과 항의의 목소리인 동시에 간접적인 용서의 교훈이라고도 할 수 있습니다.

재판하지 말라, 죽이지 말라, 거짓말하지 말라. 뫼르소는 마리에게도 재판관에게도 거짓말을 하지 않았습니다. 그는 자신이 느끼는 감정들을 과장해 불리기를 거부했습니다. 그는 간결한 표현과 완서법(litote)이 특징인 인간입니다. 폴 발레리의 표현을 빌리건대 그는 가장 적게 말함으로써 가장 많이 말합니다. 그가 파멸하게 되는 것은 웅변적인 수사를, 어떤 유의 언어상의 낭만주의를 거부했기 때문입니다. 이는 윤리의 교훈인 동시에 문체의 교훈입니다. 이 점에 있어서도 그는 '우리의 분수에 맞을 수 있는 단 하나의 그리스도', 환상도 갖지 않고 예언도 하지 않는 그리스도, 일상의 그리스도, 억울하게 당한 순교자입니다. 죽음이라는 인간 조건의 저주를 한 몸에 짊어진, 무죄이면서 동시에 유죄인 순교자입니다. 그는 마지막 유혹,(우리는 『정의의 사람들』에서도 이 유혹을 만나게 됩니다.) 즉 신앙과 구원이라는 유혹을 물리치고 나서 비로소 그 저주를 받아들입니다.

앞에서 나는 문체(style)의 교훈이라고 말한 바 있습니다. 『이방인』은 그 스타일에 있어서 간결함과 정확함의 모범입니다. 사르트르는 그 점을 잘 증명해 보였습니다. 거의 조직화되지 않은 채 가급적이면 그냥 병치되어 있을 뿐인 독립절들, 가령 "오늘 엄마가 죽었다. 아니, 어쩌면 어제.(Aujourd'hui maman est morte. Ou peut-être hier, je ne sais pas.)" 같은 경우가 그렇습니다. 문장들은 최대한 종속절을 피하면서 밋밋하고 건조하게 서로 이어져 있습니다. 순간의 스타일이라고나 할까요. 작가의 천재성은 일인칭을 사용하면서도 초연한 스타일을 구사한다든가 또는 지각과 주석을 배제한 채 행동들과 감각들을 병치해 놓았다는 데 있습니다.

두 번째로 그가 보여 준 천재적인 착상은 직접 경험한 사실들의 기록으로 일종의 일기와 같은 것을 만들어 놓으면서도 그 시간 관계를 불분명하게 장치해 놓음으로써 추적을 어렵게 했다는 점입니다. 각각의 장은 시간상으로 볼 때 어떤 하루와 정확하게 일치하지 않습니다. 1장은 그런대로 일치됩니다. 2장에 오면 토요일에서 슬며시 일요일로 넘어갑니다. 3장에서는 과연 무슨 요일인지 잘 알 수가 없습니다. 그리고 한 주일이 지나고 다시 일요일이 됩니다. 5장에서는 그날이 언제인지가 불확실합니다. 그날로부터 우리는 6장의 일요일로 옮아갑니다. 요컨대 시간은 모호하여 거의 판별하기가 어렵습니다. 시간은 살인 사건이 일어날 때까지 길게 늘어납니다. 그러고 난 다음에 감옥살이와 더불어 형태를 갖춥니다. 그러나 이번에는 시간이 심문, 감옥 생활, 증언, 감옥살이에 대한 일종의 일반 연구 등 커다란 단위의 시기들로 묶입니다. 그다음에는 마치 일기 형식을 포기해 버렸다는 듯이 한여름에서 또 다음해 여름으로 건너뛰어 버립니다. "사실상 여름은 매우 빨리 지나가고 또다시 여름이 되었다고 할 수 있다." 그러고 나서는 두 개 장에 걸친 판결 과정이 나옵니다. 그다음에는 이야기의 끝 부분입니다. "세 번째로 나는 교도소 부속 사제의 면회를 거절했다." 그것은 사형 집행 이전의 마지막 시련입니다. 다시 이야기의 진술이 시작되는 것을 보면 이것은 더 이상 일기가 아닌 것 같습니다. "내가 한 번 더 부속 사제의 방문을 거절한 것은 바로 그런 때였다." 시제는 대과거로 바뀝니다. "나는 이건 했고 저건 하지 않았어……(J'avais fait ceci ou je n'avais pas fait cela. J'avais eu raison…….)"(145쪽) 또 시제는 복합 과거로 바뀝니다. 요컨대 시간에 혼란이 생기는 것입니다. 아마 작자 자신도 그것을 뚜렷이 의식하지 못했는지도 모릅니다. 현재가 사라지고 과거가, 혹은 죽음이 임박해 오는 근접 미래가 나타납니다.

의도적으로 계산된 톤으로 이루어진 이 책에서 작자는 착시화(trompe l'oeil)와도 같은 수법을 폭넓게 활용하고 있습니다. 위에서 언급한 시제의 활용이 그렇고 고의적으로 장식을 제거한, 특유의 심사숙고한 문체가 그렇습니다. 리얼리즘과 서정적 광태(가령 살인 장면)의 교차, 혹은 상징(베토벤의 「운명

교향곡」을 연상시키는 다섯 발의 권총 발사)과 현실성의 교차가 그렇습니다. 작품을 시작하는 첫 줄은 의미심장합니다. "오늘 엄마가 죽었다. 아니, 어쩌면 어제." 애매성이 이 인물을 뒤덮습니다. 그 인물은 어머니가 죽은 날짜도 모르고 어머니의 나이도 모릅니다. 물론 그다음 문장은 그 애매성을 걷어내 줍니다. 그러나 의혹은 이미 일어났습니다. 우리는 뫼르소를 수상쩍은 눈으로 바라보게 됩니다. 텍스트의 곳곳에는 이처럼 인물에 대해 의혹을 품게 만들면서 말의 내용에 뉘앙스를 부여하는 짤막짤막한 문장들이 끼여 있습니다.

여기서 카뮈는 그의 테크닉을 드러내 보입니다. 그는 물론 고전적인 작가임이 틀림없습니다. 그러나 그는 예술이 교묘한 인공적 장치들로 이루어진다는 것을 알고 있으며 그것을 조직적으로 활용합니다.

이제 전체적인 결론이 요구되는 시점입니다. 카뮈는 소설가도 아니고 철학자도 아닙니다. 그는 예술가이며 신화의 창조자입니다. 『이방인』의 신화는 우리들에게 그 애매성을 제시해 보여 주기를 그치지 않았습니다.

1992년
로제 키요

작품 해설

이십여 년 전인 1987년에 '알베르 카뮈 전집'의 하나로 처음 번역하여 소개했던 『이방인』을 '세계문학전집'에 새로이 편입하는 기회에 나는 이를 새로 번역하다시피 대폭 수정했다. 작가가 의도적으로 구별한 "엄마"와 "어머니"의 표현을 원문에 따라 예외 없이 일치시켰을 뿐만 아니라 자유간접화법의 어감을 최대한 살리려고 노력했고 잘못된 번역, 어색한 표현을 바로잡았으며 구투가 되어 버린 수사를 오늘의 언어 관습에 맞추었다. 그러나 원문의 구조와 문체와 어감을 존중했을 뿐 독자의 가독성을 위하여 일부러 매끄러운 문장으로 바꾸는 과잉 친절은 경계했다. '이방인'에게는 이방인 특유의 문체가 있기 때문이다.

『이방인』은 정확하게 나와 동갑내기로 1942년 5월 말, 독일군에 점령된 파리에서 세상에 나왔다. 이 소설은 이제 일흔 살이 되었지만 본래의 젊음을 조금도 잃지 않았다. 새 번역 교정을 보는 동안 파리 갈리마르 출판사의 편집위원인 소설가 로제 그르니에 씨에게 이메일로『이방인』과 관련된 최근 통계 자료를 요청했다. 즉각 돌아온 회신에 따르면, 지금까지 프랑스 국내에서 프랑스어판『이방인』은 모두 733만여 부가 판매되었으며(그중 포켓북 Foilo 문고판이 640만 부) 연 평균 판매 부수는 19만 부에 달한다고 한다. 이는 갈리마르 출판사 설립 이래 백여 년의 역사상 생텍쥐페리의『어린 왕자』다음가는 기록이다.『이방인』은 현재 전 세계에서 무려 백한 개 언어로 번역되었다. 2010년 11월 중순 일본 도쿄에서 알베르 카뮈 사후 오십 주년을 기념하여 열린 국제 '알베르 카뮈 연구 발표회'에 참가한 기회에 문의해 본 결과 이 소설의 일본어 번역판은 지금까지 400여만 부가 판매되었다고 했다.

『이방인』의 첫 우리말 번역은 한국 전쟁이 휴전으로 마감되던 1953년(단기 4286년) 7월 10일, 나의 대학 은사였던 고 이휘영 교수에 의하여 청수사에서 나왔다. 정가는 700환이었다. 당시 전후의 물질적, 정신적 폐허 속에서 '실존주의' 철학과 함께 상륙한 이 짤막한 소설은 한국의 독자들을 '어떻게 살 것인가?'라는 근원적 질문 앞에 세웠다. 열다섯 살 때 영문 모르고 처음 읽었던 이 소설은 줄곧 운명처럼 내 삶을 동반해 왔다. 나는 1960년대 초 대학 교실의 불문학 강독 시간에 처음으로 이 소설을 읽는 방법을 배웠고 프랑스에서 카뮈에 대한 학위 논문을 썼고 수십 년 동안 강단에서 이 소설을 학생들과 함께 다시 읽고 가르쳤다. 이제 새 번역을 내면서 마치 처음 대하는 독자가 된 듯 새로운 느낌과 함께 이 소설을 다시 읽는다.

『이방인』은 작품 그 자체로 보나 20세기 서사 형식의 역사에 있어서나 독보적인 위치를 점하는 작품으로 출판 당시부터 하나의 문학적 '사건'이었다. 사람들은 이 소설을 2차 대전 '종전 후 최대의 걸작'으로 평가했고 롤랑 바르트는 이 짧은 소설을 "건전지의 발명"과 맞먹는 사건이라고 압축했다. 가에탕 피콩은 "지극히 현대적인 감수성을 완벽에 가까운 고전적인 형식으로 끌어올렸다."라고 격찬했고 에마뉘엘 무니에는 "뼛속까지 고전적인, 다시 말해서 의도적이고 정돈되고 군더더기 없는 문체를 지향한다는 점에 있어서는 거의 청교도적인 이 작가는 내면에 분열의 아픔과 어둠을 간직하고 있다."라고 지적했다. 1945년에 이미 사르트르는 이런 모든 평가를 종합하는 동시에 이 작품이 차지하는 올바른 가치를 꿰뚫어보며 다음과 같은 예언적인 말을 남겼다. "카뮈의 어둡고도 순수한 작품 속에서 미래의 프랑스 문학의 주된 특징들을 식별해 내는 것은 충분히 가능한 일이다. 그의 작품은 우리에게 어떤 고전적인 문학을 약속한다. 그 문학은 아무런 환상도 주지 않지만 인간성의 위대함에 대한 믿음으로 가득 차 있고, 가혹하지만 불필요한 폭력은 배제하는, 열정적이지만 절제된 문학…… 인간의 형이상학적인 조건을 묘사하려고 노력하면서도 사회의 여러 가지 움직임들에 아낌없이 참가하는 문학이다." 마담 드 라파예트에서 뱅자맹 콩스탕을 거쳐 스탕달에 이르는 '위대한 프랑스 고전 문학'의 전통에 깊은 애착을 가졌던 카뮈의 이 작품은 오늘날 프랑스의 중등학교 교과서에 빠지지 않고 등장하며 그 자체가 확고부동한 '고전'이 되었다.

이 소설에 대한 다양한 언어, 시각(문학, 문체, 사상사, 심리, 사회학, 정치, 식민주의, 정신분석, 형이상학, 현상학 등)의 기사, 논문, 입문서, 해설서, 연구서, 학위 논문들은 그 수를 헤아리기가 어려울 정도로 많아서 지금에 와서 새로운 해석을 시도하는 것은 불가능해 보인다. 그럼에도 불구하고 이 얄팍한 부피의 소설은 모든 고전적 걸작이 그러하듯 그 자체의 애매함, 기이함, 신비를 여전히 간직하고 있어서 오히려 그 점이 작품에 변함없이 신선한 생명력을 부여한다. 이 작품을 투명한 한 가지 방식으로 해석한다는 것은 가능한 일이 아니다. 놀라울 정도로 간결한 이야기, 단순하지만 기이한 성격의 주인공, 교묘하고 대담한 서술 방식의 선택, 재판의 세계에 대한 강력한 비판과 아이러니, 정직한 주인공의 행동과 말과 침묵을 암암리에 떠받치는 명철한 형이상학, 햇빛 밝은 바닷가 알제리에 대한 관능적인 환기력 등 다양하고 이질적인 요소들이 이 소설의 다하지 않는 저력이 되고 있는 것이다.

『이방인』의 발생

카뮈는 1957년 말 스톡홀름에서 노벨 문학상을 받으면서 이렇게 설명한 바 있다. "나는 처음 시작 때부터 내 작품 세계의 정확한 계획을 세워 가지고 있었다. 나는 우선 부정(否定)을 표현하고자 했다. 세 가지 형식으로. 그것이 소설로는 『이방인』, 극으로는 「칼리굴라」와 「오해」, 사상적으로는 『시지프 신화』였다. 나는 또 세 가지 형식으로 긍정을 표현하기로 예정하고 있었다. 소설로는 『페스트』, 극으로는 「계엄령」, 「정의의 사람들」, 그리고 사상적으로는 『반항하는 인간』이 그것이었다. 나는 그때부터 벌써 사랑의 주제를 중심으로 하는 세 번째 층도 막연하게나마 생각했다." 이와 같이 부정(부조리), 긍정(반항), 사랑 등의 발전 단계를 전제로 한 작품 세계의 체계적 청사진은 이미 그가 젊은 시절부터 꾸준히 기록해 온 『작가수첩』에 그대로 기록되어 있다. 그러나 사랑을 주제로 하는 "세 번째 층"은 작가의 뜻하지 않은 죽음으로 인하여 실현을 보지 못했다. 『이방인』은 그러니까 카뮈가 구상한 첫째 번 층위인 "부정", 즉 "부조리" 삼부작 중 하나로 그에게는 최초의 소설에 해당한다. 철학적 에세이는 설명하고 소설은 묘사하고 연극은 이 부조리의 감정에 생명과 운동을 부여하는 것이었다. 그 한가운데로 1939년 가을에 발발한 2차 세계 대전이 관통한다.

이십 대의 젊은 작가가 자신이 장차 구축하고자 하는 작품 세계에 대하여 19세기 발자크의 「인간 희극」을 연상시킬 만큼 이토록 구체적, 체계적인 청사진을 그리고 있었다는 것은 놀라운 일이다. 이에 대하여 로제 그르니에는 이렇게 설명한다. "보잘것없는 가정에서 태어났기에 문화적인 권리를 쟁취

하기 위해서는 치열하게 싸워야 할 입장이었던 카뮈는 한가한 딜레탕트나 회의론자로 머물 수는 없었다. 그래서 그는 세계에 대한 수미일관한 비전을 갖추고 거기서 어떤 모럴을, 다시 말해서 어떤 삶의 규칙을 이끌어 내려고 애썼다. 비록 그가 분석을 통하여 부조리라는 부정적인 결론에 이르렀다 해도 그것은 거기에 안주하기 위함이 아니라 어떤 해결책을 찾아내기 위함이었다. 그 해결책이 바로 긍정의 힘인 반항과 사랑이다."

그러면 우선 『이방인』의 착상, 구상, 집필 과정을 작가의 삶의 궤적 속에서 살펴보기로 하자. 카뮈가 최초로 구상하고 집필한 소설은 『이방인』이 아니라 『행복한 죽음』이었다. 이 소설이 최초의 형태를 갖추게 된 것은 1937년이었다. 1938, 1939년에도 여전히 『작가수첩』에는 이 작품을 위한 메모들이 이어지고 있다. 이 작품은 결국 미발표 상태로 서랍 속에 남아 있다가 작가의 사후 십여 년이 지난 1971년 장 사로키가 원고를 정리하여 갈리마르 출판사에서 책으로 펴냈다.

1937년은 소설 『이방인』뿐만 아니라 젊은 카뮈가 장차 작가로서 자신의 세계를 구축하는 데 있어서 결정적인 전환점이라고 할 수 있다. 그해에 카뮈는 첫 번째 아내인 시몬과 당(黨)을 잃었다. 공산당이 국제 전략상 반식민주의 운동을 우선 순위에서 제외하기 시작하는 가운데 알제리 '원주민'들의 법적인 자격을 유럽인들 수준으로 끌어올릴 것을 주장하는 반식민주의 노선의 카뮈는 이십 개월 만에 공산당원 자격을 잃었다. 더불어 당의 테두리 안에서 그가 운영하던 '노동극단'

을 '에키프 극단'으로 바꾸었다. 또한 지금의 석사 학위에 해당하는 DES 디플롬을 받고 난 뒤 대학교수 자격시험에 응시하고자 했던 그가 건강상의 이유로 거부당하면서 장래의 진로를 수정해야 했던 것 또한 1937년이었다. 반면에 작가의 꿈은 점점 더 구체화되어 그의 최초의 산문집 『안과 겉』이 알제의 샤를로 출판사에서 나왔다. 그는 소렐, 니체, 슈펭글러 등의 독서에 열중한다.

그해 8월, 카뮈는 재발한 폐결핵 치료와 요양을 위해 프랑스 본토 오트잘프 지방의 고산 지대인 앙브렁에 잠시 체류한다. 『작가수첩』에는 당시의 심정이 짤막하게 남아 있다. "알프스 지방에서 나를 기다리는 것은 고독, 그리고 나는 요양하기 위하여 그곳에 간다는 생각과 함께 나의 질병에 대한 의식이다." 카스텍스가 지적했듯이 낯선 오트잘프의 고적한 산악 지방에 체류하는 동안 계속된 휴식과 고독은 결혼, 직업, 정치 생활, 창작 등 삶 전반에 대한 근본적인 재반성을 조장하고 그의 세계관에 변화를 가져옴으로써 장차 중요한 그의 작품들이 태어나는 계기가 되었을 가능성이 크다.

과연 그는 이 무렵 『작가수첩 I』(72쪽)에 다음과 같은, 인생관의 중요한 변화를 암시하는 듯한 기록을 남긴다. "세상 사람들이 흔히 생각하는 것(결혼, 출세 등등)에서 삶의 의미를 찾으려고 했는데 패션 잡지를 읽다가 문득 자신이 얼마나 자신의 삶(패션 잡지에서 말하는 바로 그러한 삶)과 무관한 존재였는가를 알아차리게 되는 사람. 1부 ― 그때까지의 삶. 2부 ― 유희(le jeu). 3부 ― 타협의 거부와 자연 속에서의 진실." 당시 구상

중인 소설『행복한 죽음』을 위하여 기록해 둔 것일 수도 있는 이 메모는 어느 면『이방인』의 구성과 주제를 연상시키는 바 없지 않다. 훗날 카뮈 자신이 로제 키요에게 털어놓은 바에 의하면, 장차 소설의 제목이 되는 단어, 즉 "무관한(étranger)"이라는 표현이 처음 등장하는 이 대목이『이방인』의 "출발점"이 되었다고 한다. 과연, 소설『이방인』에서 주인공 뫼르소는 그의 사장이 뫼르소에게 파리에 개설할 출장소로 가서 일할 생각이 있는지 묻자『작가수첩 I』에 등장하는 위의 인물과 유사한 이유로 그 제안을 거절한다. 뫼르소는 "사실 이러나저러나 내게는 마찬가지"며 "삶이란 결코 달라지는 게 아니"라고 말하면서 이렇게 털어놓는다. "대학생 시절에는 그런 종류의 야심도 많았다. 그러나 학업을 포기해야 했을 때, 나는 곧 그런 모든 것이 사실상 전혀 중요하지 않다는 것을 깨달았다." 여기서 우리는 "결혼, 출세 등" 세상 사람들이 흔히 생각하는 삶과 "무관한" 자신의 모습을 깨닫는 1937년의 인물에게서 장차 "이방인"이 보여 줄 인생관의 일단을 엿볼 수 있다.

소설의 주인공이 그러하듯이 카뮈 자신도 그해 10월 시디 벨아베스(오랑 현)의 학교에서 교사직을 맡아 달라는 제안을 받았지만 깊이 생각한 끝에 "진정한 삶을 살 수 있는 기회에 비긴다면 어쩌면 생활의 안정 따위는 아무것도 아니라고 여겨져서", 그리고 "결정적이 되는 것이 두려워" 이를 거절하고 "불확실과 가난 속에 남아 있는 것"을 선택한다(『작가수첩 I』, 103쪽). 그런 안정된 직장 대신 그는 생활을 위하여 이듬해 9월까지 알제 대학 기상대의 임시 조교로 일할 수밖에 없었다. 그는 "삼백쉰

곳의 관측소에서 조사한 이십 년간의 기상 관측 자료를 정리하는 일을 재미있어 했다."

그렇지만 아직은 이런 막연한 생각들의 메모를 소설 『이방인』의 구상과 직접 연결해 생각할 단계는 아니다. 앙브렁 요양 후 이탈리아의 피사, 피렌체, 제노바, 피에솔레 등을 거쳐 알제리로 돌아오는 동안 그가 『작가수첩 I』에 남긴 구체적인 기록은 오히려 이 무렵에 처음으로 『행복한 죽음』이 대체적인 윤곽을 드러내고 있음을 말해 준다. "소설: 살기 위해서는 부자가 될 필요가 있다는 것을 깨달은, 그래서 돈을 손에 넣기 위해서 몸과 마음을 다 바치고 마침내 성공하여 행복하게 살다가 죽는 사람."(『작가수첩 I』) 이것은 그가 당시에 쓰고 있던 소설의 스토리다. 주인공 파트리스 메르소는 가난한 사무원이다. 그의 애인 마르트는 자그뢰즈의 애인이기도 하다. 두 다리를 잃은 불구자이지만 돈이 많은 부자 자그뢰즈의 집을 자주 출입하던 메르소는 그를 자살로 가장하여 살해하고 재산을 가로챈다. 그리고 그는 프라하 등 중부 유럽으로 여행을 떠났다가 알제리로 돌아와 사랑하는 여자 뤼시엔과 결혼을 하고 바닷가에서 행복하게 살다가 병에 걸려 죽는다. 1936년경에 처음으로 구상되기 시작한 카뮈의 이 첫 소설은 1938년 말경에 그 초벌 형태가 완성된 것으로 보인다. 이 소설 속에는 『이방인』의 경우와 마찬가지로 알제의 가난한 동네 벨쿠르의 일상생활, 태양과 바다에 대한 열광, 죽음의 강박관념 등 카뮈의 초기 산문들이 보여 주는 내용들이 서술되어 있다. 『행복한 죽음』과 『이방인』은 주제와 구조에 있어서 서로 유사한 점이 많다. 우선 살인의 주제가 그것이다. 메르소는 자그뢰즈를 죽이고, 뫼르소는 아랍인을 죽인다. 또한 두 주인공은 다 같이 무반성적이고 안이한 일상생활에서 삶의 진실에 대한 깨달음으로 나아간다는 점에서 일종의 성장 소설과 같은 면을 드러낸다. 다만 메르소가 돈을 손에 넣기 위한 계획적인 살인, 여행, 사랑을 거쳐 마침내 죽음 직전에 행복의 진실을 획득하는 능동적인 인물이라면 『이방인』의 과묵하고 소극적인 주인공 뫼르소는 "우연히" 살인을 저지르고 타의에 의하여, 즉 사형 선고에 의하여 죽음을 맞는 수동적 인물로 나타난다는 점이 다르다. 파렴치한 메르소가 "유희"를 통하여 행복을 얻는 인물인 반면 『이방인』의 뫼르소는 바로 그 "유희"를 거부하기 때문에 사형 선고를 당한다. 여기서 "유희"란 물론 사회적인 관습에 따라 연출하게 되는 일종의 "연극", 사회생활의 필요에 의하여 하게 되는 거짓말 따위를 의미한다.

카뮈는 아직 소설 『행복한 죽음』을 포기하지 않은 채 메모를 계속한다. 그런 가운데서 『이방인』의 내용과 일치하는, 그리하여 어느 면 『이방인』을 예고하는 기록이 『작가수첩 I』에 직접적으로 처음 등장하는 것은 이듬해인 1938년 5월이다. "양로원에서 노파가 죽는다."(128~129쪽)로 시작되는 이 메모는 양로원이 위치한 장소인 "마랭고", "파리 출신"의 양로원 수위, "죽은 노파의 친구였던", 그래서 장의 행렬을 따라가겠다고 고집하는 키 작은 노인, 코에 버짐이 나서 항상 붕대를 감고 지내는 무어인 간호사 등 『이방인』의 첫 장면에 등장하는 인물, 지명, 에피소드들과 많은 부분이 일치하는데 이것은 사실상 카뮈의 형 뤼시엥의 장모가 사망했을 때 메모한 내용이었다. 그러나 여기서 이미 "노파"와 "죽음"이라는 주제가 등장하고 있다는 것은 "오늘 엄마가 죽었다."로 시작되는 소설 『이방인』과 관련해 볼 때 주목할 만한 사실이 아닐 수 없다. 그러니까 이 무렵은 바로 최초의 소설 『행복한 죽음』의 저 밑바닥에서 『이방인』이라는 새로운 소설의 미학적 암시가 겹쳐지며 드러나는 시점이라고 추정해 볼 수 있다. 카뮈는 『작가수첩 I』의 바로 다음 페이지에서 "6월. 여름의 계획" 가운데 장차 『시지프 신화』가 될 "마흔 시간 노동에 관한 에세이"와 더불어 "소설을 다시 쓸 것"이라고 못 박고 있다.

실제로 "소설"을 "다시 쓰기" 시작했는지는 확실치 않지만 같은 해, 즉 1938년 8월의 『작가수첩 I』(141~143쪽)에서 카뮈는 레몽 생테스의 아랍인 정부와 관련된 노트인 "R.의 이야기"를 장황하게 메모하고 이어 다시 한번 더 "양로원(들판을 가로질러 가는 노인). 매장. 길의 아스팔트를 녹이는 태양 — 발이 빠지면서 시커먼 살이 쩍쩍 갈라졌다." 등 "어머니의 장례식"에 관련된 에피소드로 되돌아온다. 그리고 불과 세 페이지 뒤에서는 카뮈의 소설 미학의 한 핵심을 이루는, 다음과 같은 성찰이 우리의 시선을 사로잡는다.

예술가와 예술 작품. 진정한 예술 작품은 가장 말이 적은 작품이다. 한 예술가의 총체적 경험, 그의 생각+삶(어느 의미에서 그의 체계 — 이 낱말이 내포하는 조직적인 면은 빼고)과 그의 경험을 반영하는 작품 사이에는 일정한 관계가 있다. 예술 작품이 그 경험을 문학적 장식으로 포장하여 모조리 다 보여 준다면 그 관계는 좋지 못한 것이다. 예술 작품이 경험 속에서 다듬어 낸 어떤 부분, 내적인 광채가 제한되지 않은 채 요약되는 다이아몬드의 면 같은 것일 때 그 관계는 좋은 것이다. 전자의 경우에는 과잉 장식과 수다스러운 문학이 있는 것이고 후자의 경우에는 그저 그 풍부함이 짐작만 될 뿐인 온갖 경험의 암시로 인하여 풍요로운 작품이 있게 되는 것이다.(『작가수첩 I』, 147~148쪽)

여기서 말하는 "가장 말이 적은 작품"이나 "내적인 광채가 제한되지 않은 채 요약되는 다이아몬드의 면" 같은 소설 미학의 지향은 바로 "과잉 장식과 수다스러운" 문학에서 크게 벗어나지 못하고 있는 『행복한 죽음』에서 미래의 새로운 소설 『이방인』으로의 변화를 암시하는 어떤 전환점이라고 할 수 있다. 베르나르 팽고의 지적처럼 이 시점에서 카뮈는 단순히 소설의 에피소드나 스토리상의 변화에 그치는 것이 아니라 소설가로서 자신만의 진정한 "목소리"를 찾아낸 것으로 보인다. "가장 말이 적은" 절제된 톤이 바로 그 목소리다. 더군다나 1938년 8월과 12월 사이로 추정되는 이 시점의 『작가수첩』(149쪽)에는 소설 『이방인』의 '인시피트(冒頭)'의 몇 줄이 단어 하나 다르지 않은 그대로 등장한다. "오늘 엄마가 죽었다. 아니, 어쩌면 어제. 양로원으로부터 전보를 한 통 받았다. '모친 사망, 명일 장례식. 근조(謹弔).' 그것만으로는 아무런 뜻이 없다. 어쩌면 어제였는지도 모르겠다." 장차 수십 년 동안 전 세계 수많은 독자들의 머릿속에 각인되어 영원히 잊히지 않을 소설의 이 처음 몇 줄이야말로 "내적인 광채가 제한되지 않은 채 요약되는 다이아몬드의 면"처럼 가장 적게 말하면서 가장 많은 것을 암시하는 카뮈 자신의 진정한 "목소리"의 대표적인 견본이다. 이리하여 새로운 소설 『이방인』은 중성적인 톤, 문장과 문장 사이에 가로놓인 "침묵", 심리 분석이나 설명을 피하고 오직 겉으로 보이는 구체적인 대상들만을 묘사하고 지시하는 고집스러운 태도, 일견 순진해 보이는 구어체의 단순 과거 등을 통하여 "겉보기에 아무 의식이 없는 한 인간" 특유의 무심한 모습을 가장 적게 말하면서 암시적으로 그려 보이는 쪽으로 방향을 잡는다.

카뮈는 이러한 미학적 태도의 표명, 『이방인』의 간결한 첫 문단에 이어, 벌써 세 번째로 양로원의 파리 출신 "수위", 장의 행렬의 영구차, 담당 간호사, 장의사 인부와 뫼르소와의 대화 등, 이미 앞서 메모했던 같은 주제에 끈질긴 관심을 보이며 메모를 계속한다. 이 사실은 카뮈가 소설 『이방인』의 서술 방식, 즉 자신만의 "목소리"를 찾아내는 동시에 "어머니"와 "죽음"이라는 문제를 소설의 중심에 놓고자 한다는 것을 말해 준다. 뒤이어 카뮈는 1938년 12월이 끝나갈 무렵, 『작가수첩』(163~166쪽)에서 이번에는 소설 『이방인』의 마지막 몇 페이지에 해당하는 내용들(부조리, 교수형, 사형 집행, "증오의 외침으로 나를 맞아 주면 좋으련만" 등 사형 집행 순간에 대한 사형수의 생각)을 거의 실질적인 소설 집필 수준으로 자세하게 서술한 다음, 장차 소설을 바로 그런 식으로 마감하기로 결심했다는 듯

대문자로 "FIN(끝)"이라고 못 박아 놓고 있다. 이를 근거로 하여 우리는 1938년 6월에서 12월 말 사이에 소설 『이방인』의 시작과 끝, 다시 말해서 이야기의 틀과 서술의 톤이 결정된 것으로 생각해 볼 수 있다. 이러한 추정을 증명하듯 1939년 초부터는 『작가수첩 I』에서 『행복한 죽음』과 관련된 메모가 자취를 감춘다.

한편, 프랑스 본토에서 인민 전선이 득세하게 된 이래 좌파는 알제에 그들의 노선을 대변하는 일간지를 창간하고자 했다. 1938년 10월 6일, 마침내 파리에서 온 파스칼 피아의 주선하에 새로운 일간지 《알제 레퓌블리캥》 창간호가 나온다. 자금이 풍부하지 못한 피아는 초보자들을 기용할 수밖에 없었다. 젊은 카뮈는 이리하여 신문의 편집 기자로 발탁되어 활약하는 동시에 '독서 살롱' 난에 '장폴 사르트르의 『구토』' 같은 일련의 서평들을 싣는다. 이처럼 카뮈가 기자로 활동하는 동안 소설과 직접 관련된 작업은 큰 진전을 보지 못한 듯 『작가수첩』(174쪽)에는 1939년 4월, '톨바와 주먹다짐'이라는 제목 아래 메모해 둔 짤막한 일화가 추가되고 있을 뿐이다. 이 일화는 장차 『이방인』의 1부 3장에서 레몽이 뫼르소에게 들려주는 아랍인과 전차 안에서의 다툼 이야기로 활용된다. 그런 가운데서도 카뮈는 그해 7월에 여자 친구 크리스티안 갈랭도에게 자신은 곧 어머니의 집에서 『이방인』을 쓰기 시작할 계획임을 밝힌다.

《알제 레퓌블리캥》의 논조는 당국의 신경을 자극한다. 특히 소수인 유럽계 사람들이 아랍 원주민에게 가하는 불평등

한 처우를 고발하는 카뮈의 유명한 르포 「카빌리의 가난」이나
부당하게 고발당한 피고들을 옹호하는 일련의 법정 참관 기
사들이 그런 경우였다. 마침내 1939년 9월 전쟁이 발발하면
서 신문은 당국의 조치에 따라 폐간되고 말았다. 파스칼 피아
는 파리로 떠났고 카뮈는 군에 자진 입대하고자 했지만 건강
상의 이유로 이번 역시 거부당했다.("'아니, 이 젊은 친구는 중병
환자군.' 하고 중위가 말했다. '우린 이 사람을 받을 수 없어요.' 내 나
이 26세, 웬만큼 살았다."(『작가수첩』, 203쪽) 그런데 이 무렵 카
뮈는『작가수첩』(195~196쪽)에 다음과 같은 메모를 남긴다.
이것은 분명 카뮈가 크리스티안에게 보낸 편지에서 피력한
소설 집필 계획과 무관하지 않은 것 같다.

　　묘사하는 작품과 설명하는 작품을 서로 조화시킨다. 묘사에
　　그 진정한 의미를 부여한다. 묘사는 그 자체만으로는 멋진 것이
　　긴 하지만 아무것도 가져다 주는 것이 없다. 그렇다면 우리의
　　한계가 의도적으로 설정된 것임을 느끼게 해 주면 된다. 이렇게
　　되면 한계는 사라지고 작품은 '울림'을 갖게 된다.

이 인용문을 앞서 언급한 "예술가와 예술 작품"에 대한 카
뮈의 미학과 더불어『이방인』의 집필 계획과 관련해 생각해
보면 그것이 내포하고 있는 중요한 의미를 이해할 수 있다.
『이방인』은 실제로 가장 "적게 말하는" 작품으로 "설명"을 배
제한 객관적 "묘사"가 그 중요한 특징이다. 특히 소설의 1부가
그렇다. 그러면서도 2부의 후반부에 이르면 앞서의 그 묘사,

즉 "한계"("설명"을 거부하고 묘사의 한계를 넘지 않음)가 의도적
으로 설정된 것임을 느낄 수 있다. 이런 장치에 의하여 "한계
는 사라지고" 작품은 "내적인 광채가 제한되지 않은 채 요약
되는 다이아몬드의 면"처럼 풍부한 "울림"을 갖는 것이다. 적
어도 『이방인』은 이런 방식으로 쓰겠다는 것이 당시 카뮈의
구상이었으리라고 우리는 뒤늦게나마 짐작해 볼 수 있다.

한편,《알제 레퓌블리캥》이 폐간되자 카뮈는 그 뒤를 이어
《수아르 레퓌블리캥》을 창간하여 평화주의자 및 국제주의자
들의 의견을 지지한다. 그의 이런 태도는 당국과 동시에 신문
경영진 쪽의 비판과 검열을 촉발했고 1940년 1월 9일 마침내
이 신문마저 발행 금지 처분을 받았다. 그런 상황 속에서 그해
2월, 카뮈는 『작가수첩 I』(230쪽)에 "인물들. 노인과 그의 개.
팔 년간의 증오. 또 다른 사람과 그의 말버릇"에 대한 간단한
메모를 추가한다. 그 "인물들"은 장차 『이방인』에서 살라마노
영감, 레몽의 친구 마송의 모습으로 등장하게 된다. 당국의 압
력에 의하여 알제리 땅에서 더 이상 일자리를 구할 수 없는 처
지가 된 카뮈는 알제를 떠나 오랑에 잠시 체류하면서 가정 교
사 노릇으로 생활하며 힘겨운 한때를 보내지 않을 수 없게 된
다. 이때 쓴 글이 오랑의 권태를 강조하는 산문 「미노타우로
스 또는 오랑에서 잠시」다. 그런데 『작가수첩 I』(232쪽)에는
당시 카뮈의 심정은 물론 『이방인』과 관련하여 매우 주목할
만한 한 가지 기록이 등장한다.

3월.

이 어두운 방에서 ─ 갑자기 낯설어진 한 도시의 소음을 들으며 ─ 이 돌연한 잠 깨임은 무엇을 의미하는 것인가? 그리하여 모든 것이 낯설다. 모든 것이, 내게 낯익은 존재 하나 없이, 이 상처를 아물게 해 줄 곳 하나 없이, 내가 여기서 무얼 하고 있는 것인가? 이 몸짓, 이 미소는 무엇과 어울리는 것인가? 나는 이곳 사람이 아니다. ─ 다른 곳 사람도 아니다. 그리고 세계는 내 마음이 기댈 곳을 찾지 못하는 알지 못할 풍경에 불과하다. 이방인, 그는 이 말이 무슨 뜻인지 알지 못한다.

이방인, 내게 모든 것이 낯설다는 것을 고백할 것.

모든 것이 분명해진 지금, 기다릴 것, 그리고 아무것도 빠뜨리지 말 것. 적어도 침묵과 창조를 동시에 완전하게 하는 방식으로 일할 것. 그 밖의 것은 모두, 그 밖의 것은 모두, 어떤 일이 생기건 상관없다.

여기서 내가 임의로 강조하여 표시한 단어들은 모두가 다 카뮈의 소설 제목인 étranger라는 단어의 번역이다. 여기서 잠시 이 소설의 제목에 대하여 생각해 볼 필요가 있다. 나는 최초의 역자인 이휘영 교수의 번역을 그대로 따라서 소설의 제목을 '이방인'이라고 옮겼다. 사실 이휘영 교수의 번역 역시 그보다 앞서 나온 일본어 번역을 그대로 따른 것이었다. 오늘날 한불사전들은 étranger라는 단어를 형용사로 '외국의', '외부의', '국외자의', '낯선', '생소한', '무관한', '이물(異物)의',

명사로 '외국인', '외부 사람', '국외자' 등으로 풀이하고 있을 뿐 어디에도 '이방인(異邦人)'이라는 표현은 찾아볼 수가 없다. 아마도 그 표현이 일본어에서 왔기 때문이 아닌가 한다. 지금도 우리말에서 예외적으로 이 표현이 사용되는 경우는 없지 않겠지만, 이제 '이방인'이라는 단어는 많은 사람들의 머릿속에서 오직 알베르 카뮈의 이 유명한 소설의 제목이나 주인공을 지칭하는 고유한 의미로 굳어 버린 것이 사실이다. 반세기 이상 지속되어 온 독서 관습을 존중하여 나는 오래 주저한 끝에 결국 그 나름으로 독자적인 울림을 가지게 된 제목의 번역을 바꾸지 않기로 결정했다.

위의 인용문에서 그 단어는 자신이 오래 몸담고 살아온 낯익은 세계에서 돌연 뿌리 뽑힌 채 낯선 땅에 머물며 낭인에 가까운 생활을 하고 있는 카뮈 자신의 당시 심정을 피력한 것이기도 하지만, 다른 한편으로는 소설 『이방인』의 구상과 관련하여 점차 그 단어의 의미가 존재론적인 차원으로 일반화되고 있다는 점을 주목할 필요가 있다. "나는 이곳 사람이 아니다. — 다른 곳 사람도 아니다. 그리고 세계는 내 마음이 기댈 곳을 찾지 못하는 알지 못할 풍경에 불과하다."라는 표현이 그 점을 단적으로 말해 준다. 카뮈는 지금까지의 막연한 느낌들과 소설을 위하여 메모했던 다양한 주제, 에피소드들이 당시 자신이 처한 '이방인'으로서의 "낯섦"이라는 주제 속으로 통합되는 것은 느꼈을 것이다. 동시에 그가 "낯섦"을 "침묵" 및 "창조"와 관련시키고 있다는 사실은 '이방인'의 부조리한 존재 방식을 표현, 창조하는 데 있어서 "침묵"에 가까운 언어, 즉

"적게 말하는" 표현 방식에 의존하겠다는 의도의 표명이라고 볼 수 있다. 아마도 카뮈가 오랫동안 머리에 떠올리고 메모하며 구상했던 소설 『이방인』의 퍼즐들이 제자리에 가 맞추어지는 것을 감지하며 집필을 시작한 것은 바로 이 무렵, 즉 1940년 3월 초일 것 같다.

그런데 마침 파리에서 파스칼 피아가 카뮈를 위하여 《파리 수아르》 편집 사원 자리를 찾아냈다. 카뮈는 3월 14일 오랑에서 집필한 『이방인』의 1부 1장 원고(1940년 원고 중 유일하게 타자로 친 부분)를 지닌 채 알제리를 떠나 파리에 도착했다. 햇빛 찬란한 알제리의 바닷가로부터 추방당한 신세로 던져진 음울한 대도시에서 카뮈는 말 그대로 이방인이었다. "끔찍한 고독. 사회생활에 대한 약으로서: 대도시. 이제 이것은 현실 속에서 만날 수 있는 유일한 사막이다. 여기서 육체는 더 이상 자랑이 아니다. 육체는 보기 흉한 살갗에 뒤덮여 숨겨져 있다. 오직 있는 것은 영혼뿐이다……. 그러나 영혼은 또한 그의 유일한 위대함, 즉 침묵 속의 고독도 가지고 있다."(『작가수첩 I』, 236쪽) 그는 파리의 몽마르트 언덕과 생제르맹데프레의 허름한 호텔들을 전전하면서 일주일에 엿새 동안 반나절은 신문사에서 편집 일을 하고 나머지 시간은 "침묵과 고독" 속에서 소설의 집필에 몰두한다. 그가 3월 24일 및 31일에 프랑신 포르에게 보낸 편지는 집필 중인 원고가 "성큼성큼 진전되고 있다"는 것을, 그리고 4월 26일 편지는 "원고가 다음 주일에 끝날 것"임을 알린다.

마침내 4월 30일 밤 그는 프랑신에게 다음과 같은 편지를 보낸다. "밤에 편지를 쓰오. 나는 이제 막 내 소설을 끝냈소. 너무 신경이 자극되어 있어서 잠을 이룰 수가 없소……. 나는 이제 이 원고를 서랍 속에 넣어 두고 내 에세이를 쓰는 일을 시작하려고 하오. 두 주일 뒤에 이 모든 것을 다시 꺼내서 이 소설을 다시 손볼 것이오. 그러나 오래 걸리지는 않을 것이오. 사실 나는 이 소설을 이 년 전부터 내 속에 품고 있었으니까 말이오. 내가 글을 쓰는 방식으로 보아 소설은 이미 내 마음속에 윤곽이 다 잡혀 있었다는 것을 잘 알 수 있었소. 그 소설 쓰는 일을 매일 낮과 밤의 일부분을 바쳐 해 온 지 벌써 두 달째요……이 일을 하면서 이렇게 완전히 칩거하고 지낼 수 있게 해 주었으므로 나는 파리를 모두 용서할 생각이오. 이곳의 봄 저녁은 축축하고 비가 많소. 나는 '거기, 거기에서도, 저녁은 우수가 깃든 휴식 시간 같았다.'라는 내 소설의 한 문장을 생각하오. 내가 알제와 오랑의 저녁들을 얼마나 그리워하는지 당신이 알까. — 내가 바다를 앞에 둔 그 휴식을 얼마나 그리워하고 있는지……."

그리고 마침내 『작가수첩 I』(247쪽)에는 "5월. 『이방인』 탈고."라는 짤막한 기록이 나타난다. 이렇게 하여 작가가 "이 년 전"부터 속에 품고 있다가 파리의 낡은 호텔 방에서 불과 "두 달" 만에 받아쓰듯이 단숨에 써내려 간 소설 『이방인』의 원고가 완성되었다. 역설적이게도 알제리의 고요한 바다와 작열하는 태양이 가득한 이 소설은 작가 자신이 '이방인'이 된 도시 파리의 "흐리터분한 하늘, 번들거리는 지붕들, 저 끝없이 내리는 비의 정다움과 절망"(『작가수첩 I』, 236쪽)의 풍경 속에서 사무치는 그리움과 더불어 집필된 것이다.

그해 6월 초에 독일군의 파리 점령이 임박하자 카뮈는《파리 수아르》편집부 사람들과 함께 클레르몽페랑으로, 그리고 보르도로, 그리고 다시 클레르몽페랑, 리옹 등지로 피난한다. 그 불안정한 피난지에서도 카뮈는 이른바 "부조리 3부작"에 치열하게 매달린다.『이방인』의 원고를 손보고 희곡「칼리굴라」에 제4막을 추가하고 그해의 남은 반년은 주로『시지프 신화』의 집필에 주력한다. 12월 3일, 알제리에서 그를 찾아온 약혼녀 프랑신 포르와 결혼하지만 불과 한 달이 채 못 되어《파리 수아르》의 감원에 따라 카뮈는 해고당한다. 젊은 부부는 어쩔 수 없이 프랑신의 가족이 살고 있는 알제리의 오랑으로 되돌아간다. 여전히 알제리에서 일자리를 구하기는 어렵다. 프랑신은 보조 교사 자리를 구하고 카뮈는 사설 학원에서 가르치는 한편 물질적 어려움 속에서『이방인』의 원고를 다시 꺼낸다. 특히 살인 장면 묘사를 상당 부분 수정 보완한다. 바로 이때 소설 원고의 맨 끝에 기록된 "1940년 5월"이라는 탈고 일자가 "1941년 2월"로 바뀌었고 본래의 원고에는 없던, 감옥으로 찾아온 부속 사제 앞에서 뫼르소가 절규하며 항변하는 긴 장면 역시 이 무렵에 추가되었다. 주인공의 이름이 메르소(Mersault)에서 뫼르소(Meursault)로 변한 것도 이때다. 바다와 태양을 의미하던『행복한 죽음』의 주인공 이름이 바다와 죽음을 담은 이름으로 개명된 것이다.

독일 점령 중인 어려운 시기였으므로 알제리의 오랑과 프랑스 본토 사이, 그리고 프랑스 안에서도 비점령 지역인 남쪽과 독일군의 손 안에 든 북쪽 파리 사이의 연락은 쉽지 않았다. 1941년 2월 21일, 『시지프 신화』의 탈고와 함께 "세 가지 부조리"를 끝낸 카뮈는 『이방인』의 원고를 스승 장 그르니에와 파스칼 피아에게 보낸다. 특히 피아는 원고를 읽고 열광적인 반응을 보인다. 그의 주선하에 원고는 복잡한 경로를 통하여 말로, 그리고 장 폴랑, 가스통 갈리마르의 손으로 차례로 넘어가 마침내 갈리마르 출판사가 책을 출판하기로 결정한다. 『이방인』이 1942년 5월 19일에, 『시지프 신화』는 그 이듬해에, 희곡 「칼리굴라」는 1944년에야 「오해」와 함께 같은 출판사에서 나왔다.

『이방인』의 해석

알베르 카뮈의 세계는 삶의 기쁨과 죽음의 전망, 빛과 가난, 왕국과 유적, 긍정과 부정 등 '안과 겉'의 양면이 언제나 맞물리어 공존하는 세계다. 그는 그 어느 쪽도 은폐하거나 제외하거나 부정하려 하지 않았다. 그는 일찍부터 삶에 대한 기쁨과 동시에 어둡고 비극적인 또 다른 면을 뚜렷하게 의식했다. 삶의 종점인 희망 없는 죽음은 그로 하여금 세상만사의 무의미를 느끼지 않을 수 없게 만들었다. 『이방인』은 바로 이 허무감의 표현인 동시에 이 허무감 앞에서의 반항을 말해 준다.

"우리들 각자는 최대한의 삶과 경험을 쌓아 가지만 결국 그 경험의 무용함을 너무나도 분명하게 느끼고 만다. 무용함의 감정이야말로 그 경험의 가장 심오한 표현인 것이다." 이십 대 초반이었던 1934~1935년 겨울에 이미 카뮈는 친구 막스 폴 푸셰에게 보낸 편지에서 이렇게 말했다. 그러나 그는 또한 "그 렇다고 해서 비관론자가 되어야 한다는 말은 아니다."라고 못 박는다. 우리가 앞에서 살펴보았듯이, 그는 2차 대전 직전의 여러 해 동안 인생의 부정적인 어둠을 절실하게 느끼면서도 다방면에 걸쳐 적극적인 활동을 전개한다. 『안과 겉』, 『결혼』 과 같은 초기 에세이와 『행복한 죽음』의 집필에 몰두하는 한 편 신문 기자로 활약했고 생활비를 벌기 위한 잡다한 일도 마 다하지 않았다. 그런 가운데서도 1935~1939년 사이에는 알 제의 극단을 이끌며 극작가, 연출가, 배우로 재능을 발휘하며 동지애의 희열을 경험한다. 피에르 앙리 시몽이 지적했듯 사 르트르와 달리 "카뮈에게 타자는 지옥이 아니라 구원이었다."

이러한 적극적 활동 속에서도 삶의 무용함에 대한 의식은 그 활동들에 대한 일정한 거리를 느끼게 만들었다. "행동의 한 복판에서 행동에 가담하는 가운데서도 그는 행동에서 저만큼 떨어져 있었다."라고 그의 스승 장 그르니에는 말했다. 부조리 에 대한 의식이 그의 마음을 떠나지 않았던 것이다. 삶에 대한 열정을 가지고 있으면서 동시에 그 삶의 절망적이고 부조리 한 면을 의식할 때, 우리는 어떻게 살아야 하는가? 『시지프 신 화』는 이 질문에 대답하려는 시도이다.

그런데 카뮈는 이런 논리적인 질문과 그 대답(『시지프 신 화』)에 앞서 우선 소설이라는 형식 속에 삶의 진면목을 들여 다보고자 했다. 그것이 『이방인』이다. 카뮈는 일찍부터 사르트르의 『구토』에 관한 서평에서 "소설이란 어떤 철학을 여러 가지 이미지들로 구체화한 것에 불과하다. 좋은 소설에는 철학이 송두리째 이미지들로 변해 있다."라고 지적한 바 있다. 이를 근거로 하여 사르트르는 『시지프 신화』에 표명된 '철학'이 이미지로 옮겨진 것이 『이방인』이라고 보았다. 그러나 중요한 것은 순서상 소설 『이방인』이 먼저 쓰였고 그다음에 부조리에 대한 체계적 성찰(『시지프 신화』)이 뒤따랐다는 사실이다. 앞서 인용한 "예술가와 예술 작품"에 관한 태도 표명에서 카뮈가 "한 예술가의 총체적 경험, 그의 생각+삶"을 예술가의 "체계"로 바꾸어 등식 관계로 표현하면서 그 낱말("체계")이 내포하는 "조직적인 면"을 배제한다("빼고")고 명시한 것은 바로 소설적인 이미지가 논리적 추론과는 달리 "비체계적"이고 직접적인 현실의 모습임을 강조한 것이다.

요컨대 『이방인』은 삶과 죽음의 이미지를 고전적인 소설의 형식 속에 담아 놓은 소설이다. 카뮈는 스스로 이렇게 말했다. "이 책의 의미는 정확하게 말해서 1부와 2부 사이의 평행 관계에 있다."(『작가수첩 II』) 소설 1부는 그날그날의 별 의미 없는 뫼르소의 생활을 묘사한다. 그리고 2부의 법정에서 그 생활과 행동의 의미가 해석된다. 법정은 뫼르소가 어머니의 장례식에서 울지도 않았다는 이유로 그를 무심한 인물로, 그리고 살인을 저지르고도 후회하는 태도를 보이지 않는다는 이유로 도덕적 원칙이 결여된 인물이라고 해석한다. 그러면서도 자신이 하고 있는 행동이 어떤 것인지를 잘 알고 있는 똑똑한 인물이라고 판단한다. 따라서 그의 범죄 행위에 대해서는 정상 창작이 불가능해짐으로써 그는 사형 선고를 받는다.

그러나 실제로 그는 어떤 인물인가? 작가 자신이 말했듯이 소설 전체에 걸쳐 그는 오직 삶이, 혹은 다른 사람들이 그에게 제기하는 질문에 대답할 뿐이다. 그는 "적게 말하는" 인물이다. 그런데 소설의 마지막 장면에 이르면 감옥 안으로 찾아온 부속 사제 앞에서 분노를 터뜨린다. 처음으로 자신의 가슴속에 묻어 두었던 생각을 폭발시킨 것이다. 카뮈 자신은 어떤 비평가에게 반론을 제기하는 가운데 이 대목의 중요성을 다음과 같이 강조한 바 있다. "예술 작품 전체에 걸쳐 계산되어 있는 바가 무엇인지를 잘 알고 있는 눈 밝은 비평가라면 한 인물을 묘사한 것 속에서 그 인물이 자신에 대해서 말하고, 자신의 비밀스러운 그 무엇을 독자에게 털어놓는 그 '유일무이한 순간'을 어떻게 주목하지 않을 수 있겠습니까? 어떻게 당신은 소설의 결말 부분이 하나의 집중된 순간이며 특별한 대목이라는 사실을 느끼지 못했단 말입니까? 내가 묘사한 그 너무나도 산만하게 분산된 존재가 마침내 스스로를 한데 집중시키게 되는 그 특별한 대목을 말입니다. ……이 책의 주인공은 결코 앞장서서 무엇을 주장하지 않습니다. 인생이 제기하는 질문이건 다른 사람들이 제기하는 질문이건 그는 항상 질문에 대답하는 것으로 그친다는 사실을 당신은 주목하지 않았습니다. 그렇기 때문에 그는 결코 그 무엇도 단정하지 않습니다. 나는 그의 음화를 제공했을 뿐입니다. 그의 심오한 태도에 대해 당신이 지레짐작할 근거는 어디에도 없었습니다. 바로 그 책의 마지막 장면이라면 모르겠지만 말입니다. 그런데 당

신은 바로 그 부분을 주목하지 않은 것입니다."(『작가수첩 II』, 40~41쪽)

1. 카뮈와 "죽음"

카뮈에게 가장 중요한 문제는 단연 죽음이었다. 그가 처음 쓴 소설은 『행복한 죽음』이었다. 그 작품은 "자연적인 죽음"과 "의식적인 죽음"의 문제를 다룬 이야기였다. 『이방인』은 "오늘 엄마가 죽었다."로, 즉 자연적인 죽음으로 시작된다. 그리고 뫼르소는 살인을 저지른다. 그래서 감옥에 갇히고 재판을 받고 사형 선고를 받는다. 왜 하필 음산한 죽음인가? 죽음을 이야기하다 보면 자연히 삶의 의미에 대한 물음에 이르기 때문이다. 『이방인』을 읽는 독자는 그 죽음의 이야기가 비극적이라고 느낄 수는 있어도 음산하다고 느끼지는 않는다. 그 속에 삶의 기쁨과 햇빛이 가득하기 때문이다. 죽음은 우선 '몸'의 문제다. 햇빛과 바다가 주는 행복감을 전신에 맛보며 수영하는 젊은 육체, 축구장에서, 연극 무대에서, 신문 기자로 삶의 현장에서 매 순간 속에 열정적으로 몰입하는 육체에는 오직 현재만이 있을 뿐이다. "내일 없는" 현재의 가득함, 이것을 카뮈는 "희망 없는" 삶이라고 말한다.

그러면 구체적으로 『이방인』에서 죽음의 문제를 분석하기 전에 카뮈의 생애와 작품 속에서 죽음이 얼마나 집요한 관심의 대상이 되고 있는지를 간단히 살펴보기로 한다.

1) 죽음의 경험

카뮈의 생애는 우선 아버지의 죽음으로 시작되었다고 해도 과언이 아니다. 그가 한 살도 채 되기 전인 1914년 9월에 1차 대전이 발발했고 그의 아버지는 전쟁에 나가서 전사했다. 카뮈는 그 죽음에 대해 이렇게 기록하고 있다. "아무런 기억도 아무런 감동도 없다. ……하기야 그는 흥분해서 떠났다. 마른 전투에서 두개골이 깨졌다. 장님이 되어 일주일간 사경을 헤맸단다. 그리고 면 소재지 전몰장병 위령탑에 그 이름이 새겨졌다."(『안과 겉』의 산문 「긍정과 부정 사이에서」) 그의 마지막 미완의 소설 『최초의 인간』에는 이 죽음의 이야기가 훨씬 더 소상하게 기술되고 있다.

한편, 카뮈 자신은 1930년, 건강한 축구 선수로 활약하던 열일곱 살의 젊은 나이에 돌연 폐결핵이 발병하여 죽음의 위협 앞에 놓인다. (『결혼』, 「제밀라의 바람」, "영원 따위가 나에게 무슨 의미가 있겠는가. 여기 이렇게 자리에 누운 채 이런 말을 듣게 될 수도 있다. '당신은 강한 사람이니 솔직하게 말하겠소. 당신은 이제 곧 죽게 됩니다.'") 일생 동안 몇 번이나 그 병의 재발로 어려운 시기를 견뎌야 했고 그로 인하여 대학교수 자격시험에 응시할 수 없었고 그에 따라 그의 삶의 진로가 바뀌었다. 마찬가지 이유로 2차 대전 때는 군에 입대할 수도 없었다. 그 대신 독일 점령하에서 레지스탕스에 가담하는 동안 동지들의 참혹한 죽음을 지척에서 목도했다.

2) 작품에 나타난 죽음

카뮈의 작품 속에서 죽음은 어떤 모습으로 나타나는지 장르별로 간단히 검토해 보자. 그의 전 작품 속에서 죽음은 시종일관 중요한 위치를 차지하며 삶의 진실을 드러내는 거울로 작용한다. 초기 산문집 『안과 겉』의 제목부터 시사적인 에세이 「영혼 속의 죽음」에서 그는 프라하 여행 중 호텔 방에서 고독하게 죽은 사람의 모습을 본다. 「긍정과 부정 사이에서」는 사형수에 대한 언급이 적나라하다. "그렇다. 모든 것이 단순하다. 일을 복잡하게 만드는 것은 사람들이다. 우리들에게 헛된 수작은 하지 말라. 사형수에 대해 '그는 사회에 대한 빚을 갚게 될 것이다.'라고 하지 말고 '이제 그의 목이 잘릴 것이다.'라고 하라. 이건 아무것도 아닌 것 같지만 좀 차이가 있다. 그리고 세상에는 자신의 운명을 두 눈으로 직시하는 것을 원하는 사람들이 있는 것이다." 인간의 부정할 수 없는 조건에 대한 이 단도직입적 진술은 『이방인』의 마지막 장면을 예고한다. 두 작품에서 핵심은 진실을 외면하지 않고 '직시'하는 것이다. 또 같은 산문 「긍정과 부정 사이에서」는 새끼를 반 마리나 먹은 어미 고양이를 목격하면서 "죽음의 냄새"를 맡았던 기억을 말한다. 『결혼, 여름』에서 그는 저녁의 해 지는 모습을 우주적인 죽음으로 표현한다. "대낮의 찬란하던 제신들은 날마다의 죽음으로 되돌아가리라." 「제밀라의 바람」에서는 우리 모두가 "다른 문제에 대해서라면 세련된 의견이 분분하면서도 죽음에 대해서만은 생각이 빈약하다."라고 지적하면서 색깔, 죽음 같은 가장 단순한 것은 우리의 이해를 초월한다고 말한다. 죽음처럼 이해를 초월하는 단순 자명한 현실 앞에서 맛보는 감정이 다름 아닌 부조리의 감정이다. 그는 또 이탈리아 피렌체를 여행하면서 피에솔레 수도원을 찾아갔다가 탁자 위에 해골을 앞에 놓고 매 순간 인간의 조건을 상기하며 살았던 수도사들의 삶에 대하여 명상한다. 여기서도 중요한 것은 진실을 직시하는 태도다.

그러면 소설들은 어떤가? 앞서 말했듯이 『행복한 죽음』은 메르소가 자그뢰즈를 죽이고 여행을 떠나는 "자연적인 죽음" 과 여행에서 돌아와 삶과 죽음에 대한 성찰 속에서 죽는 "의식적인 죽음", 이렇게 두 부분의 대칭 구조로 되어 있다. 행복의 수단인 돈을 손에 넣기 위하여 죽이는 메르소와 달리 『이방인』의 뫼르소는 태양 때문에 살인한다. 『페스트』는 무서운 전염병(전쟁)으로 인한 집단적 죽음의 이야기다. 『전락』은 다리 위에서 강물에 몸을 던져 익사하는 여자의 비명 소리를 듣고도 그녀를 구하지 않았다는 죄의식 때문에 폐업하고 암스테르담의 흐린 안개 속을 방황하는 변호사 클라망스의 이야기다. 여기서도 문제의 발단은 죽음이다. 단편집 『유적과 왕국』의 「배교자」에서는 포교를 위해 야만인들 세계에 들어갔던 선교사가 개종하여 새로 부임하는 신부를 죽이려고 기다린다. 그는 말한다. "죽이는 것, 바로 그게 필요한 일이다."

이번에는 희곡 작품들을 간단히 살펴보자. 「칼리굴라」에서 주인공인 황제는 누이요 정부인 드뤼질라가 죽자 "행복을, 불멸을 가져야겠다."라고 부르짖으며 무차별적인 범죄와 살인에 몰두한다. 운명에 대한 나름의 반항이다. 「오해」에서는 멀리 떠나 살던 아들이 부자가 되어 고향에 돌아왔다가 그를 알아보지 못하고 가진 돈을 뺏으려던 어머니와 누이의 손에 살해당한다. 살인적인 오해를 깨달은 두 여자도 자살한다. 「정의의 사람들」은 "순수한 살인자들", 즉 정의를 위한 테러리스트들의 "섬세한" 살인 이야기다. 「계엄령」은 삶과 죽음의 전권을 쥐고 만인의 죽음을 "관리"하는 페스트의 무서운 전체주의적 세계를 그린다.

특히 철학적 에세이 『시지프 신화』와 『반항하는 인간』에서는 살인과 자살에 관한 성찰에 깊이를 더한다. '부조리 3부작' 중 하나인 『시지프 신화』의 첫 문장은 의미심장하다. "참으로 중대한 철학적 문제는 오직 하나뿐이다. 그것은 자살이다. 인생이 살 만한 가치가 있느냐 없느냐를 판단하는 것이야말로 철학의 근본 문제에 답하는 것이 된다." 그런가 하면 『반항하는 인간』은 자살이 아니라 살인에 대한 성찰이다. 대혁명 때 왕의 처형을 신의 죽음과 결부하며 그는 죽음을 역사적인 시각에서 조명한다. "어떤 의미에서 1793년에 반항의 시대는 끝나고 혁명의 시대가 처형대 위에서 시작된다."

이상에서 보았듯이 카뮈 작품의 일관된 주제는 죽음이다. 죽음의 형식은 살인, 자살, 사형, 이 세 가지다. '살인'은 인간이 인간에게 가하는 죽음이다. 『반항하는 인간』은 인간이 타자에게 가하는 죽음에 대한 성찰이다. 희곡 「칼리굴라」의 살인은 황제의 광적인 권력 행사다. 「계엄령」에서 페스트는 장부에 기록된 명단에 따라 조직적으로 죽음을 관리한다. 『이방인』에서 뫼르소는 우발적으로 아랍인을 죽인다. 소설『페스트』는 사람을 죽이는 전염병에 빗댄 전쟁이라는 전면적 재앙의 풍경이다.『유적과 왕국』의 배교자와『행복한 죽음』메르소도 살인자들이다.

'자살'은 자기 자신에게 가하는 죽음이다.「영혼 속의 죽음」에서는 어떤 여행자가 호텔 방에서 혼자 자살한 시신으로 발견된다.『시지프 신화』는 자살에 대한 성찰이다.「오해」에서는 자신의 아들과 오빠를 알아보지 못하고 살해했다는 사실을 깨달은 어머니와 딸이 자살한다. 살인을 저지른 '이방인'은 사형 선고를 받고『페스트』의 가장 부정적인 인물 코타르는 자살을 광고하듯 자신의 방 문 앞에 이렇게 써 붙여 놓았다. "들어오시오, 나는 목매달았소." 단편집『유적과 왕국』의 배교자,『행복한 죽음』의 자그뢰즈나 메르소의 죽음은 엄밀하게 따져 볼 때 타살일까, 자살일까?

끝으로 사회가 정의의 이름으로 개인에게 죽음을 가하는 심판인 '사형'에 대하여 살펴보자.『단두대에 대한 성찰』의 저자인 카뮈는 널리 알려진 사형폐지론자다. 단두대야말로 카뮈의 고정 관념이었다. 사형 집행 장면을 구경하고자 했던 아버지의 일화는 그의 작품 여러 곳에 등장하고,『이방인』의 마지막 장면에서 단두대는 사형수를 사로잡는 강박이다.

2. 『이방인』의 구조

다른 비평문들과의 중복을 피하기 위하여 우리는 여기서 소설의 형태적 '구조'를 드러내는 핵심적 요소인 죽음에 대한 분석만을 소개하기로 한다. 이 구조 분석은 주로 브라이언 T. 피치의 종합적인 해석에 크게 의존했다.

『이방인』의 구조적 특징은 1부와 2부의 대칭, 대조, 그리고 그 현격한 차이에 있다. 1부에서 뫼르소는 추억도 미래도 계획도 없이 현재의 순간에 만족하는 순진하고 즉각적이고 즉흥적인 인간으로 그려지고 있다. 그는 내키면 수영을 하고 영화 구경을 하고 바닷가를 산보하고 여자와 함께 집에 와서 잔다. 그리고 또 혼자서도 불평 없이 잘 지낸다. 레몽이 부탁하면 거절할 이유가 없기에 편지를 대필해 주고 사랑이란 아무 의미도 없는 것이라고 생각하지만 마리가 원하면 결혼하겠다고 말한다. 사장이 파리 지사 근무를 권하면 지금의 생활에 불만이 없고 "삶이란 결코 달라지는 게 아니"므로 거부한다. 이 즉흥적이고 우발적인 행동의 병치와 연쇄가 결국은 그를 살인으로 인도한다.

이런 '언어 이전'의 세계와도 같은 그 자유롭고 무반성한 삶의 순간들이 2부에서는 살인에 따른 감옥 생활 때문에 순진성과 직접성을 상실한다. 몸이 갇혀 있으므로 욕구의 즉각적 만족이 불가능해진다. 삶과 직접적으로 접촉할 수 없게 된 것이다. 감옥 속에서는 어쩔 수 없이 죽음에 대한 성찰이 이어지고 주인공의 소외와 더불어 재판부의 논리적이고자 하는 시각을 통해 오히려 공적 사회의 연극적 면모가 드러난다. 2부의 법정에 등장하는 인물들에게는 재판장, 검사, 변호사, 피고, 증인 등의 '역할'만 있을 뿐 개인으로서의 이름이 없다. 법정은 각자가 맡은 역할들의 체계로 이루어진 연극적 사회의 축소판인 것이다. 이런 정황 속에서 1인칭 화자의 서술 방식은 독자로 하여금 어느 면 살인자의 편을 들도록 하는 결과를 초래하고 살인자가 사회의 피해자로 바뀌는 형국이 된다. 반면에 살해당한 아랍인은 관심의 뒷전으로 밀려나는 기현상이 초래된다. 뫼르소는 1인칭 화자이며 또한 주인공이다. 그는 자신의 이야기를 들려준다. 독자는 뫼르소의 눈으로 그의 행동과 현실을 바라볼 뿐 스스로 뫼르소를 볼 수는 없다. 독자는 그의 성도 모르고 생김새도 모른다. "나"라고 스스로를 지칭하는 화자는 자기 자신의 삶과 행동과 내면을 고백하듯 드러내는 것이 아니라 3인칭처럼, 즉 남의 일처럼 무심하고 객관적으로 묘사한다. 마음속의 감정이 아니라 겉으로 보이는 모습, 육체의 움직임만을 드러내 보인다.

1부는 어머니의 죽음에서부터 살인을 저지르기까지 십팔일간의 일상적 생활이다. 오늘, 어제, 토요일, 일요일, 월요일, 아침, 저녁 등 시간의 변화와 흐름이 뚜렷하게 표시된다. 반면 2부의 일 년가량에 걸친 감옥 생활과 재판 과정에 있어서는 시간이 정지된 듯 개념이 흐려진다. 뫼르소는 말한다. "결국 하루가 다른 하루로 넘쳐 나고 말았다. 하루하루는 그리하여 제 이름을 잃어버리는 것이었다. 어제 혹은 내일이라는 말만이 나에게는 의미가 있었다." 이리하여 시간은 낮과 밤, 계절,

하늘, 별 등에 기초한 항구성, 회귀성을 드러낸다.

소설의 전반부에서 주인공 뫼르소는 선박 회사 사무원으로서 그때그때의 일상생활을 즉흥적으로 영위한다. 그의 대타 관계는 남에게 타자의 이해와 무관한, 아니 이해 이전, 언어적 표현 이전의, 자연인의 삶이다. 반면에 살인 후 재판을 받게 되면서 그와 그의 행동들은 타자의 이해, 아니 해석의 대상이 된다. 법정은 한사코 그의 인간성을 설명하기 위하여 모든 행동의 동기를 찾아내려고 한다. 다시 말해서 그의 행동, 심리적 동기, 인간성 등을 논리적으로 설명하는 데 매달림으로써 오해에 기초한 그의 초상화를 완성한다. 1부가 뫼르소의 눈을 통해 본 개인과 사회생활의 "있는 그대로의" 자연스러운 묘사라면 2부는 타자의 눈을 통해서 보이는 뫼르소의 모습을 그리게 되는데 그 그림은 동시에 재판에 대한 비판적 희화로 작용한다.

그 결과 전반부와 후반부에 있어서 뫼르소와 법정을 바라보는 독자의 태도가 달라진다. 전반부에서 독자는 우선 주인공의 기이한 태도에 당황한다. 그의 행동의 의미에 대하여 결론을 내리기 어렵다. 그러나 뫼르소가 순수해 보이므로 그에 대하여 일면 공감하지 않을 수 없다. 그러나 2부에서 독자는 작가의 서술 방식에 좌우되면서 화자가 자신의 운명에 무심하면 할수록, 자신의 자리에서 소외되면 될수록, 독자 스스로 살인범인 그의 편을 들고 있는 자신을 발견한다. 그 결과 부지불식간에 뫼르소는 일종의 순교자로 변하여 법정의 희극성을 풍자하고 공적 사회를 고발하는 수단이 되는 것이다. 이처럼

1부와 2부는 서로를 비추는 거울이면서도 과연 동일한 소설에 속하는 것인가 의문이 생길 정도로 판이한 인상을 준다.

3. 『이방인』에 나타난 죽음의 미학적 기능

죽음은 『이방인』의 가장 뚜렷한 주제인 동시에 형식이다. 죽음은 작품 전체에 일관성, 통일성을 부여한다. 세 가지 죽음이 전략적 지점에 배치되어 소설 형식의 기둥이 되고 있다. 즉 죽음은 소설의 처음, 한가운데, 끝에 있다. 이 소설은 주인공 뫼르소가 죽음과 만나는 세 가지 방식에 관한 이야기라고도 할 수 있다.

어머니의 장례식으로 시작된 소설은 사형 선고를 받은 뫼르소의 죽음에 대한 명상으로 마감된다. 사형 선고라는 '무자비한 메커니즘'이 인간을 죽음으로 인도하는 것이다. 그는 사형 집행에 대한 여러 가지 보고들과 기사에 대하여 깊이 생각해 본다. "신문에서는 흔히 사회에 대한 부채를 말하곤 했다. 그들의 말에 의하면 그 부채를 갚아야 한다는 것이었다. 그러나 그러한 말은 상상력을 불러일으키지 못한다." 이 말은 초기 산문집 『안과 겉』에서 사형이란 무엇보다 "목이 잘린다"는 사실임을 우회하지 않고 직시하려는 태도를 상기시킨다. "사형 집행을 보러 갔었던" 아버지가 돌아와 토하는 일화는 곧바로 단두대의 구체적인 모습으로 이어진다. "단두대를 향해 올라간다면, 하늘 높이 올라가는 것이라면, 그 방향으로 상상력이 뻗어 갈 수가 있었다. 그런데 여기서도 그 기계 장치가 모든 것을 압도해 버리는 것이었다. 약간 수치스럽게, 대단히 정확하게, 슬며시 목숨이 끊어지는 것이었다."

그러면 『이방인』에 나타난 세 가지 죽음을 좀 더 자세히 살펴보기로 하자.

첫째, 자연사. "오늘 엄마가 죽었다." 『이방인』은 이렇게 시작된다. 이 자연사의 소식은 '전보'의 형식을 빌려 소설 속으로 들어온다. '엄마'는 양로원에서 사망했으므로 그 죽음은 소설 밖에서 일어난 사건이다. 마치 소설의 끝에서 사형 선고를 받은 뫼르소의 실제적인 죽음, 즉 사형 집행은 소설 밖에서 이루어지듯이. 뫼르소는 소설 속에서 사형 선고를 받았을 뿐 아직 형은 집행되지 않았다. 그래서 아직은 미래형인 "처형되는 날"에 많은 구경꾼들이 와서 증오의 함성으로 맞아 주기를 바라는 사형수의 희망으로 소설이 끝나는 것이다.

그러나 통념상 큰 슬픔을 자아낼 것 같은 어머니의 죽음은 화자인 뫼르소에게 큰 충격을 주는 것 같지 않다. 적어도 화자인 뫼르소는 자신의 슬픔에 대하여 말하지 않는다. 다만 사장에게 휴가를 청해야 하는 난처한 입장, 버스를 타고 멀리 가서 치러야 하는 번거로운 일, 밤샘, 장례식 등 귀찮은 절차에 불과하다. 어머니를 매장하는 날 그는 이렇게까지 말한다. "쾌청한 하루가 시작되려는 참이었다. 나는 오랫동안 야외에 나가 보지 못했다. 그래서 엄마 일만 없었다면 산책하면서 즐거움을 만끽할 수 있을 텐데 하는 생각이 들었다."

둘째, 살인. 뫼르소가 바닷가에서 아랍인을 죽인다. 체포된 뒤의 심문과 재판 과정을 자세히 관찰해 보면 이 살인에는 아예 피해자는 존재하지도 않는 것 같은 인상을 준다. 사실상의 피해자는 당시의 피식민인 아랍인이다. 그런데 재판정에는, 심지어 방청석에서마저도 아랍인의 모습은 전혀 보이지 않고 순전히 백인들뿐이다. 많은 증인들이 실명으로 불려나오지만 정작 피해자인 아랍인은 끝내 그 이름조차 알 수 없다. 그가 억울한 죽음을 당했다 싶을 뿐 피해자 자신에 대해서는 재판장, 검사, 변호사, 방청객 그 누구도 별다른 관심을 쏟지 않는다. 살해당한 아랍인은 뫼르소가 체포당하는 계기가 되었을 뿐이다. 이는 뫼르소를 감옥과 법정으로 보내기 위한 살인일 뿐이다. (이 점을 근거로 『이방인』에 대한 정치적 해석을 가하는 비평가도 없지 않다.) 그러나 법정의 재판관, 검사, 변호사에게는 피고인 뫼르소 역시 실질적인 관심의 대상이 되지 못한다. 그들은 그들 자신의 '역할'에 대해서만 관심을 가지고 있다. 이런 의미에서 법정은 '유희'가 벌어지는 일종의 연극 무대다. 법정으로 대표되는 공식적 사회의 연극적인 참모습이 드러나는 대목이다.

셋째, 사형. 법정은 재판을 통해 피고에게 죽음을 가하는 판결을 내린다. 이것은 또렷한 의식을 가지고 타자에게 의도적으로 가하는 죽음이다. 앞에서 이미 지적했듯이 법정은 사형선고를 내렸을 뿐 사형 집행은 소설 밖에서 이루어질 것이다. 다시 말해서 소설 속에서 사형은 아직 일어나지 않은 사건이다. 소설 속에서 일어난 사건은 오직 '살인'뿐이다. 그런데 역설적이게도 아직 실행되지 않은 이 죽음, 즉 사형의 전망이 소설 속에서는 가장 핵심적인 관심의 대상이 되어 가장 심도 있게 다루어지고 있다.

소설에서 지대한 관심의 대상은 '과거'의 죽음이 아니라 '미래'에 닥쳐올 죽음이고 '남'의 죽음이 아니라 '나'의 죽음이라는 증거다. 따라서 '죽음'은 사실상 소설의 참다운 내용이기에 앞서 소설의 구조를 드러내는 테두리, 표적, 경계선으로서 소설에 형식을 부여하고 있다는 것을 알 수 있다. 죽음은 소설의 윤곽이다. 그렇기 때문에 죽음은 소설의 처음, 중간, 끝이라는 가장 전략적인 자리에 배치되어 있는 것이다. 죽음은 소설의 1부와 2부의 출발과 결말이 되고 있다. 다시 말해서 소설의 형식은 1부가 어머니의 죽음에서 살인으로, 2부가 살인에서 사형으로 시작되고 마감된다. 이처럼 소설은 죽음에 의하여 내적 균형을 얻고 그 1부와 2부는 서로 대칭 관계 속에 놓인다. 카뮈는 『행복한 죽음』 집필의 오랜 시행 착오를 거쳐 마침내 "적게" 말하면서 "내적인 광채가 제한되지 않은 채 요약되는" 암시의 형식과 톤을 찾아낸 것이다.

요약하면 다음과 같이 세 가지 '죽음'이 소설에 고전적 균형미를 부여하는 형식적 기반이다.

첫째, '자연사': 어머니의 죽음이 살인으로 인도하는 1부, 1~5장.

둘째, '살인': 1부, 6장.

셋째, '사형': 살인이 사형으로 인도하는 2부, 1~5장.

이때 1부 6장의 '살인'은 1부의 종결점(1부가 살인으로 끝난다.)이지만, 동시에 2부의 출발점(살인으로 인하여 체포, 투옥, 심문, 증인, 재판, 사형 선고, 집행으로 이어진다.)이다.

그러면 그 죽음들이 소설 속에서 어떻게 묘사, 서술되고 또 그것이 어떤 의미를 지니게 되는지 텍스트의 구체적인 표현들을 바탕으로 좀 더 면밀하게 분석해 보기로 한다.

1) 자연사

어머니의 죽음은 겉보기와 달리 실제로는 자신도 모르게 뫼르소의 죄의식을 유발한다. 즉 그는 어머니의 죽음의 "그늘" 밑에서 살아간다. 소설의 1부는 죽음이 던지는 암시적인 영향들로 점철되어 있다. 어머니의 죽음으로 인하여 뫼르소에게는 별다른 변화가 일어나지 않은 것 같아 보이지만 달라진 그의 '시선'이 모든 대상들을 변모시킨다. 그의 눈에 보이는 세계는 낯설고 이상한 곳으로 변한다. 이른바 '낯설게 하기(Dépaysement)'의 작용이 여러 곳에서 감지된다.

1장의 장례식은 어떠한가? 그것은 어렴풋하게 용해되어 끈적거리는 세계로 뫼르소에게 일종의 환각 상태를 연출해 보인다. 그가 장례 행렬의 뒤를 따를 때 견딜 수 없이 쏟아지는 햇빛의 영향, 즉 일종의 액화 현상과 검은색이 그러하다. "녹아 터져 있는" 아스팔트, "아스팔트의 번쩍거리는 속살", "삶은 가죽으로 만든" 마부의 모자 등 온통 검은색이 주조를 이룬다. 갈라진 아스팔트의 "끈적거리는 검은색", 사람들이 걸친 상복의 "우중충한 검은색", 니스 칠한 영구 마차의 "검은색" 등 단조롭기만 한 흑백 톤으로 돌변한 장례식 풍경 때문에 뫼르소는 어리둥절해한다. 한편 어머니의 시신을 지키며 밤샘을 하는 영안실의 모습은 악몽 속의 장면을 연상시킨다. 노인들이 밤샘을 위하여 실내로 들어올 때의 침묵, 그러나 "눈이 아플 정도로 뚜렷이 드러나" 보이는 모서리 하나하나, 그리고 눈부신 빛은 그 장소를 짓누르는 침묵을 더욱 공격적이고 기괴한 것으로 만들어 놓는다. "소리 없이 그 눈부신 빛 속으로 살며시" 들어온 노인들은 악몽이나 환각 속의 인물들인 양 "그들이 실제로 존재하는 사람들이라고 믿기 어려"울 정도다. "눈은 보이지 않고 다만 온통 둥지를 튼 주름살들 한가운데에서 광채 없는 빛만 보였"다. 그들은 모두 "관리인을 가운데 두고 나와 마주 보고 앉아서 고개를 꾸벅거리고" 있다. 그 이전에 이미 양로원 마당을 가로지를 때 뫼르소는 노인들의 떠드는 소리가 "앵무새들이 나직하게 재잘거리는 소리 같았다"고 느낀다. 거기다가 페레스 영감의 그로테스크한 모습은 또한 어떠한가. 그를 처음 만났을 때의 인상은 우스꽝스럽다. "검은 점투성이인 코 아래서 입술이 떨리고 있었다. 귀는 상당히 가느다란 흰 머리털 밑으로 축 늘어진 채 귓바퀴가 흉하게 말린" 그는 장례 행렬을 따르다가 결국 "꼭두각시가 해체되어 쓰러지는" 것처럼 기절해 버린다. 이런 모든 것은 부지불식간에 뫼르소에게 일종의 죄의식을 자극한다. 죽음의 고통을 마음속에서 억압하듯 "말수가 없는" 그는 고통을 직접적으로 표현하지 않고 묘사를 통해 암시할 뿐이다.

2장, 장례식을 마치고 돌아온 그는 항구의 바다에서 수영을 하다가 마리와 만났지만 함께 집으로 온 그녀가 다음 날 아침에 돌아가고 나자 뫼르소는 발코니에서 밖을 내다보며 무료하게 오후를 보낸다. 그는 어머니가 죽고 난 뒤에서야 어머니와의 관계가 어떠한 것이었나를 깨닫는다. 어머니가 죽기 전에는 습관, 무심함, 일상생활이 지배했다. 그런데 지금 그는 막연한 죄의식을 느끼는 것 같다. 겉보기에는 무심한 듯한 그의 생활은 이제부터 그 죄의식 속에서 살인 장면까지 이어진다. 우선, 마리와 자고 난 뒤 처음 찾아든 생각은 무엇이었던가? 그는 여느 때처럼 셀레스트네 식당에 가서 점심을 먹으려 하지 않는다. 그는 이유를 이렇게 표현한다. "왜냐하면 틀림없이 사람들이 여러 가지 질문을 할 텐데 나는 그게 싫었기 때문이다." 그는 결코 어머니의 죽음에 무심한 것이 아니다. 겉으로 표현하지 않을 뿐이다. 어머니가 양로원으로 간 것이 이미 삼 년 전인데도 "이제" 아파트가 그에게는 "너무" 커 보인다. 그의 의식에는 여전히 장례식 날의 내면적 충격의 흔적이 완전히 지워지지 않은 것이다. 발코니에서 내려다보는 거리의 풍경이 어제의 일, 영안실의 그 눈부신 빛이나 얼떨떨했던 그 느낌을 되살려 놓는다. "가로등 불빛에 젖은 보도가 번들거렸고, 전차들이 일정한 간격을 두고 지나가면서 빛나는 머리털, 웃음 띤 얼굴, 혹은 은팔찌 위에 그림자를 던졌다."

3장에서 5장까지도 여전히 어머니와 관련된 여러 가지 사실들이 환기된다. 사무실 근무로 복귀한 3장은 뫼르소와 사장의 대화로 시작된다. 사장이 어머니의 나이를 묻자 그는 "한 예순쯤" 되었다고 어물어물 대답한다. 이것은 심리적인 거리낌의 암시가 아닐까? 이 장에는 같은 거주지 안에 파트너를 상실한 세 남자들이 동시에 등장한다. 이것이 과연 우연의 일 치일까? 뫼르소는 어머니를 잃었고 레몽의 아랍인 정부는 그를 버리고 집을 나갔고 살라마노 영감은 개를 잃었다. 개는 그의 아내가 죽은 뒤 고독해서 키운, 이를테면 아내의 대용이다. 살라마노는 개에 대하여 "항상 여기 있는 거예요."라고 말함으로써 뫼르소와 어머니의 관계를 상기시키고 뫼르소가 상을 당했다고 하자 레몽은 "자포자기하면 안 된다"고 충고한다. 그들 세 인물은 각기 비슷한 상실의 영향권 속에 있다.

1부 4장의 살라마노와 개는 보다 직접적으로 죽은 어머니를 상기시킨다. 이 장은 개를 잃은 영감이 옆방에서 우는 소리를 들으며 뫼르소가 어머니를 생각하는 장면으로 마감된다. "그의 침대가 삐걱거렸다. 그러다가 벽을 통해서 조그맣게 들려오는 기이한 소리에 나는 그가 울고 있다는 것을 깨달았다. 내가 왜 엄마 생각을 했는지 모르겠다." 이 까닭 모를 어머니 생각이야말로 심리적 암시가 아니겠는가. 5장에서는 자동인형 같은 키 작은 여자, 살라마노 등이 환각적인 장면을 연출한다. 뫼르소는 식당에서 자동인형 같은 "이상한" 여자와 합석한다. 이 에피소드 직후에 아내가 죽자 외로워서 개를 얻어 키우는 살라마노의 하소연이 이어진다. 이 에피소드는 사실상 어머니의 죽음에 대한 암시로 연결된다. 개의 "진짜 병은 늙음인데 늙음은 낫는 것이 아니"라고 살라마노는 말하는 것이다. 자연사의 암시다. 그 말에 이어 영감은 "그리고 엄마가 그 개를 몹시 귀여워했다고 말했다. 엄마 이야기를 하면서 그는 '가엾은 모친'이라고 말했다. 그는 엄마가 죽고 나서 내가 매우 불행하리라 짐작된다고 했고 나는 아무런 대답도 하지 않았다." "과묵한" 화자는 다른 사람의 말이나 외적 정황을 자신의 심경이 반사되는 거울로 만든다.

결론적으로, 뫼르소의 의식의 내용이 어떤 것이건 암시적 상황으로 미루어 보아 뫼르소에게 엄마는 결코 무관심으로 일관하거나 무시할 수 있는 존재가 아니었다는 것을 알 수 있다. 소설을 정독해 보면 우리는 화자 뫼르소의 무심한 듯한 어조의 진술이 암암리에 '어머니의 죽음'의 영향 속에서 이루어지고 있었음을 알 수 있는 것이다.

2) 살인

1부 6장: 이 장은 세 가지 '죽음의 장'들(1부 1장 장례식, 1부 6장 살인, 2부 5장 사형 선고) 중에서 죽음이 현실적인 사건으로 서술되고 있는 유일한 부분이다. 그러나 실제로는 기이하게도 죽음 그 자체는 가장 짧게 언급된 장이다. 살인은 그저 네 방의 총소리, "내가 불행의 문을 두드리는 네 번의 짧은 노크 소리"에 불과하다. 이 죽음은 소설의 1부와 2부 사이의 대칭 관계를 드러내는 하나의 지표라는 점에서는 다른 두 가지 죽음과 동일한 기능을 하지만 그것이 가지는 의미는 다른 두 죽음과 다르다. 우리는 재판 과정이나 감옥에 갇힌 뫼르소의 의식 속에서 살해당한 아랍인이나 그의 가족들은 거의 관심의 대상이 되지 못하고 있다는 사실을 주목할 필요가 있다. 소설의 전 공간을 굽어보는 듯한 화자의 시야 속에서 이 아랍인은 충분한 인격체로 형상화되지 못하고 있다. 변호사는 "매우 빠르게 상대 측의 도발임을 주장하고 이어서 그 역시 나의 영혼에 대하여 말했다."(2부 4장, 126쪽) 이때 변호사가 왜 상대의 가해 행위에 대해서는 "매우 빠르게" 지나쳐 버렸는지, 왜 뫼르소의 행동이 그 가해 행위에 대한 정당방위였다고 충분히 항변하지 않았는지 이해하기 어렵다. 당시 알제는 프랑스 식민지였다. 이런 상황에서 "타자"인 아랍인을 '우연히' 살해하게 된 백인 뫼르소에 대하여 사형이라는 가혹한 형벌을 내린 것도 당시의 관행에 비추어 볼 때 이해하기 어렵다. 만약 이 소설에서 이야기의 핵심이 아랍인의 살해라고 한다면 과연 르네 지라르처럼 소설의 "구조적인 결함"을 운위할 수도 있을 것이다.

살인 사건으로 마감되는 이 장의 서술을 좀 더 현미경적으로 읽어 보자. 그날 아침에 바닷가로 떠나기 위하여 찾아온 마리는 뫼르소에게 "죽상"이라고 놀렸다. 어머니의 죽음 이후 두 번째인 죽음(살인)의 장은 "죽상"이라는 표현으로 개시된다. 의미심장한 은유가 아닐 수 없다. 또한 소설의 한복판에 배치된 이 장은 소설의 1부 1장부터 5장까지에서 보았던 것처럼 열기에 용해, 액화되어 가던 사물들이 견고하고 공격적인 광물질의 세계로 표변하는 장이다. 소설 전체의 건조한 문체에 이어 돌연 많은 은유적 표현들이 쏟아져 등장하는 것도 이 장이다. 그 중심에 공격적인 태양이 있다. 정오가 지난 바닷가의 태양은 어머니의 장례식 때처럼 사물을 액화하는 것이 아니라 단단하게 만들고 모든 물질을 쇠붙이로 변화시킨다. 바다는 칼이 되고 모래는 강철이 되고 행동은 살인이 된다. 이날 아침 화자 뫼르소는 시작부터 "길에 나서자…… 대낮의 빛이 마치 내 따귀를 후려치는 것 같았다."라는 뜻밖의 의미심장한 은유를 동원한다. 이는 장차 해변 장면의 공격성을 예고한다. 이 장의 클라이맥스에 이르면 햇빛을 반사하는 모래, 쇠붙이, 칼, 사금파리, 권총 모두가 광물의 공격성을 드러낸다. 공격성은 사실 어머니 장례식과 해변 장면에 공통된 것이다. "그것은 내가 엄마의 장례를 치르던 그날과 똑같은 태양"이었다고 뫼르소는 말한다. 이 말은 이날의 상황을 어머니의 죽음과 등식 관계로 정리하는 발언이다. 다시 말해서 살인은 어머니의 죽음의 메아리이며 귀결인 동시에 이제 다가올 죽음이 제3의 죽음 즉 사형 선고의 예고요 전조라는 의미다. 구조적인 측면에서 해석하면 살인은 1부와 2부의 통로나 연결 고리로 기능한다는 뜻이 된다. 죽음 1(어머니의 죽음 - 처음)이 소설의 1부 전체에 어두운 죄의식의 그림자를 던지듯 뫼르소를 기다리고 있는 미래의 죽음 3(사형 - 끝)은 또한 소설의 2부 전체(재판과 사형 선고와 죽음에 대한 성찰)에 숙명적인 그림자를 던진다.

결론적으로 비록 죽음 2(살인)가 감옥에 갇히고 사형 선고를 받게 되는 원인이기는 하지만 피고 뫼르소에게 보다 깊은 영향과 흔적을 남기는 것은 '살인'이 아니라 죽음 1(어머니의 자연사)과 죽음 3(뫼르소의 사형)인 것이다. 살인 사건은 소설의 중심에 배치되어 미래에 다가올 죽음, 즉 사형 집행이 던지는 어두운 그림자와 어머니의 죽음이 드리우는 죄의식의 그림자가 서로 만나는 교차점에 불과하다. 소설 전체 구조에 있어서 살인 사건의 효율적 기능은 바로 여기에 있다. 죽음 2(살인)는 죽음 1(어머니의 죽음)에서 죽음 3(사형)으로 가는 통로의 역할을 하면서 주인공이 죽음의 그림자에서 잠시도 벗어나지 못하게 만든다. 아랍인의 죽음이 완전히 관심에서 지워진 듯한 인상을 주는 것으로 그 사실을 알 수 있다. 살인 행위는 오직 살인자와만 관련이 있고 피해자와는 아무 관계가 없는 어떤 불법 행위에 불과해 보인다. 핵심은 화자요 주인공인 뫼르소이지 타자인 아랍인이 아닌 것이다.

3) 재판 – 사형(다가올 죽음)의 그림자 – 숨결

2부 1장: 엄마의 장례식에서 뫼르소가 "냉담한 태도"를 보였다는 것과 관련하여 변호사가 뫼르소에게 "자연스러운 감정을 억제했다고 말할 수 있느냐"고 물었을 때 뫼르소가 그렇지 않다고 대답하자 변호사는 "그렇게 되면…… 대단히 불리하게 작용할 수도 있다"고 쌀쌀맞게 경고한다. 여기서 뫼르소 자신과 마찬가지로 독자들 역시 벌써부터 재판 결과에 대하여 부정적인 예감을 갖게 된다. 더군다나 변호사 앞에서 뫼르소는 이런 기이한 말까지 덧붙이고 있는 것이다. "정상적인 사람들은 사랑하는 사람들의 죽음을 많게건 적게건 바랐던 적이 있는 법이다." 그러자 흥분한 변호사는 급히 그 말을 "가로막았고" 그런 말은 법정에서나 예심 판사의 방에서는 하지 않겠다는 약속을 하라고 다그친다.

2장에서 뫼르소는 "감방이 내 집"이라고 여기고 자신의 생활이 그 속에 "멈추어 버렸다"는 것을 느낀다. 그의 운명이 결정적임을 느끼게 하는 대목이다. 이 장의 끝은 다음과 같은 불길하고 의미심장한 말로 마감된다. "그때 나는 엄마의 장례식 날, 간호사가 했던 말이 생각났다. 그렇다, 정말 빠져나갈 길이 없었다. 감옥 안에서 보내는 저녁들이 어떤 것인지는 그 누구도 상상할 수 없다." 과거의 죽음(장례식)의 환기인 동시에 미래의 죽음(사형 선고)의 예고로 읽히는 진술이다.

3장에서 어머니의 시신 옆에서 밀크 커피를 마신 것과 관련한 심문 끝에 그는 이렇게 말한다. "그때 나는 방청석 전체를 격앙시키는 무엇인가를 느꼈고, 처음으로 내가 죄인이라는 것을 깨달았다." 이에 대한 변호사의 반응은 어떤가? "그러나 그는 동요한 듯했고, 나는 사태가 내게 유리하게 돌아가지 않고 있다는 것을 깨달았다." 화자 뫼르소는 결론처럼 이 장을 다음과 같이 끝맺는다. "마치 여름 하늘 속에 그려진 낯익은 길들이 우리를 감옥으로 데려갈 수도 있고 순진무구한 잠으로 데려갈 수도 있다는 듯이." 이 서정적이고 우울한 술회는 1부의 개방된 삶을 의미하는 "순진무구한 잠"과 2부의 갇힌 삶을 의미하는 "감옥"을 서로 이어 주는 죽음의 길을 손가락질해 보인다. 이 길은 소설 전체를 관통한다. 다음에 이어지는 4장의 '사형 선고'는 확신으로 임박해 오는 죽음이다. 죽음은 이제 막연한 위협이 아니다. 이 시점부터 소설의 끝까지 죽음의 강박은 뫼르소를 놓아 주지 않을 것이다. 소설의 마지막을 장식하는 5장에서 신부가 사형수 뫼르소를 찾아온다. 신부가 기도하겠다고 하자 그때까지 별로 말이 없던 뫼르소의 내면에서 무엇인가가 마침내 폭발한다. 올 것이 왔다. "그때, 왜 그랬는지 모르지만, 내 속에서 뭔가가 폭발해 버렸다. 나는 목이 터져라 고함을 치기 시작했고 그에게 욕설을 퍼부었고 기도하지 말라고 말했다." 그리고 자신의 유일한 확신, 즉 죽음에 대한 그의 확신을 토해 낸다. "나를 보면 맨주먹뿐인 것 같겠지. 그러나 내겐 나 자신에 대한, 모든 것에 대한 확신이 있어. 신부 이상의 확신이 있어. 나의 삶에 대한, 닥쳐올 그 죽음에 대한 확신이 있어. 그래, 내겐 이것밖에 없어. 그러나 적어도 나는 이 진리를 굳세게 붙들고 있어." 뫼르소는 진실을 직시하며 진실을 위해서 죽는다는 것을 알 수 있다. 지금까지 살아온 뫼르소의 전 생애, 그의 진술을 따라 독자들이 차근차근 밟아 온 그의 모든 과거는 그를 이 죽음의 확신으로 인도한다. 카뮈가 말했듯 소설가의 임무는 사형수를 단두대로 인도하는 일이다. 그래서 뫼르소는 "마치 저 순간을, 나의 정당성이 증명될 저 신새벽을 여태껏 기다리고 있었던 것만 같아."라고 못 박아 말한다. 이 말은 동시에 이 소설 전체의 모든 행위들을 죽음이라는 가장 분명한 확신 속에 통합하는 구조적 발언이다. 이어서 그는 죽음 앞에서 삶의 모든 가능성들이 가지게 되는 저 기막힌 '등가성(等價性)'을 언급한다. 소설 전편에 걸쳐 되풀이된 말, "그것은 아무 의미도 없다."라는 표현은 삶의 가치를 평준화하는 죽음의 어둡고 가차 없는 바람이 초래하는 결과다. 죽음의 그림자가 삶 전체를 덮고 있는 것이다.

내가 살아온 이 부조리한 전 생애 동안, 내 미래의 저 깊숙한 곳으로부터 한 줄기 어두운 바람이, 아직 오지 않은 세월을 거슬러 내게로 불어 올라오고 있었어. 내가 살고 있는, 더 실감 난

달 것도 없는 세월 속에서 나에게 주어지는 것은 모두 다, 그 바람이 지나가면서 서로 아무 차이가 없는 것으로 만들어 버리는 거야. 다른 사람들의 죽음, 어머니의 사랑, 그런 것이 내게 무슨 중요성이 있다는 거야?(145~146쪽)

소설 전편에 걸쳐 짧은 단문의 회화체로 서술하던 화자 뫼르소가 자신의 입으로 토해 내는 말의 문장 구조가 상대적으로 길어지고 장황해진다. 그렇다면 이 대목이 작가에게는 매우 다듬어진 의도적 표현이라는 것을 알 수 있다. 미래의 저 밑바닥으로부터 불어오는 "어두운 바람"은 뫼르소의 의식 속에 확신으로 자리 잡고 있는 죽음의 바람이다. 그 바람이 모든 가능성들을 "서로 아무 차이가 없는 것"으로 평준화해 버린다. 어머니의 죽음에서부터 사형 선고에 이르는 동안 이 "어두운 바람"은 여러 곳에서 이미 암시처럼 불고 있었다. 1부 3장에서 뫼르소는 레몽의 방을 나와 어둠 속의 층계참에 잠시 서 있다. 그때 고요하고 깊숙한 층계 밑으로부터 "으스스하고 축축한 바람"이 올라온다. 그런가 하면 살인 사건이 벌어지는 해변에서도 바다는 "가쁜 숨"을 몰아쉬며 그의 얼굴 위로 "무겁고 뜨거운 바람"을 실어왔다.

이처럼 텍스트의 암시적 지표들 속에 숨어 있는 죽음은 『이방인』 전체의 주제인 동시에 그 형식을 지탱하는 창조적 충동으로 작용한다. 한편으로 어머니의 죽음과 뫼르소의 사형은 소설의 양쪽 끝, 즉 소설이 시작되기 전과 소설이 마감된 뒤에 어느 지점으로부터 '숨결' 혹은 '바람'의 모습으로 불어와서 소설의 한복판, 살인이라는 '구심점'에서 서로 만난다. 또한 그와 반대로 법정은 오직 소설의 시작에 위치한 어머니의 죽음 쪽으로만 관심을 보이며 뫼르소의 행동을 해석하고 뫼르소 자신은 오직 미래에 다가올 자신의 죽음 쪽으로만 관심을 집중함으로써 일종의 '원심력' 운동을 나타낸다. 즉 재판부와 피고는 소설의 중심인 살인 사건에서 소설의 시작과 끝 쪽으로만 향하는 힘의 방향을 드러내는 것이다. 이 두 가지 서로 상반된 힘의 운동은 서로 대칭, 균형을 이룬다. 따라서 소설의 의미는 죽음이라는 주제에 기반을 둔 1부와 2부 사이의 평행 관계로부터 산출된다고 볼 수 있다.

4) 결론

아무도 엄마의 죽음을 슬퍼할 권리는 없는 것이다. 그리고 나 또한 모든 것을 다시 살아 볼 수 있을 것 같은 생각이 들었다. 마치 그 커다란 분노가 나의 고뇌를 씻어 주고 희망을 비워 버리기라도 했다는 듯, 신호들과 별들이 가득한 이 밤을 앞에 두고, 나는 처음으로 세계의 정다운 무관심에 마음을 열고 있었던 것이다. 세계가 그토록 나와 닮아서 마침내 그토록 형제 같다는 것을 깨닫자, 나는 전에도 행복했고, 지금도 여전히 행복하다고 느꼈다. 모든 것이 완성되도록, 내가 외로움을 덜 느낄 수 있도록, 내게 남은 소원은 다만, 내가 처형되는 날 많은 구경꾼들이 모여들어 증오의 함성으로 나를 맞아 주었으면 하는 것뿐이었다.

소설 마지막 문단의 인용이다. 인간은 모두 다 "사형수"다. 삶의 끝에서 기다리고 있는 죽음의 확신이 인간을 사형수로 만들어 놓는다. 인간은 반드시 죽는 운명에 처해져 있는 것이다. 사형수는 죽음과 정대면함으로써 비로소 삶의 가치를 깨닫는다. 죽음은 삶의 가치를 더욱 돋보이게 하는 어두운 배경이며 거울이다. 삶과 죽음은 표리 관계를 맺고 있다. 필연적인 죽음의 운명 때문에 삶은 의미가 없으므로 자살해야 하는 것이 아니라 이 한정된 삶을 더욱 치열하게 살아야 한다. 이 소설의 참다운 주제는 삶의 찬가, 행복의 찬가다. "세계가 그토록 나와 닮아서 마침내 그토록 형제 같다는 것을 깨닫자, 나는 전에도 행복했고, 지금도 여전히 행복하다고 느꼈다." 이것이 이 비극적인 소설의 진정한 결론이다.

2011년 3월
김화영

작가 연보

I. 카뮈의 조상들

1809년   증조부 클로드 카뮈가 보르도에서 태어나다. 그
         는 마르세유 태생인 아내 마리 테레즈(처녀 때의
         성은 벨레우드)와 함께 알제리로 이민한 것으로 추
         정된다. 알제리가 프랑스에 정복당한(1830년) 지
         얼마 뒤의 일이다. 이들 부부는 알제 남쪽으로 약
         이십 킬로미터 떨어진 곳에 위치한 마을 울레드파
         예트에 자리 잡는다.

1842년   조부 바티스트 카뮈가 마르세유에서 태어나다.

1850년   외조부 에티엔 생테스가 미노르카(스페인 발레아레
         스 제도) 출신 부모 사이에서 알제에서 태어나다.

1852년   조모 마리 오르탕스 코르므리가 울레드파예트에

서 태어나다. 마리 오르탕스의 아버지 마티외는 아르데슈 출신이고 그녀의 어머니 마르그리트(처녀 때의 성은 레오나르)는 모젤 출신이었다. 알베르 카뮈는 장차 자전적인 소설 『최초의 인간』을 쓰면서 주인공에게 '자크 코르므리'라는 이름을 붙이게 된다.

1857년   외조모 카트린 마리 카르도나가 미노르카 섬의 산 루이스에서 태어난다.

1873년   울레드파예트에서 조부 바티스트 카뮈와 마리 오르탕스 코르므리가 결혼.

1874년   외조부 에티엔 생테스와 카트린 마리 카르도나가 알제 교외 쿠바에서 결혼.

1882년   어머니 카트린 생테스가 에티엔과 카트린 마리 사이에서, 알제로부터 10킬로미터 떨어진 곳에 위치한 비르카뎀 군에서 태어난다.

1885년   아버지 뤼시앵 카뮈가 울레드파예트에서 바티스트와 마리 오르탕스 사이에 출생. 뤼시앵 카뮈는 장차 고아원에서 성장하여 포도 농장에서 일자리를 얻는다. 그리고 모로코에서 알제리 원주민 보병으로 입대하기 전에 알제 서부 바벨우에드 거리에 있는 '리콤과 그의 아들'이라는 이름의 포도주 도매 및 수출 상회에서 점원으로 일한다.

1909년   11월 13일 아버지 뤼시앵 카뮈와 카트린 생테스가 알제에서 결혼 후 알제 동부의 서민 거리 벨쿠르에 정착.

1910년   1월 20일 형 뤼시앵 알제에서 출생.

II. 알베르 카뮈의 생애

1913년   봄, 리콤 상회가 아버지 뤼시앵 카뮈를 콩스탕틴
             현에 있는 본(오늘날의 아나바) 부근인, 알제에서 동
             쪽으로 195킬로미터 떨어진 몬도비로 파견하여
             '샤포 드 장다름'이라는 포도원 관리를 위임. 9월,
             임신 중인 아내 카트린이 장남 뤼시앵과 함께 남편
             과 합류.
             11월 7일, 몽도비에서 알베르 카뮈 출생.
1914년   7월 14일, 가족이 말라리아에 걸릴 것을 염려한 아
             버지 뤼시앵 카뮈는 상회 주인에게 월말경 알제로
             복귀하기로 결정했음을 통고.
             8월 3일, 독일이 프랑스에 선전포고(1차 세계 대전).
             뤼시앵 카뮈는 알제리 원주민 보병으로 징집당해
             프랑스 본토에 투입. "나는 내 또래의 모든 사람들
             과 함께 1차 대전의 북소리를 들으며 자랐고, 우리
             의 역사는 그때 이후 끊임없이 살인, 부정, 혹은 폭
             력의 연속이었다."(『여름』)
             8월 30일, 어머니는 남편이 입대하자 두 아들과 함
             께 알제의 동쪽 연병장 거리에 있는 리옹 가(오늘날
             의 벨루이즈다드 가) 17번지 친정으로 이주. 훗날 알

베르는 이 동네의 공터에서 축구를 하고 폐결핵으로 인근의 무스타파 병원에서 치료를 받게 될 것이다. 카뮈 부인은 친정 어머니 생테스 부인 밑에서 동생 에티엔 및 조제프와 함께 가난한 생활.

10월 11일, 9월에 프랑스 본토 마른 전투에서 부상당한 아버지 뤼시앵 카뮈가 생브리외 군인 병원에서 사망. 문맹인 미망인은 빈약한 종신 연금을 받으며 가정부로 일하여 집안 살림을 꾸려 나간다. "나는 마르크스를 통해 자유를 배운 것이 아니다. 가난을 겪으면서 자유를 배웠다고 해야 옳을 것이다."(『시사평론 I』)

1920년   알베르의 외삼촌 중 한 사람인 조제프가 집을 떠난다. 남은 또 한 명의 외삼촌 에티엔은 술통 제조공으로 귀머거리에 거의 말을 하지 못하는 장애자로 훗날 카뮈는 소설 『최초의 인간』에서 사냥과 수영에 자신을 데리고 가곤 했던 그에 대하여 감동적인 기억을 새겨 놓게 된다.

1921년   카트린 카뮈와 그의 가족은 리옹 가 17번지에서 93번지로 이사한다. 시내 중심에서 더 멀리 떨어져 있어 집세가 더 저렴한, 방 세 칸짜리의 이 새로운 거처로 이사함으로써 그녀는 자신이 처음으로 신혼 생활을 시작했던 벨쿠르 거리로 되돌아오게 된다. 언제나 권위적인 동시에 희극적인 외할머니 생테스가 회초리를 들고 집안의 질서를 잡는다. 그녀의 딸 카트린은 말수가 적고 사고 능력이 온전치 못하다. 카뮈는 산문집 『안과 겉』(「긍정과 부정 사이에서」)에서 오직 말없는 눈길로 애정을 표시할 뿐인 어머니의 침묵을 감동적으로 증언하게 된다.

1923년   동네의 공립학교(오므라 거리)에서 카뮈는 2학년 담임인 교사 루이 제르맹의 눈에 들어 무료 개인 교습을 받으며 중고등부 장학생 시험을 준비한다. 그는 일생 동안 이 스승에 대한 감사의 마음을 잊지 않았고 1957년 12월 노벨 문학상 수상 기념 연설인 「스웨덴 연설」을 그 스승에게 헌정했다.

1924년   카뮈의 첫 영성체. 장학생으로 선발된 그는 알제의 그랑 리세(이 학교는 1930년 알제리에서 거행된 식민지화 100주년 기념식과 더불어 뷔조 고등학교로, 1962년 알제리 독립과 함께 아브델카데르 고등학교로 개명되었다.)에 입학한다. 학교가 알제 시의 정반대편 끝 바벨우에드 거리에 위치하고 있어서 카뮈는 아침저녁으로 전차를 타고 통학하게 된다.

1925~1928년   고등학교 친구들과 어울리면서 그는 자기 집의 가난을 더욱 뚜렷하게 의식한다. 훗날 그는 이 점을 수치스럽게 생각했다고 고백한다. 학생 대부분이 백인들로 아랍인은 드물었다. 그러나 적어도 축구 덕분에 카뮈는 아랍인 친구들과 어울리면서 같은 팀의 우정을 맛볼 기회를 얻었다. 처음에는 고등학교 축구팀에서, 나중에는 몽팡시에 스포

츠회의 알제 팀에서 골키퍼로 맹활약한다.("내가 우
리 축구팀을 그렇게도 사랑한 것은 결국, 열심히 뛰고
난 후에 뒤따르는 나른한 피곤과 더불어 맛볼 수 있는
저 기막힌 승리의 기쁨 때문이었고 또한 패배한 날 저녁
이면 느끼게 되는 울음이 터져 나올 것만 같은 그 어리
석은 충동 때문이었다."(《알제 대학 주보》)) 여름이면
그는 알제 중심가 철물점의 점원, 해변 대로변 선
박 회사의 사원으로 일하여 생활비를 보탠다.(그는
『이방인』에서 화자 뫼르소를 통해서 이때의 경험을 기
억하게 된다.)

1929년   알제의 번화가인 미슐레(오늘날의 디두슈무라드) 거
리 근처에 살고 있는 이모부 귀스타브 아코(앙투아
네트 이모의 남편)가 놀라울 정도로 훌륭한 책들을
소장한 서재를 갖고 있었다. 카뮈는 그의 서재에서
처음으로 앙드레 지드를 발견한다. "그 당시에 나
는 뭔지 잘 알지도 못하면서 그 책을 다 읽었다. 나
는 『여자의 편지』인지 『파르다양』인지를 끝내고
나서 지드의 『지상의 양식』을 펼쳐 보게 된 것이었
다. 그 기도하는 것 같은 문체가 내겐 난해했다. 자
연이 주는 부에 대한 이 찬가를 읽으면서 나는 어
리둥절했다. 알제에 사는 열여섯 살 먹은 소년인
나의 입장에서 보면 그런 종류의 풍요라면 넘쳐나
다 못해 물릴 지경이었던 것이다. 나는 아마도 그
런 것과는 다른 어떤 부를 바라고 있었던 것 같다."

（「지드와의 만남 — 앙드레 지드 추도 특집」,《N.R.F.》,
1951년 11월)

1930년   바칼로레아 시험 제1부에 합격하여 가을 학기에
         철학 반으로 진급한다. 철학 교사 장 그르니에가
         그에게 결정적인 영향을 끼치게 된다. 한편, 그는
         알제의 대학 레이싱 주니어 축구팀의 골키퍼로 맹
         활약한다. 그러나 12월, 폐결핵으로 쓰러진 그는
         자신이 항상 연극 활동의 그것에 비견할 수 있는
         것으로 찬양해 마지않았던 그 스포츠의 "단순한 기
         쁨"을 더 이상 누리지 못하게 된다. 그는 한동안 무
         스타파 병원에서 치료를 받는다. 어느 날 벨쿠르에
         있는 그의 집을 방문한 스승 장 그르니에는 상상도
         하지 못했던 그의 가난을 목도하게 된다.

1931년   카뮈는 더 확실한 치료를 위하여 어머니의 집을 떠
         나 아코 이모부 집으로 옮겨 기거한다. 그 후 알제
         의 여러 거처를 전전하고 막스 폴 푸셰, 장 드 메종
         쇨, 루이 베니스티 등 많은 친구를 사귄다. 10월,
         철학 반 수업에 복귀하여 스승 장 그르니에를 다
         시 만난다. 외조모 카트린 마리 생테스 사망. 벨쿠
         르 가로 어머니를 종종 찾아가지만 그는 벌써 '지
         성인'이 되어 간다.

1932년   3월,《쉬드》에 「새로운 베를렌」을 발표.
         5월,《쉬드》에 「제앙 릭튀스 — 가난의 시인」을 발표.
         6월,《쉬드》에 「세기의 철학」(베르그송론)과 「음악

에 대한 시론」을 발표. 바칼로레아 제2부 합격.

장 그르니에의 권유로 앙드레 드 리쇼의 소설 『고통』을 읽는다. "나는 앙드레 드 리쇼라는 작가를 알지 못했다. 그러나 나는 그의 아름다운 책을 결코 잊어버린 적이 없다. 그 책은 처음으로 내가 아는 것을, 어머니, 가난, 하늘에 비치는 아름다운 저녁 같은 것을 내게 말해 주고 있었다. 그 책은 내 마음 깊은 곳에서 알 수 없는 끈들로 단단하게 묶여 있던 매듭을 풀어 주었고 뭐라고 꼬집어 말할 수는 없어도 답답하게 조이고 있음을 느낄 수 있었던 속박들에서 나를 놓아주었다." 『일기』를 읽고 나서 지드를 더 잘 이해하게 된 그는 그 어떤 작가보다도 지드를 더 높이 평가한다. 그 반대로 콕토를 매우 싫어한다. 장 그르니에 덕분에 프루스트를 발견한다. 프루스트는 그에게 '예술가'의 표상이 된다.

10월, 그랑제콜 입시 준비반 1학년(이포카뉴)에 들어간다. 거기서 특히 오랑 출신의 두 학생 앙드레 블라미슈(후일 로르카를 번역한다.)와 클로드 프레맹빌(후일 클로드 테리앵이라는 필명으로 언론계에서 명성을 떨친다.)과 친구가 된다. 그들의 문학 교사는 폴 마티외. 나중에 '직관들'이라는 제목으로 합치게 될 다섯 편의 「몽상들」을 쓴다. 이 글의 제사(題詞)로 카뮈는 다음과 같은 지드의 말을 인용한다. "나는 달리 아무것도 더 바랄 것이 없다는 듯,

오직 행복하기만을 바랐다."

1933년　　　아마도 이해에 카뮈는 '베리아'라는 이름의 주인공을 등장시킨 단편 소설을 썼던 것 같다. 원고가 분실되고 말았지만 이 단편의 존재는 그가 친구 막스 폴 푸셰에게 보낸 메모를 통해서 알려졌다.

1월 30일, 독일에서 히틀러가 권력을 장악. 카뮈는 곧 반파시스트 운동 조직인 암스테르담-플레옐에서 활동 시작.

4월, 『독서 노트』에서 그는 스탕달, 아이스킬로스, 지드, 체호프, 장 그르니에 등에 대하여 언급하고 자신의 글 「무어인의 집」을 탈고했다고 적는다. 『안과 겉』에 수록될 산문 「아이러니」의 초고인 「용기」를 쓴다. 텍스트 「합일 속의 예술」은 아마도 이 무렵에 쓰인 것 같다.

5월, 장 그르니에가 짧은 에세이집 『섬』을 출판. 카뮈는 1959년 이 책의 신판에 서문을 쓴다. "나는 스무 살 때 알제에서 이 책을 처음으로 읽었다. 내가 그 책에서 받은 충격, 그 책이 내게, 그리고 나의 수많은 친구들에게 끼친 영향으로 말하자면 오직 지드의 『지상의 양식』이 한 세대 전체에 끼친 충격 이외에는 그에 비견할 만한 것이 없을 것이다."

6월, 카뮈, 프랑스어 작문에서 1등, 철학에서 2등상을 받는다. 아코 이모부와 사이가 틀어진 카뮈는 그의 집을 나와 알제 교외 고지대 이드라(장 그르니에의 집과 멀지 않다.)로, 그리고 7월에는 미슐레 거리에 있는 형 뤼시앵의 집으로 거처를 옮긴다.

10월, 「지중해」와 「사랑하는 존재의 상실」을 쓴다. 「죽은 여자 앞에서(보라! 그 여자는 죽었다……)」, 「신과 그의 영혼의 대화」, 「모순들(삶을 받아들이고……)」, 「가난한 동네의 병원」(무스타파 병원에 입원했던 때의 기억) 등의 글도 이 무렵에 쓴 것으로 추정된다. (『젊은 시절의 글』)

건강상의 이유로 고등사범학교 입시 준비, 즉 대학 교수가 되는 꿈을 접고 나서 그는 알제 문과대학에서 계속 수학하며 다시 장 그르니에와 르네 푸아리에 교수의 강의를 수강한다.

12월, 말로의 『인간 조건』이 공쿠르상 수상. 이 소설과 이 작가의 모든 작품은 장차 카뮈에게 큰 영향을 끼친다.

1934년   1~5월, 여러 미술 전시회 평을 《알제 에튀디앙》지에 발표. 젊은 조각가 루이 베니스티와 친교.

봄, 다시 건강에 대한 불안. 두 번째 폐가 감염.

6월 16일, 20세의 매력적이고 바람기 있는 모르핀 중독자 시몬 이에와 결혼. 그녀는 알제의 유명한 안과 의사의 딸이다. 카뮈는 친구 막스 폴 푸셰를 통해서 그녀를 알게 되었는데 그녀가 푸셰의 약혼자였다는 설이 있다. 신혼부부는 이드라 언덕에 살림을 차리지만 이내 두 사람 사이는 악화되어 갔다.

알제에서 잡지를 창간하기로 한 친구 클로드 드 프레맹빌에게 말로에 대한 글을 보낸다. 더 이상 장학금을 받지 못하게 되자 가정교사로 수입을 얻고 여름 동안에는 알제 도청의 자동차 면허증 및 등록증 교부 부서에서 일하면서 기자로서의 일자리를 물색한다.

10월, 알제 문과대학에서 철학 공부를 계속하는 한편 라틴 어문학의 실력자로 연극인이며 앙드레 지드의 친구인 자크 외르공 교수의 강의를 수강한다. 12월, 시몬은 카뮈가 이해에 쓴 것으로 보이는 글 「멜뤼진의 책」을 선물로 받는다. 그리고 1934년 12월 25일자로 표시되어 있고 장차 『안과 겉』의 핵심이 되는 글 「가난한 동네의 목소리들」도 그녀에게 헌정되었다.

1935년   『안과 겉』을 집필하면서 철학 학사 과정을 마친다. 5월, 『작가수첩』을 쓰기 시작한다.

6월, 철학 학사 학위 취득.

8월, 화물선을 타고 튀니지까지 가려고 했으나 건강상의 문제로 여행을 중단하고 돌아온 뒤 마음이 놓이자 그는 알제 서쪽으로 68킬로미터 떨어져 있는 로마 유적지 티파사에서 사나흘을 보낸다. 이 장소를 기리는 글이 『결혼』의 첫 번째 산문 「티파사에서의 결혼」이다.

8월 혹은 9월, 프레맹빌과 장 그르니에의 설득에

따라 공산당에 입당하여 이슬람교도 계층을 파고
드는 선무 공작을 담당한다.

9월 초, 아내와 함께 스페인 발레아레스 제도로
여행.

가을, 친구들과 더불어 '노동극단' 창단. 알제의 젊
은 교사 이브 부르주아와 알프레드 푸아냥, 그리고
여자 친구 잔폴 시카르와 더불어 집단 극 「아스투
리아스의 반란」을 집필.

1936년   1월, 노동극단이 알제의 파도바니 해수욕장에서
1935년에 발표된 말로의 소설을 각색한 「모멸의
시대」를 무대에 올린다.

봄, 잔폴 시카르와 마리 도브렌이 알제 언덕배기에
있는 피쉬의 집('세계를 앞에 둔 집')을 임대. 카뮈는
이곳으로 와서 그녀들과 함께 거처한다.

4월, 부활절 직전으로 예정돼 있었던 「아스투리아
스의 반란」의 상연이 불가능해진다. 알제 시장 오
귀스탱 로지가 선거 운동을 구실로 노동극단에 장
소 대여를 거부했기 때문이다. 그러나 희곡은 샤를
로 출판사(당시 23세의 알제 출판인 샤를로가 창업)에
서 한정판으로 나왔다.

5월 3일, 프랑스 의회 선거에서 인민전선이 다수
의석을 차지한다.

5월, 카뮈는 논문 「기독교적 형이상학과 신 플라톤
철학: 플로티노스와 성 아우구스티누스」로 철학

고등 디플롬(D.E.S.)을 받는다.

7월 17일, 스페인 내전 시작. 아내와 친구 이브 부르주아와 더불어 중부 유럽으로 여행을 떠나 인스브루크, 잘츠부르크에 이른다. 그곳에 우체국 유치 우편으로 도착한 편지를 열어 보게 되면서 아내 시몬에게 마약을 공급해 주는 의사가 그녀의 정부라는 사실을 알게 된 카뮈는 그녀와 헤어지기로 결심한다.

7월~8월 말, 프라하에서 외롭고 우울한 나흘을 (『안과 겉』의 산문 「영혼 속의 죽음」 참조) 보내고 나서 시몬과 이브 부르주아를 다시 만난다. 드레스덴, 슐레지엔, 올뮈츠, 빈 등을 구경하고 이탈리아 땅(베네치아, 비첸차, 베로나)으로 들어서자 카뮈는 마침내 소생의 희열을 맛본다. 여름 동안은 교직이나 언론계에서 새 일자리를 얻을 계획을 세운다.

9월 9일, 알제로 돌아와 우선 형의 집에, 다음으로 '세계를 앞에 둔 집'에 기거한다. 시몬과 헤어지는 것은 기정사실화되었으나 법적인 이혼은 1940년 2월에야 확정된다.

10월, 젊은 속기사이자 타자수인 크리스티안 갈랭도(그녀는 카뮈가 쓴 여러 원고를 타자해 준다.)가 '세계를 앞에 둔 집'의 그룹에 합류한다.

11월, 카뮈는 라디오 알제 극단의 배우로 발탁된다. 이 극단에서 그는 특히 테오도르 드 방빌의 작품「그랭구아르」의 올리비에 르 댕 역을 맡는다. 그의 무대 위의 예명은 알베르 파르네즈. 26일, 노동극단이 고리키의「밤 주막」을 무대에 올린다.

12월, 노동극단이 라몬 센더의「비밀」을 무대에 올린다.

1937년 1월, 카뮈는『작가수첩』에 '칼리굴라 혹은 죽음의 의미, 4막극'이라고 적는다.

2월 8일, 카뮈가 주동하여 세운 알제 문화원에서 「원주민 문화. 새로운 지중해 문화」강연(4월《젊은 지중해》지 1호에 발표).

'노동극단'이 3월에 아이스킬로스의「사슬에 묶인 프로메테우스」와 벤 존슨의「에피코이네」, 푸슈킨의「돈 후안」을, 4월에 쿠르틀린의「아치 330」을 무대에 올린다. 카뮈는 미슐레 가에 거처하다가 점점 더 많은 시간을 '세계를 앞에 둔 집'에서 보낸다.

4월, 군중집회에서 카뮈는 일정한 수의 알제리 이슬람교도들에게 프랑스 시민권을 부여하는 것을 골자로 하는 블룸-비올레트 법안을 지지한다. 그는 다른 사람들과 함께「비올레트 법안을 지지하는 알제리 지성인 선언」을 기초한다(《젊은 지중해》지 2호에 발표).

5월,『『안과 겉』서문을 위한 초안』(『작가수첩』). 장 그르니에에게 헌정된 이 산문집은 서문 없이 샤를로 출판사에서 발간되었다. 카뮈는 훗날, 1958년

판을 새로 출판하면서 비로소 서문을 써서 붙였다. 8월, 『행복한 죽음』을 위한 구상 계획.

8~9월, 재발한 폐결핵 치료와 요양을 위하여 알제를 떠난다. 파리, 그리고 마르세유를 거쳐(아마도 이때 장 그르니에가 흔히 바캉스를 보내곤 하는 루르마랭까지 간 듯하다.) 사부아, 그리고 오트잘프 지방, 뒤랑스 강을 굽어보는 고산 지대인 앙브렁에 체류하다.("알프스 지방에서 나를 기다리는 것은 고독, 그리고 나는 요양하기 위하여 그곳에 간다는 생각과 함께 나의 질병에 대한 의식이다."(『작가수첩 I』)) 그 후 이탈리아의 피사, 피렌체, 제노바, 피에솔레 등을 여행하고 알제리로 돌아와 『행복한 죽음』("소설: 살기 위해서는 부자가 될 필요가 있다는 것을 깨달은, 그래서 돈을 손에 넣기 위해서 몸과 마음을 다 바치고 마침내 성공하여 행복하게 살다가 죽는 사람"(『작가수첩 I』)) 집필을 계속.

10월, 시디벨아베스(오랑 현)에서의 교사직을 제안 받았으나 "진정한 삶을 살 수 있는 기회에 비긴다면 어쩌면 생활의 안정 따위는 아무것도 아니라고 여겨져서", "결정적이 되는 것이 두려워" 이를 거절하고 "불확실과 가난 속에 남아 있는 것"을 선택한다(『작가수첩 I』, 103쪽). 한편 공산당이 국제적 전략상 반식민주의 운동을 우선순위에서 제외하기 시작하자 카뮈는 공산당에서 탈퇴한다. 가을에 오랑 출신의 여성 프랑신 포르를 처음 만난다. 그녀는 장차 카뮈와 결혼하여 두 번째 아내가 된다. '노동극단'을 해체하고 '에키프 극단'을 조직한다.

11월, 1938년 9월까지 알제 대학 기상연구소의 임시 조수로 취업.

12월, 에키프 극단이 페르난도 데 로하스의 「셀레스티나」를 무대에 올린다. 카뮈는 프레맹빌과 더불어 카프르 출판사를 열고 알제 대학 교수 장 이티에의 「고비노의 이란」을 포함한 여러 권의 서적들을 출판할 계획을 세운다.

1938년   산문집 『결혼』을 완성하고 희곡 「칼리굴라」를 위한 메모를 하는 한편 『행복한 죽음』을 포기하지 않은 채 장차 『이방인』에 활용될 단편적인 텍스트들을 작가수첩에 메모한다.

2월, 다시 미슐레 가의 집으로 돌아가서 거처한다. 에키프 극단이 샤를 빌드라크의 「상선 테나시티」와 지드의 「탕아 돌아오다」(여기서 카뮈는 탕아 역을 맡는다.)를 무대에 올린다. 철학적 에세이를 집필할 계획으로 카뮈는 니체, 키르케고르, 그리고 미국 소설가 멜빌의 작품들을 읽는다.

4월 10일, 카뮈가 가브리엘 오디지오, 르네 장 클로, 프레맹빌, 자크 외르공, 장 이티에 등과 더불어 창간하기로 한 《기슭(Rivages)》지를 소개하는 글을 《오랑 레퓌블리캥》지에 발표. 그러나 이 잡지는

1938년 12월에 1호, 1939년 2~3월에 2호를 내고 막을 내린다.

5월, '에키프 극단'이 도스토옙스키의 『카라마조프 가의 형제들』을 각색 상연하고 카뮈는 이반 카라마조프 역을 맡는다. 『작가수첩』에 메모해 둔 한 대목("양로원에서 노파가 죽다.")이 다시 훗날의 『이방인』을 예고한다.

6월, 『작가수첩』에 "연극에 대한 에세이", "소설을 다시 쓸 것"(『행복한 죽음』) 등의 계획들이 등장한다. 장 그르니에의 『정통성에 대한 에세이』 출간.

9월 30일, 뮌헨 조약 체결.

10월, 폐결핵 후유증으로 인한 공직 부적격이라는 신체검사 결과로 철학 교수 자격시험에 응시하려던 계획이 좌절된다. 새로운 일간지 《알제 레퓌블리캥》지를 창간한 편집국장 파스칼 피아를 만난다. 1936년 인민 전선이 내놓은 정책에 충실한 이 신문은 10월 6일자로 1호가 나왔다. 카뮈는 이 신문의 편집 기자로 활동하는 동시에 '독서 살롱' 난에 문학 작품에 대한 일련의 서평들을 싣는다.

10월 20일, 독서 살롱 난에 「장폴 사르트르의 『구토』」 서평("한 편의 소설은 이미지로 표현한 어떤 철학에 불과하다.")을 싣는다.

10월 23일, 독서 살롱 난에 「장 이티에의 『앙드레 지드』」 서평.

11월 11일, 독서 살롱 난에「폴 니장의『음모』」서평.

12월, '페스트'라는 제목의 소설을 위한 첫 메모들.

1939년 새해 초,《미트라》지 1〜2월 2호에「제밀라의 바람」의 한 부분과《기슭》지 2〜3월 2호에「알제의 여름」(『결혼』에 수록)을 발췌하여 싣는다.

2월 5일, 독서 살롱 난에「앙리 드 몽테를랑의『추분』」서평.「부조리에 대한 에세이」를 써 나가는 한편 카프카에 대한 연구 논문 완성.

3월, 알제를 방문한 앙드레 말로와 첫 만남.

3월 12일, 독서 살롱 난에「사르트르의『벽』」서평.

3월 31일과 4월 2일, 에키프 극단이 존 밀링턴 싱의「서양 세계의 떠돌이 광대」를 무대에 올린다.

봄, "희곡 주제. 가면 쓴 인간"(『작가수첩』, 날짜 미상) ─ 장차 희곡「오해」가 될 작품의 첫 밑그림.

4월, 오랑 여행.

5월, 알제의 샤를로 출판사에서『결혼』간행.

5월 23일, 독서 살롱 난에「실로네의『빵과 포도주』」서평.

6월 5〜15일,《알제 레퓌블리캥》지에 카빌리에 대한 열한 개의 기사.(부분적으로『시사 평론 III』의「카빌리의 비참」에 수록됨.)

7월 25일, 크리스티안 갈랭도에게 자신은 이제 막「칼리굴라」를 탈고했고『이방인』집필을 시작할 것이라는 내용의 편지를 보낸다.

8월, 국제 관계의 긴장으로 인하여 카뮈는 그리스로 떠나는 여행 계획을 포기하지 않으면 안 되었다. 셰익스피어의 「오셀로」를 번역하여 에키프 극단과 함께 연습 시작.(카뮈는 이아고 역을 맡기로 되어 있었음.) 전쟁 발발로 연극 연습 중단.

9월 3일, 당국의 검열로 인하여 《알제 레퓌블리캥》이 발행을 중지하고 15일자로 《수아르 레퓌블리캥》으로 제명을 바꾼다. 카뮈는 이 신문에 알제리에 있어서의 정의와 스페인 공화파를 옹호하는 글들을 싣는다. 알제 교외의 부자레아 고등학교 라틴어 교사 자리를 거부. 희곡 「칼리굴라」의 초고 완성.

10월, 또다시 오랑 여행. 산문 「미노타우로스 또는 오랑에서 잠시」(후일 『여름』에 수록)를 쓰기 시작.

1940년　1월, 《수아르 레퓌블리캥》지 발행 금지 처분.

2월, 월말경, 직장을 잃은 카뮈는 다시 오랑에 체류하며 철학 가정 교사로 생활. 「미노타우로스」를 위한 새로운 단장들을 쓴다.

3월 14일, 알제리를 떠나 파리로 간다. 파스칼 피아의 추천으로 《파리 수아르》지의 편집부에서 일한다. 몽마르트르의 푸아리에 호텔에 묵지만 곧 그곳을 떠나 생제르맹데프레 교회 맞은편에 위치한 마디손 호텔로 옮긴다. 희곡 「돈 후안」을 위한 메모를 한다(『작가수첩 I』). 그는 죽기 전까지 그 작품을 쓰고자 하지만 결국 완성하지 못하고 만다. 자닌 토마세와 알게 된다. 처음에 피에르 갈리마르와 결혼했던 그녀는 나중에 카뮈의 절친한 친구 미셸 갈리마르의 아내가 된다.

4월 5일, 「모리스 바레스와 '후계자들'의 다툼」을 《라 뤼미에르》지에 발표.

5월 1일, "이제 막 내 소설을 끝냈소……. 아마도 내 일은 다 끝난 것 같지 않소."(프랑신 포르에게 보낸 4월 30일자 편지) 아마도 『이방인』을 두고 한 말인 듯하다.

5월 10일, 「장 지로두 혹은 연극의 비잔틴」 발표 (《라 뤼미에르》).

6월 초, 독일군의 파리 점령이 임박하자 카뮈는 《파리 수아르》 편집부 사람들과 함께 클레르몽페랑으로, 그리고 보르도로, 그리고 다시 클레르몽페랑으로 피난.

9월, 신문사 팀을 따라 리옹으로 가서 에덴 호텔에 묵는다.

11월 12일, "친애하는 에키프 극단"에 보내는 편지에서 피에르 드 라리베의 『유령들』을 각색할 준비 작업에 대하여 말한다. 이 작품은 1946년에 아마추어 극단에 의해 처음으로 무대에 올려졌다가 1953년에 가서야 비로소 초연된다.

11월 말, 프랑신 포르가 리옹으로 와서 카뮈와 합류한다.

12월 3일, 리옹에서 프랑신과 결혼. 파스칼 피아와 신문사 조판부 동료들이 결혼식에서 증인이 된다.

12월,《파리 수아르》의 감원에 따라 카뮈는 해고당한다. 젊은 부부는 오랑으로 되돌아가는 것밖에 다른 해결책이 없다.

1941년　카뮈 부부는 오랑의 아르제브 가에 있는, 포르 집안에서 빌려준 아파트에서 생활하며 물질적 어려움에 직면한다(알베르는 고정된 직업이 없고 프랑신은 대리교사). 그들의 유대인 친구들(앙드레 베니슈 등)이 비시 정권의 피해자가 된다. 이해 초에 카뮈는 몇 번 알제로 간다.

1월, 파스칼 피아와《프로메테》라는 잡지를 창간할 계획을 세우지만 성사되지 못함.

1월 21일,《튀니지 프랑세즈》지에「결실을 준비하기 위하여」라는 글을 발표하는데 이 글은 장차 '편도나무들'이라는 제목으로『여름』에 수록된다.

2월, 오랑의 사립학원에서의 강의로 생활하는 한편 희곡「칼리굴라」의 원고를 타자시킨다(1941년 버전).

2월 21일,『시지프』탈고. "세 가지 '부조리'를 끝내다."(『작가수첩』)

4월, 그가 계획하는 일들 ── 장차 희곡「오해」로 변

할 작품의 잠정적인 제목인 '비데요비체(3막극)'
와 '페스트 혹은 모험(소설)'. 그는 이 소설을 위하
여《해방의 페스트》에 대한 텍스트를 쓴다(『작가수
첩』).『이방인』의 원고를 받아 읽은 장 그르니에가
그에게 미온적인 칭찬의 말을 전한다. 카뮈는 건강
상의 이유 때문에 기차 여행이 어려워 주저하지만
결국 알제로 간다.

5월 24일,《튀니지 프랑세즈》에 또 다른 글 「짚 부
스러기 불처럼」 발표.

파스칼 피아와 말로는 『이방인』의 원고를 받아 읽
고 장 그르니에보다 훨씬 더 열광적인 반응을 보인
다. 그들과 나중에는 장 폴랑 덕분에, 이 소설, 그리
고 뒤이어 『시지프 신화』가 갈리마르 출판사 편집
위원회의 손으로 넘어간다.

7월, 전염병 티푸스가 알제리, 특히 오랑 지역에 창
궐하여 소설 『페스트』의 창작에 부분적인 영향을
끼친다. 카뮈는 장 그르니에게 당시 오랑에서 지
내는 여름의 권태와 외로움을 털어놓는다.("바닷가
모래밭과 햇빛이 있어서 천만다행이지요.")

10월, 장차 완성할 소설을 위하여 역사상 페스트로
인한 대대적 재난들에 대한 자료를 수집한다.

11월 15일, 말로에게 『이방인』을 읽어 준 것에 대
한 감사의 편지를 보낸다.

11월, '에키프 극단'을 재창단하려고 노력. 갈리

마르 출판사 편집 위원회가 드디어 『이방인』의
출판을 결정.

1942년　카뮈는 여전히 이해의 전반부를 오랑에서 보낸다.
그곳에서 에마뉘엘 로블레스와의 우정이 더욱 깊
어진다. 『페스트』를 염두에 두고 멜빌의 『모비 딕』
을 다시 읽는다. 그 밖의 독서 — 스탕달, 발자크,
호메로스, 플로베르의 『서한집』.

1~2월, 『작가수첩』에 "반항에 대한 에세이"를 쓰
려는 계획이 등장.

2월, 폐결핵 재발.

4월, 알제리 해안 지역보다 건강에 더 유리한 체류
장소를 프랑스 본토에서 알아보기 위하여 친구들
에게 문의.

5월 19일, 『이방인』이 갈리마르 출판사에서 나오
다(인쇄는 4월 21일).

7월, 쥘 루아가 카뮈에게 편지, 그들 사이의 우정의
시작.

7월 말~8월 초, 아내와 몇몇 친구들과 함께 오랑
교외의 해수욕장 아인엘튀르크로 가서 휴식한다.

8월 중순, 아내와 함께 프랑스 비바레 지방(생테
티엔으로부터 그리 멀지 않다.)의 샹봉쉬르리뇽에서
사 킬로미터 지점의 작은 마을 '파늘리에'로 가서
배우이며 연출가인 폴 외틀리의 어머니 농장에서
휴양한다.

당시까지도 아직은 '비데요비체'라는 제목인 희곡
「오해」를 손질하는 동시에 당시에는 '수인들' 혹은
'추방당한 사람들'이라는 제목을 가졌던 소설 『페
스트』를 위하여 메모를 한다. 프루스트와 스피노
자를 읽는다.

9~10월, 『작가수첩』에 '가난한 어린 시절'에 대한
메모가 등장하는데 이는 『최초의 인간』 몇몇 주제
들을 예고한다.

10월, 프랑신이 개학에 즈음하여 알제리로 돌아간
다. 『시지프 신화』가 갈리마르 출판사에서 출간된
다(9월 22일 인쇄 완료). 검열을 염려하여 카뮈는 카
프카와 관련된 장(1939년에 작성한 연구 논문에 의거
한)을 삭제하는데 이 부분은 1943년 여름 리옹에
서 비밀로 출간된 잡지 《아르발레트》지에 별도로
발표되었다가 1945년판 『시지프 신화』에 '보유' 편
으로 편입되었다.

11월 8일, 연합군이 모로코와 알제리에 상륙.

11월 11일, 독일군은 프랑스 본토의 남부 지역('자
유 지역')을 점령함으로써 이에 응수한다. 이후 이
지역과 알제리 사이의 연락이 두절된다. 카뮈는
『작가수첩』에서 "독 안에 든 쥐처럼"이라고 기록
한다. 그는 프랑스가 해방될 때까지 아내와 헤어진
채 여러 달 동안 그녀의 소식을 듣지 못한다. 이때
그는 페스트에 대한 자신의 소설에 '헤어진 사람

들'이라는 제목을 붙일 것을 고려한다.

12월, 그는 생테티엔과 리옹 사이를 자주 왕래하고 『클레브 공작부인』에 대한 메모를 하는 한편 '반항에 대한 에세이'를 계획한다(『작가수첩 I』). 시인이며 《프로그레 드 리옹》지 기자로 레지스탕스에 가담했다가 1944년에 체포되어 처형되는 르네 레노와 알게 된다. 시인 프랑시스 퐁주와 친교.

1943년   1월, 파리 6구의 보지라르 가 105번지 아비아티크 호텔에서 보름 동안 체류. 6월에도 같은 호텔에 머물게 된다.

이해 초에 그는 파늘리에에서 소설 『페스트』(『작가수첩 I』에 따르면 두 번째 버전)를 손질하고 「페스트 속으로 추방당한 사람들」의 공동 집필에 참가한다. 이 텍스트는 브뤼셀에서 발행되는 《메사주》지에 발표되었는데 소설의 2부에서 그중 몇 가지 요소들이 활용된다. 그는 치료를 위하여 자주 생테티엔에 간다. 그는 또한 '반항에 관한 에세이'와 희곡 「오해」에 대한 작업을 계속한다.

리옹에서 아라공과 엘자 트리올레를 만난다.

6월, 「파리 떼」의 리허설 때 장폴 사르트르와 시몬 드 보부아르를 만난다.

7월, 「칼리굴라」를 개작. 첫 번째 「독일 친구에게 보내는 편지」를 비밀리에 발행되는 《르뷔 리브르》지 2호에 발표. 프랑스 고전 소설에 대한 성찰인

「지성과 단두대」가《콩플뤼앙스》지 21~24호에 발표된다.

9월, 브뤽베르제 신부의 초청을 받아 생막시맹(바르 지방)에 있는 도미니카 수도원에서 2주간 체류. 그곳에서 「오해」를 탈고하여 파늘리에로 돌아온다. 플레이아드상 심사위원회에 참가(1947년 6월에 사임).

10월, 갈리마르 출판사에 「오해」와 「칼리굴라」의 원고를 보냄. 파리의 제7구 라셰즈 가 22번지 메르퀴르 호텔에 체류. 비밀 지하 조직 '콩바(Combat)'와 접촉.

11월, 갈리마르 출판사의 출판 편집 위원에 임명.

12월, 두 번째「독일 친구에게 보내는 편지」(1944년 《카이에 드 라 리베라시옹》지 3호에 발표). 가수이며 작가인 물루지가 소설『앙리코』로 제1회 플레이아드상 수상. 카뮈와 사르트르는 그에게 표를 던졌다. 사르트르가 카뮈에게 자신의 작품『폐문』의 연출과 가르생 배역을 맡아 달라고 요청. 카뮈는 전국 레지스탕스 위원회 책임자 클로드 부르데를 만나 비밀 지하 신문《콩바》의 활동에 가담하게 되고 이듬해 초 자클린 베르나르와 더불어, 다른 임무를 맡게 된 파스칼 피아를 대신하여 신문 편집국의 주된 책임을 담당한다.

1944년 　이해의 거의 대부분을『페스트』와「반항에 관한 에세이」집필에 바친다.

2월, 사르트르가 더 널리 알려진 연출자를 구해야 할 입장이 되었으므로 카뮈는 그와의 약속을 해제한다. 희곡「폐문」은 레몽 룰로 연출, 가르생 역에 미셸 비톨드 출연으로 비외 콜롱비에 극장에서 5월 27일에 초연될 것이다. 카뮈는《포에지 44》에「표현의 철학에 대하여」를 발표.

3월, 지하 신문《콩바》에 'C('콩바'의 약자인 듯)'라는 필명으로「전면전에는 전면적 레지스탕스로」발표.『페스트』의 몇몇 주제와 어조는 필자가 카뮈라는 것을 짐작하게 함. 그 후 여러 달에 걸쳐 어느 정도 필자가 누구인지를 추정할 수 있는 다른 기사들이 발표된다.

3월 19일, 미셸 레리스와 그의 아내가 자신들의 집에서 피카소의 희곡「꼬리가 잡힌 욕망」의 낭독회를 조직. 카뮈가 그 배역을 정하고 간단한 연출.

4월, 세 번째「독일 친구에게 보내는 편지」(장차《리베르테》지 1945년 1월 5일자 58호에 게재).

5월,「오해」와「칼리굴라」가 갈리마르 출판사에서 한 권의 책으로 출판된다. '모든 것이 다 해결되는 것은 아니다'라는 제목의 글이《레 레트르 프랑세즈》16호에 발표된다.

6월, 파리 제7구 바노 가 1번지, 앙드레 지드의 아파트에 잇닿아 있는, 평소에 마르크 알레그레가 사용하던 원룸에 입주.

6월 6일, 연합군이 노르망디에 상륙.

6월 23일, 「오해」가 마튀랭 극장에서 마르셀 에랑 연출로 초연. 연극 연습 동안 카뮈는 여배우 마리아 카자레스(마르타 역)의 매력에 무릎을 꿇는다.

7월 23일, 「오해」가 상연 금지당한다. 독일 점령군이 감시를 배가한다. '콩바' 조직의 자클린 베르나르가 체포된다. 카뮈, 며칠 동안 파리를 떠나 피신. 네 번째 「독일 친구에게 보내는 편지」.(해방 후에 발표된다.)

8월, 샹포르의 『잠언집』 서문(DAC, 모나코)을 쓰다.

8월 21일, 백일하에 발간된 《콩바》지 1호에 카뮈가 '전투는 계속되고……'라는 제목의 첫 사설을 발표. 1945년 1월 초까지 그는 거의 매일 이 신문에 많은 기사(주로 사설)를 쓴다.

8월 25일, 파리 해방. 카뮈의 《콩바》 사설 —「진실의 밤」.

8월 30일, 《콩바》에 언론 자유에 대한 시리즈 기사 중 첫 회분 발표.

9~10월, 장 폴랑의 뒤를 이어 카뮈도 '윤리적 독립성'을 유지하기 위하여 전국 작가 위원회 탈퇴. 그러나 카뮈는 《콩바》의 10월 18일자 사설에서 숙청의 필요성 역설. 이 점에 있어서 그는 특히 작가 프랑

수아 모리아크와 대립적 입장에 선다. 아내 프랑신이
파리로 와서 바노 가의 원룸에 합류. 10월 17~31일,
「오해」의 새로운 공연 계속.

1945년 1월, '정의와 자비'라는 제목의 기사(《콩바》, 1월 11일)
를 통해서 계속하여 프랑수아 모리아크와 의견 대
립. 그러나 원칙적으로 사형 제도를 거부하는 입장
이므로 독일에 부역한 작가 브라지야크의 사면을
드골 장군에게 청원하는 탄원서에 서명한다. 1월
19일 사형 선고를 받은 이 작가는 결국 2월 6일에
총살형을 당한다.

이해 초에 카뮈는 『작가수첩 I』에 「무의미에 대하
여」라는 텍스트의 초안을 잡고 이 글은 다소 수정
되어 《카이에 데 세종》 15호(1959)에 발표된다.

2월 9일, 사설을 통하여 《콩바》의 입장을 재확인.

3월, 카뮈는 임시 정부 공보부 장관 피에르 앙리
테트장, 그리고 그 개인을 넘어서 민중공화운동
(M.R.P.)의 입장과 대립.

4~5월, 앙드레 살베의 『침묵의 투쟁』(프랑스-앙피
르 출판사) 서문, 「국제 정치에 대한 소고」(《르네상
스》, 제10호).

4월 18일~5월 7일, 알제리에 체류하며 설문 조사.

5월 8일, 제3제국 항복.

5월 8~13일, 알제리의 콩스탕틴 지방, 특히 겔마
와 세티프에서 발생한 민중 봉기에 대한 프랑스 당

국의 무자비한 진압으로 대규모 사상자 발생.

5월 13~23일, 알제리 위기에 대하여《콩바》에 8회에 걸쳐 일련의 기사를 게재한다. 그 마지막 회는 「알제리를 증오로부터 구해주는 것은 정의뿐」이라는 제하의 기사. 카뮈는 이 글들을 『시사평론-알제리 연대기』에 수록하지 않는다.

6월 5일, 대외 정책 연구소에서 강연 ──「알제리 위기와 북아프리카에서의 프랑스의 미래」.

6월, 독일과 오스트리아 여행.

7월 23일~8월 15일, 페탱 원수의 재판 참관.

8월 6일, 히로시마에 첫 원폭 투하.

8월 8일, 이 폭발 직후, 그리고 나가사키 원폭 투하 직전 카뮈는《콩바》에 '인류에게 쏟아지는 공포의 전망'에 대한 사설을 쓴다. "기계 문명의 야만적 횡포가 극에 달했다. 멀지 않은 미래에, 집단 자살이냐 아니면 자연과학적 성과의 현명한 사용이냐 하는 문제에 봉착하게 될 것이 분명하다."

8월, 「반항에 대한 소고」(갈리마르 출판사의 '형이상학' 총서 중 공동 집필서《실존》).

9월 5일, 알베르와 프랑신 카뮈 사이에서 쌍둥이 남매인 딸 카트린과 아들 장 출생.

9월 26일, 에베르토 극장에서 폴 외틀리 연출, 제라르 필리프 주연으로 「칼리굴라」 초연.

10월, 카뮈, 갈리마르 출판사에서 펴내는 '희망' 총

서 편집 책임자가 된다. 갈리마르에서 『독일 친구
에게 보내는 편지』 출판. 이 책은 총살당한 친구 르
네 레노에게 헌정되었다.

11월 15일, 《누벨 리테레르》지 인터뷰 ——「아닙
니다, 나는 실존주의자가 아닙니다」. 이 글에서
카뮈는 사르트르라는 인물이 아니라 그의 철학과
거리를 둔다.

12월 20일, 《세르비르》와 인터뷰. 이해 말, 카뮈는
파리 교외 부지발에 거주한다.

1946년   1월, 미셸, 자닌 갈리마르와 칸에 체류. 파리로 돌
아와서는 제7구 뤼니베르시테 가 17번지에 거주.
드골 장군, 권좌에서 사임. 제4공화국 헌법 첫 번
째 법안(5월 5일 국민 투표로 폐기)을 두고 《콩바》지
의 내분으로 카뮈는 신문에서 손을 뗀다. 여러 차
례에 걸쳐 루이 기유와 만나면서 그와 교유.

2월, 「미노타우로스」를 《라르슈》지(13호)에 발표.

3월 10일, 미국으로 떠나는 배에 오른다. 항해 중
『페스트』 집필 작업에 몰두하려고 노력하지만 미
국 체류 동안 이 작업은 사실상 중단된다.

뉴욕에서 프랑스 대사관 문화 참사관 클로드 레비
스트로스의 영접을 받고 미국 대학생들 앞에서 일
련의 강연(3월 28일 맥밀런 극장에서의 「인간의 위기」
강연 포함). 4월 16일 젊은 여성 퍼트리샤 블레이크
와 알게 되어 그 후 몇 차례 더 만나고 사망 직전까

지 서신 교환. 몬트리올과 퀘백까지 짧은 여행. 생로랑 곳에서 "이 대륙에 도착한 이후 처음으로 아름다움과 진정한 거대함의 참다운 인상"을 받는다. 이 여행의 메아리는 「뉴욕에 내리는 비」(《형상과 색채》, 1947)에 표현되어 있다.

6월, 프랑스로 귀국. 길고 우울한 귀로에 "바다 위로 내리는 저녁"이 위안이 된다. 시몬 베유의 작품을 발견.

7월, 브리스 파랭의 집에 체류. 칼망 레비 출판사에서 나온 『자유 스페인』에 서문을 쓴다.

8월, 방데 지방에 가서 미셸 갈리마르의 어머니 집에 머물며 소설 『페스트』 탈고.

9월, 장 암루슈, 쥘 루아와 함께 보클뤼즈 지방 여행. 3일간 루르마랭에 머물고 앙리 보스코를 만난다.

10월 13일, 제4공화국 두 번째 헌법 초안이 국민투표로 가결.

11월, 르네 샤르와 우정을 맺는다.(피에르 베르제에게 보낸 편지에서 "내가 형제처럼 생각하는 샤르"라고 술회한다.)

11월 19~30일, '피해자도 가해자도 아닌'이라는 제목의 글들을 통해서 다시 《콩바》에 협력. 쾨스틀레르, 말로, 스페르버, 사르트르 등과 토론. 사르트르와의 관계는 전보다 덜 우호적이 된 듯하다.

12월 1일, 부조리와 반항의 관계에 대한 성찰을 글로 쓴다. 이것은『반항하는 인간』의 1장 초안이 된다. 카뮈 부부와 자녀들은 마침내 파리 제6구, 세기에 가 18번지 독립 건물에 위치하는 아파트의 세입자가 된다. 그러나 카뮈의 건강 때문에 크리스마스에서 1947년 초까지 가족들은 이탈리아 국경 지방의 마을 브리앙송에 체류한다.

1947년   1월 17일, 미국 문학에 대한 장 데테른의 설문에 답한다(《콩바》).

2월, 출판계 노동자 파업.《콩바》가 심각한 재정난에 봉착.《라르슈》에 쥘 루아의『행복한 골짜기』와 블랑슈 발랭의『머나먼 시간』에 대한 서평.

3~5월, 3월 17일, 파스칼 피아가《콩바》에서 사임함에 따라 카뮈가 신문의 운영을 맡는다. 여러 차례에 걸쳐 사설을 쓴다. 프랑스 언론계에서 드물게 카뮈는 3월 29일부터 폭발한 마다가스카르 폭동의 무력 진압에 항의하는 기사(5월 10일자)를 쓴다. 4월 22일자에서 그는 설령 드골 장군의 당이라 하더라도《콩바》는 결코 "어떤 당의 신문"이 될 수는 없다고 못 박고 바로 그 달로 파스칼 피아의 사임을 기정사실화함으로써 그와 결정적으로 절교. 르네 레노의『유고 시집』서문을 쓴다.

『작가수첩』에 처음으로 '네메시스 — 절도(節度)의 신'에 대하여 언급한다. 이 문제는 생애 마지막 시기 동안 줄곧 그의 마음을 사로잡는다.

6월 3일, '독자들에게'라는 제목의 글을 통해서 그 역시 《콩바》에서 결정적으로 물러난다고 알린다. 신문은 클로드 부르데의 책임하에 계속 발간된다.

6월 10일, 갈리마르 출판사에서 『페스트』 출간(5월 24일 인쇄 완료). 이 책은 카뮈의 저서들 중 상업적으로 성공한 최초의 작품(7월에서 9월 사이에 9만 6,000부 판매)으로 비평가상을 수상했다.

6월 15일~7월, 가족들과 함께 파늘리에서 바캉스를 보낸다. '체계(Le Systeme)'라는 제목의 대작을 구상. 『페스트』의 성공에 카뮈는 오히려 우울해진다.

여름, 파리로 돌아와서 장 루이 바로로부터 페스트에 관한 희곡을 합작하자는 제안을 받다. 그리하여 창작된 작품이 『계엄령』이다. 그는 또 한 편의 단편(후일 『적지와 왕국』에 편입된 「요나」)과 『반항하는 인간』의 집필에 몰두.

9월, 파리 근교 슈브뢰즈 골짜기의 슈아젤에 있는 쥘 루아 집에 잠시 머문다.

11월, 미국과 소련에 대해 프랑스가 독립적인 입장을 견지할 것을 촉구하기 위하여 에마뉘엘 무니에가 이끄는 《에스프리》지 주도로 기획한 서명 운동에 부르데, 사르트르, 메를로퐁티 등과 함께 동참. 메를로퐁티와 절교. 장 다니엘이 이끄는 《칼리방》

지에 협력하면서 「피해자도 가해자도 아닌」을 잡지에 전재하도록 허락.

1948년   1월, 『민중의 집』과 관련하여 알베르 카뮈가 루이 기유에 대하여 말하다."《칼리방》) 1927년에 나온 이 소설은 1953년 알베르 카뮈의 글을 실은 재판을 낸다. 『계엄령』을 완성한 카뮈는 7월에도 여전히 남프랑스의 릴쉬르라소르그에서 이 작품을 손질한다. 아내와 자녀들이 오랑에 가서 체류하는 동안 그는 자신과 마찬가지로 폐결핵에 걸린 미셸 갈리마르를 스위스의 레쟁 요양원으로 찾아가 만난다. 《라 타블 롱드》지에 「섬세한 살인자들」을 발표. 이 글은 장차 『반항하는 인간』의 한 장이 되고 희곡 「정의의 사람들」의 바탕이 된다.

2월 28일, 다비드 루세와 알트만이 주도하여 민주혁명연합(R.D.R.)을 창설. 사르트르 등이 여기에 참가하고 《프랑티뢰르》와 《콩바》가 지원. 카뮈는 이 연합에 가담하지 않지만 근 일 년 동안 이 운동과 가까운 입장을 지지한다.

2월 말~3월 초, 알제리의 오랑에 머무는 가족과 합류. 그 뒤 시디마다니(알제 현)에서 이 주일간 체류. 이곳 문화원에서 젊은 작가, 예술가 들을 만나고 루이 기유와 재회하여 그에게 티파사의 푸른 하늘을 소개한다. 그러나 기유는 자신의 고향 브르타뉴의 하늘이 더 마음에 든다고 한다.

3월,《칼리방》지를 통해서《리베라시옹》(공산당과 가까운 '진보적' 경향)의 발행인 에마뉘엘 다스티에 드 라 비주리(지식인들이 추구하는 '제3의 노선'과 카뮈의 '윤리'를 조롱)와 논쟁 시작.

5월, 런던과 에든버러에서 강연.

6~7월,《칼리방》에 「에마뉘엘 다스티에 드 라 비주리에게 답함」 발표.

7~8월, 르네 샤르가 살고 있는 보클뤼즈의 릴쉬르라소르그에서 가족과 합류. 그곳에서 집을 한 채 빌리고 그 지역에 집을 구입하는 계획을 세운다.

8월 30일, 르네 샤르에게 헌정되고《카이에 드 쉬드》(마르세유)에 발표되었으며 나중에 『여름』에 편입된 글 「헬레네의 추방」을 쓰다.

10월, 27일, 장 루이 바로와 합작하여 쓴 「계엄령」 (루이 바로 연출, 피에르 베르탱, 마들렌 르노, 마리아 카자레스, 피에르 브라쇠르 출연)을 무대에 올린다. 비평계와 관객에게서 호응을 얻는 데 다 같이 실패. 다스티에 드 라 비주리와 논쟁 계속 ─《라 고슈》에 두 번째 「에마뉘엘 다스티에 드 라 비주리에게 답함」 발표.

11월, '세계 시민'이 되고자 하는 평화주의자 미국인 게리 데이비스에 대한 지지.《프랑티뢰르》에 「우리는 게리 데이비스와 함께한다!」 발표.

11월 25일, 『계엄령』에서 프랑코 체제에 자신의 모습을 갖다 붙였다고 카뮈를 비난한 철학자 가브리엘 마르셀에게《콩바》를 통해 답한다.

12월 3일, 게리 데이비스를 지지하는 차원에서 플레옐 회관에서 모임을 갖는다. 카뮈의 발언 내용이 12월 9일자《콩바》에 '유엔은 무엇에 쓰는 것인가?',《라 파트리 몽디알》지에 '나는 대답한다……'라는 제목으로 실린다.

12월 7일, 카뮈가 "정복자의 이데올로기들"에 대항하려면 "국제 민주주의의 가장 느린 길로 접어드는 것이 낫다"고 판단한 글「선택난(難)」(《프랑티뢰르》) 발표.

12월 13일, R.D.R.가 플레옐 회관에서 조직한 미팅에서 카뮈는「예술가는 자유의 증인이다」발표. 이 글은 장차《앙페도클》지 1940년 4월호에 전재되고 다시《시사평론》에 '자유의 증인'이라는 제목으로 수록된다.

12월 25~26일,《콩바》지에 발표한 글「불신에 찬 사람에게 답함」(프랑수아 모리아크에게)에서 카뮈는 계속하여 게리 데이비스를 지지.

12월 말, 아코 이모가 수술을 받게 되어 알제리로 간다.

1949년   1월, 사르트르와 마찬가지로 카뮈 역시 R.D.R.와 거리를 둔다.

2월,《콩바》 26~27일자에 카뮈와 브르통이 서명

한 「열 사람의 그리스 지식인들을 구하기 위하여. 프랑스 지식인들의 호소」가 실린다. 「마들렌 르노」 (《칼리방》, 24호) 발표.

4월, 《앙페도클》지에 「살인과 부조리」 발표. 같은 호에 「예술가는 자유의 증인이다」 전재.

6월, 'N.R.F.'의 책 소개 잡지에 시몬 베유의 『뿌리 내리기』('희망' 총서) 소개 글.

6월 30일, 마르세유에서 남아메리카로 출발하는 여객선에 승선. 그곳에서 여러 날 동안 순회 강연을 하게 된다.

7월, 21일, 다카르에 잠시 기항한 다음 리우데자네이루 도착. 대륙을 횡단하는 동안 카뮈는 비니의 『일기』를 읽는다. 또한 뉴욕 여행 동안 겨우 시작만 했던 「가장 가까운 바다」(후에 『여름』에 수록)의 여러 페이지를 쓴다. 22~23일, 레시페와 바이아 여행. 26일, 리우에서 「칼리굴라」 한 막을 관람.("흑인이 된 내 작품의 로마인을 보고 있자니 기분이 묘하다.") 《인간의 옹호》지에 「대화를 위한 대화」(후에 『시사평론』에 수록) 발표.

8월, 2일, 상파울루로 출발. 그 도시의 《디아리오》지와 인터뷰.("르네 샤르는 랭보 이후 프랑스 시에서 가장 큰 사건이다.") 5~7일, 이과페 여행. 이곳에서 단편 「자라나는 돌」(『적지와 왕국』)에서 묘사한 사건이 일어난다. 9일, 몬테비데오, 그리고 부에노스아이레스

로 출발. 빅토리아 오캄포의 집에 머문다. 14~19일,
칠레 체류. 19~21일, 다시 부에노스아이레스, 몬
테비데오를 거쳐 리우로 돌아온다. 31일, 프랑스로
귀국하기 위하여 리우에서 비행기에 오른다. 남아
메리카에 체류하는 거의 내내 카뮈는 신체적으로
고통스러운 나날을 보냈다. 그는 그것이 감기라고
여겼으나 프랑스에 돌아오자 자신의 폐가 심각하
게 손상된 것을 확인하고 두 달 동안의 휴식과 치
료를 강요받는다. 이 여행 동안 『정의의 사람들』을
마지막으로 수정한다.

9월, 샹봉쉬르리뇽의 파늘리에 체류.

10월, 파리에서 연극 『정의의 사람들』 연습.

11월 12일, 《르 피가로》지에서 다비드 루세가 옛
집단 수용소 경험자들에게 굴라그에 대한 조사위
원회를 구성할 것을 호소.

12월 15일, 폴 외틀리 연출, 세르주 레지아니, 마리
아 카자레스 주연으로 에베르토 극장에서 「정의의
사람들」 초연. 매우 허약한 건강에도 불구하고 카
뮈는 이 연극을 관람한다. 이 연극은 그의 표현에
따르건대 "절반의 성공"을 거둔다.

1950년   1월, 고산 요양을 위하여 알프마리팀 지방의 그라
스 근처 카브리에 체류. 6월까지 여러 차례에 걸쳐
그곳에 체류한다. 서서히 건강이 호전됨.

2월, 특히 들라크루아의 『일기』와 뱅자맹 콩스탕

의 『아돌프』를 읽는다. 갈리마르 출판사에서 『정의의 사람들』 출간.

3월, 보주 지방 체류.

4월, 시골집을 구입하기 위하여 다시 릴쉬르라소르그에 나흘간 머문다. 르네 샤르에게 헌정한 「수수께끼」(나중에 『여름』에 수록) 탈고.

6월, 르네 샤르에게 헌정한 『시사평론 II, 1944~1948 연대기들』을 갈리마르 출판사에서 펴낸다. 프랑신과 자녀들이 카브리로 와서 합류, 7월에는 그라스에 체류. 한국 전쟁 발발.

7월 중순~8월, 보주 지방 체류.

9월, 사부아 체류.

12월, 가족과 함께 파리 제6구 마담 가 29번지에 구입한 아파트에 입주.

1951년   《카이에 드 쉬드》에 「로트레아몽과 진부함」 발표.

1월 중순~3월 중순, 다시 카브리에 체류하면서 『반항하는 인간』 집필에 열중. 그 "초고"가 3월 7일에 완성되었다(『작가수첩』).

2월, "에세이들을 '축제'라는 제목의 책으로 묶는 계획"(『작가수첩』). 이 책이 장차 나올 산문집 『여름』이다.

2월 19일, 앙드레 지드 사망.

5월 10일, 《누벨 리테레르》지와의 인터뷰 ─ 「알베르 카뮈와의 만남」.

7월, 도르도뉴 여행. 12일, 르네 샤르에게 수정한 『반항하는 인간』의 타자본 한 부를 보낸다.

8월, 파늘리에 체류. 《르 탕 모데른(현대)》지에 『반항하는 인간』의 한 부분인 「니체와 허무주의」를 발표. 「내가 경험한 가장 아름다운 직업들 중의 하나」(《칼리방》, 54호).

10월, 12일, 《아르》지에 카뮈의 글 「로트레아몽」에 대한 앙드레 브르통의 분격한 반론. 19일, 같은 잡지에 카뮈의 응답(『시사평론 II』에 '반항과 순응주의'라는 제목으로 수록). 18일, 갈리마르 출판사에서 『반항하는 인간』 출간. 순조롭던 책의 판매가 이듬해로 접어들자 부진.

11월, 《누벨 르뷔 프랑세즈》지의 '앙드레 지드 추모 특집'에 「앙드레 지드와의 만남」 발표.

11월 18일, 《아르》지에 서한 발표(『시사평론 II』에 '반항과 순응주의(계속)'라는 제목으로 수록).

11월 24일, 장 게노가 《피가로 리테레르》지에 『반항하는 인간』에 대한 칭찬의 글 「위대한 길로 접어든 카뮈」 게재. 다리 골절상을 입은 어머니를 문병하기 위하여 잠시 알제 여행.

12월 13일, 20일, 《프랑스 옵세르바퇴르》의 발행인 클로드 부르데가 자신의 주간지에 『반항하는 인간』에 대한 호의적인 서평을 발표. 그러나 공산당원 피에르 에르베가 서명하여 《라 누벨 크리티크》

지에 발표한 비판적인 글에 대하여 같은《프랑스 옵세르바퇴르》가 칭찬하는 기사를 게재한 것에 대하여 카뮈는 불쾌감을 느낀다.

12월 말, "나는 서서히 다가오고 있는 어떤 엄청난 재난을 참을성 있게 기다리고 있다.", "나는 나 자신에 대하여, 여러 날을 두고두고, 가장 끔찍한 생각을 갖는다."(『작가수첩 II』)《프로그레 드 리옹》지와의 인터뷰「증오의 억압」.

1952년　1월, 남아메리카에서 착상한 단편「자라나는 돌」(『적지와 왕국』수록) 작업. 알제리 여행 ― 그 메아리가「티파사에 돌아오다」(『여름』)로 표현된다.

2월 15일,《가제트 데 레트르》에 피에르 베르제와의「반항에 대한 대담」발표(『시사평론 II』).

2월 22일, 프랑코 정권에 의하여 사형 선고를 받은 스페인 노동 운동가들의 지원을 호소하는 모임이 바그람 홀에서 개최됨. 그 내용이《에스프리》지 4월호에 발표되고 카뮈는 사르트르와 함께 그 모임에 참가.

5월 28일,《디외 비방》지의 발행인에게 보내는 편지. '강경파의 숙청'이라는 제목으로『시사평론 II』에 수록.

5월, 가스통 라발이『반항하는 인간』에 대하여 쓴 글들에 대한 회답을《리베르테》지에 발표('반항과 낭만주의'라는 제목으로『시사평론 II』에 수록). 사르트르로부터 카뮈의 『반항하는 인간』에 대한 서평을 의뢰받은 프랑시스 장송이 《르 탕 모데른》에 격렬하고 모욕적인 글을 발표.

6월, 카뮈는 《프랑스 옵세르바퇴르》지에 보낸 편지에서, 이 주간지가 1951년 12월 피에르 에르베의 비평에 대하여 실은 호의적인 기사에 대하여 격한 반응을 나타낸다.(이 글은 『시사평론 II』에 '반항과 경찰'이라는 제목으로 수록된다.) 프랑코 정권의 유네스코 가입에 반대하는 서명 운동에 동참.

8월, 《르 탕 모데른》지에, 프랑시스 장송이 아니라 이 잡지의 '발행인' 장폴 사르트르 앞으로 보내는 6월 30일자 카뮈의 반론 편지 발표('반항과 예속'이라는 제목으로 『시사평론 II』에 수록). 사르트르가 그 편지에 대하여 회답 ─ "친해하는 카뮈, 우리의 우정이 쉬운 것은 못 되었지만 나는 그 우정을 아쉬워하게 될 것입니다." 사르트르의 편지는 노골적으로 카뮈에게 상처를 주는 내용이었고 그들의 논쟁에 숨김없는 정치성을 부여한다. 그는 소련의 강제 수용소 스캔들과 '부르주아 언론'이 거기서 얻어내는 이익을 동등한 차원에서 비판한다.

가을, 《르 탕 모데른》의 공격에 《아르》, 《카르푸르》(우파 주간지), 《리바롤》(극우 주간지) 등이 가세한다. "파리는 밀림이지만 그곳의 야수들은 한심하다.", "《T.M.》지의 논쟁 ─ 파렴치함. 그들이 내세

우는 단 하나의 변명은 이 끔찍한 시대라는 것이
다."(『작가수첩 III』)

11월, 결국 프랑코 스페인의 가입을 허용한 유네스
코에서 알베르 카뮈는 탈퇴한다. 팔레즈 출판사에
서 출간된 오스카 와일드의 『감옥에 갇힌 예술가』
서문(《아르》, 12월 19~25일). 30일, 바그람 홀에서
'스페인과 문화'(『시사평론 II』)에 대한 강연.

12월, 『반항하는 인간』을 쓰게 된 동기를 설명하
는 글 「포스트 스크립툼」.《프랑티뢰르》지에 「자유
의 옹호」(『시사평론 II』) 발표. 알제리 여행 — 오랑,
알제, 그리고 라구아트, 가르다이아 등 알제리 남
부 지역을 혼자서 자동차로 여행. 단편 소설 「말없
는 사람들」을 위한 메모. '유적의 단편 소설들'(『적
지와 왕국』)을 위한 구상 —「라구아트. 간부」, 「이
과페」(「자라나는 돌」), 「손님」, 「요나」, 「혼미해진 정
신」('배교자'). 화가 요나의 이야기는 그에게 2막의
무언 악극 「예술가의 삶」의 힌트가 되었고 이 작품
은 1953년《시문》지(8호)에 발표된다.

1953년   1월, "재건되어 평화를 되찾은" 알제리로 돌아와
「티파사에 돌아오다」(『여름』)를 쓴다.

봄, 알프레드 로메르의 『레닌 시대의 모스크바』의
서문(「희망의 시대」, 『시사평론 II』 수록).

5월, 아르헨티나에서 빅토리아 오캄포가 체포된
것에 대한 항의 서한.

5월 10일, 생테티엔 노동조합 사무소에서 강연('빵과 자유'라는 제목으로 『시사평론 II』에 수록).

5월 16일, 주간지《렉스프레스》지 창간호 출간.

6월 14일, 앙제 연극제에서 칼데론 원작을 각색하여 마르셀 에랑이 연출하고 마리아 카자레스, 세르주 레지아니가 출연한 「십자가 숭배」를 무대에 올린다. 연극제 개막 직전 사망한 연출자의 요청으로 카뮈가 마지막 리허설 지휘.

6월 16일, 같은 연극제에서 피에르 드 라리베의 텍스트를 카뮈가 각색한 「유령들」을 마르셀 에랑 연출, 마리아 카자레스, 장 마르샤, 피에르 외틀리 출연으로 상연. 연출은 카뮈가 완성.

6월 17일, 동베를린에서 노동자 봉기. 공산당 정권이 이를 무력으로 진압하자 카뮈는 그 이튿날 뮈튀알리테 회관에서 가진 연설에서 이에 항의. ("세계의 어느 한 구석에서, 한 노동자가 탱크 앞에서 맨주먹으로 자기는 노예가 아니라고 외치며 대항할 때, 우리들이 이에 관심을 보이지 않는다면 우리는 대체 무엇이란 말입니까?")

갈리마르 출판사에서 『시사평론 II, 1948~1953년 연대기』 출간.

7월 14일, 북아프리카인들의 시위대가 파리 경찰에게 폭행당하자 카뮈는《르 몽드》를 통하여 항의.

8월 8일, 모리스 림에게 보내는 편지, 「프롤레타리

아 문학」.(《프롤레타리아 혁명》지 1960년 2월자 146호에 실린다.)

10월, 프랑신 카뮈가 심각한 우울증에 시달린다.

11월, 장차 '최초의 인간'이라는 제목을 붙이게 될 소설의 초안 구상(『작가수첩』).

12월, 이집트 여행 계획을 취소하고 아들 장과 함께, 휴식을 위해 오랑으로 떠난 아내에게로 간다.

이해에 그는 도스토옙스키에 대한 메모를 계속하며 『악령』의 각색을 계획.

1954년   1월, 프랑신의 우울증이 심각해진다. 카뮈와 함께 파리로 돌아온 프랑신은 생망데에 있는 요양원에서 치료를 받는다. 《N.R.F.》지에 「가장 가까운 바다」(『여름』 수록) 발표.

2월, 알제의 랑피르 출판사에서 「간부」(『적지와 왕국』에 수록) 출간.

3월 15일, 《라 가제트 드 로잔》에서 프랑크 조트랑과 가진 인터뷰에서 『최초의 인간』에 대한 계획을 말한다.

봄, '에세' 총서(갈리마르)로서 산문집 『여름』 출간. 프랑신의 건강 상태 악화로 어찌할 바를 모르는 카뮈는 글을 쓸 수 없다고 가까운 사람들에게 토로한다. 딸 카트린을 오랑에 있는 외조모에게 맡기고 장은 생레미드프로방스로 보낸다. 카뮈는 잠정적으로 파리 제7구 샤날레유 가 4번지의 작은 아파트에 기거. 《테무앵》지(1954년 봄, 5호)에 동베를린 봉기 직후(1953년 6월)에 한 강연의 내용을 발표.

4월 12일, 사형 선고를 받은 일곱 사람의 튀니지인들을 위하여 르네 코티 대통령에게 호소.

5월, '해외 영토 정치범들을 위한 사면 위원회'에 메시지를 보낸다.

5월 7일, 「디엔비엔푸 함락. 40년의 경우처럼, 수치와 분노가 뒤섞인 감정」(『작가수첩』).

6~7월, 프랑신이 디본에서 치료를 받는다.

7월 중순, 두 자녀와 함께 외르에루아르 현 소렐무셀에 있는 미셸과 자닌 갈리마르의 집에 한 달간 머문다.

7월, 알제리의 두 민족 간 미래의 화해를 위한 새로운 메시지(「테러리즘과 사면」)를 《해외 영토의 수형자들을 석방하자》에 발표. 월트 디즈니의 영화 「사막은 살아 있다」(서적협회) 앨범을 위하여 청탁받은 「사막의 소개」를 쓴다.

8월, 콘라드 F. 비에버의 『프랑스 레지스탕스 작가들이 본 독일』에 서문을 쓴다.

9월, 프랑신의 건강 상태 호전. 그녀와 함께 다시 파리의 마담 가 아파트로 돌아온다.

10월, 네덜란드 여행. 『작가수첩』에 소설 『전락』을 예고하는 몇 대목을 노트한다.

11월 1일, 알제리 민족주의 폭동 시작.

11월 24일, 이탈리아 순회 강연 출발(토리노, 제노바, 로마).

12월 6일, 시몬 드 보부아르의 소설『레 망다랭』이 공쿠르 상 수상. 카뮈는 시몬 드 보부아르가 이 소설로 사르트르와 카뮈 사이의 불화에 대하여 비열하게 복수한다고 믿는다.

12월 중순, 프랑스로 돌아오다. "실존주의. 그들이 자아비판을 할 때는 언제나 다른 사람들을 비난하기 위해서라는 것을 확신할 수 있다."(『작가수첩』) 이 생각은 장차 소설『전락』의 핵심적 주제가 된다.『최초의 인간』과 그 밖의 다른 책(파우스트 신화를 주제로 한 이 책은 끝내 집필되지 않았다.)을 위한 메모.

1955년 1월, 11일,『페스트』를 분석한 글에 대하여 롤랑 바르트에게 답하는 편지.(바르트의 분석과 카뮈의 응답은《클럽》2월호에 발표된다.)

2월 5일, 야당이 된 피에르 망데스 프랑스 내각 사퇴.

2월 17일, 알제로 출발. 어린 시절의 벨쿠르 거리를 찾아간다. 장차『최초의 인간』에 풍부하게 묘사될 옛 추억들의 자취. 티파사와 1954년 9월 지진으로 황폐화된 오를레앙빌 방문.

3월 12일, 디노 부자티의 단편「흥미로운 케이스」를 각색하여 라 브뤼예르 극장에서 상연. 조르주 비탈리 연출, 다니엘 이베르넬, 피에르 데타유 출연.

3월 31일, 국무회의 의장 에드가 포르가 알제리에 위수령을 내린다.

봄, 로제 마르탱 뒤 가르의 전집을 위한 서문. 카뮈는 1948년 이후 그와 돈독한 우정 관계를 맺고 있었다.

콘라드 F. 비에버의 책에 붙인 서문을 '증오의 거부'라는 제목으로《테무앵》지에 수록.

4월 5일,《에스프리》지의 발행인 장 마리 도메나크가《테무앵》지에,「증오의 거부」에 대하여 자신의 잡지가 침묵을 지킨 것을 정당화하는 편지를 게재.

4월 26일, 그리스 여행을 떠난다. 아테네(비극의 미래에 대한 강연), 델포이, 펠로폰네소스, 델로스 섬.

5월 16일, 파리로 돌아온다. 최근에 일어난 볼로스 지진에 대한 첫 글을《렉스프레스》(5월 14일)에 보낸다.

5월,《프랑스 옵세르바퇴르》지와 논쟁.「손님」(『적지와 왕국』수록)과「그르니에에 대한 연구」(1959년 『섬』의 재판에 붙인 서문)를 위한 메모.

6월,《테무앵》지에 장 마리 도메나크에게 답하는 편지.

7월 9일, 23일,《렉스프레스》지에 장문의 글「테러리즘과 탄압」과「알제리의 미래」를 발표하여 알제리의 갈등하는 여러 진영들이 한데 모이는 '토론

회' 개최와 알제리의 차이와 동시에 '프랑스 연방' 소속을 확인하는 정치적 해결책을 호소.

7월 말~8월, 이탈리아 여행. 특히 피에로 델라 프란체스카의 그림에 관심. 이 여행으로 의욕을 되찾는다. ──"열심히 일하여 단편집(『적지와 왕국』)의 첫 버전을 끝냈습니다."(장 그르니에게 보낸 8월 24일 자 편지)

8월 20~21일, 알제리 콩스탕틴 현 필리프빌(오늘날의 스키다)에서 심각한 민족주의 봉기와 공권력의 가혹한 진압.

10월, 《코뮈노테 알제리엔》 1호에 「알제리인 운동가에게 보내는 편지」(『시사평론 III』 수록). 10월 18일부터 1956년 2월 2일까지 《렉스프레스》(당분간 일간지로 발행)에 자주 글을 발표한다. 특히 알제리에 백만의 프랑스인들이 살고 있음을 상기시키면서도 "알제리는 프랑스가 아니다."라고 확인한다.

카뮈의 서문을 붙인 로제 마르탱 뒤 가르의 전집이 갈리마르 출판사의 플레이아드판으로 출간된다.

12월 12일, 「스페인과 동키호테주의」(《르 몽드 리테레르》).

이해에 토리노의 《콰데르니 아시》(16호)에 「예술가와 그의 시대」 발표.(이 글은 1957년 노벨 문학상 수상시에 스웨덴에서 한 연설의 내용과 매우 유사하다.)

1956년   1월 2일, 공화파 전선(급진사회당, 사회당, R.G.R., 사회공화당)이 의회 선거에서 승리.

1월 22일, 알제에서, 논란 많은 회의 중에 카뮈가 '민간인 휴전'을 위한 호소문을 낭독한다.

1월 말, 약 이 주간 파리 16구 몽모랑시 가 61번지, 쥘 루아(여행을 떠난)의 아파트에 머문다.

2월 2일, 《렉스프레스》지에 마지막 기고 ―「모차르트에 대한 감사」.

2월 6일, 알제에서 자유주의적 성향의 주재 장관(카트루 장군)을 임명하기 위하여 방문한 국무회의 의장 기 몰레에게 항의하는 대규모 시위. 기 몰레는 그 후 시위대의 요구를 받아들인다.

2월 8일, 발행인 장 자크 세르방 슈레베르가 쓴 알제리에 관한 기고문들을 수용할 수 없다는 이유로 카뮈는 《렉스프레스》지에서 사임한다.

3월 12일, 공산당을 포함한 매우 폭넓은 지지로 의회가 알제리에서의 '특별한 권한'을 행정부에 인정해 준다. 전쟁이 점차 치열해진다.

5월, 갈리마르 출판사에서 『전락』 출간.

5월 28일, 카뮈는 알제리에서 이른바 반정부 활동을 이유로 체포된 친구 장 드 메종쇨을 구명하기 위한 글을 《르 몽드》지에 기고한다.

6월, 『적지와 왕국』에 수록될 단편소설 「혼미해진 정신」을 《N.R.F.》지에 발표.

6월 25일, 폴란드 작가 구스타브 헤어링에게 소련

강제 수용소에 대한 그의 증언 『별난 세계』(1951)
를 출판하지 못한 것에 대한 유감의 뜻을 표한다.
이 책은 1985년에야 프랑스어판으로 출간된다.

7월 2일, 폴란드 포즈난에서 일어난 민중 봉기의
무력 진압에 대한 항의문에 서명(《쿨투라》).

7월~8월 초, 프로방스의 릴쉬르라소르그에서 가
족들과 함께 바캉스를 보낸다.

8월 : 파리로 돌아온 카뮈는 윌리엄 포크너의 소설
을 자신이 각색한 연극 「어떤 수녀를 위한 진혼곡」
의 연습을 시작한다. 여기서 그는 여자 주인공 역
을 맡은 카트린 셀레르를 만난다.

8월 24일, 《테무앵》지 창간 기념 봄, 여름 특별 호
에 카뮈가 기고한 서문을 《렉스프레스》지가 전재.
이 글에서 카뮈는 자유 스페인의 미래에 대한 믿음
을 확인한다.

8월 31일, 자신의 종교적 입장에 대하여 《르 몽드》
지와 인터뷰.("나는 신을 믿지 않는 것이 사실이다. 그
렇다고 해서 내가 무신론자인 것은 아니다.")

9월, 1943년 1월 27일자 편지로 기록돼 있는 「프
랑시스 퐁주의 『사물의 편에서』에 대한 편지」를
《N.R.F.》지에 발표.

9월 20일, 마튀랭 마르셀 에랑 극장에서 카뮈 연
출, 카트린 셀레르, 미셸 오클레르 주연으로 「어떤
수녀를 위한 진혼곡」을 상연하여 확실한 성공을

거둔다.

10월 30일, 스페인 공화국 망명 정부가 조직한 시위에 즈음하여 살바도르 마다리아가를 기념하는 연설(《몽드 누보》지 1957년 4월자 110~111호에 전재).

11월 4일, 지난 몇 주일 동안 헝가리를 뒤흔들었던 소요 사태를 진압하기 위하여 소련군이 부다페스트에 진주.

11월 10~11일, 헝가리에서 봉기한 사람들을 지지하기 위한「유엔에 대한 유럽 지식인 공동 행동을 위하여」발표(《프랑티뢰르》). 소설『전락』발표.

11월 23일, 헝가리에 대한 프랑스 대학생 집회에 보내는 메시지.

12월, 뉴욕의 피에르 마티스 화랑에서 개최된 발튀스 전시회 카탈로그에 서문「발튀스」를 쓴다.

1957년 2월 21~27일,「교수대의 사회주의」(사회당 주간지 《드맹》, 63호).

3월, 15일, 바그람 홀에서 강연(「카다르가 겪은 공포의 날」). 그 발췌문이《프랑티뢰르》18호에 전재. 갈리마르 출판사에서 단편집『적지와 왕국』출간.

4월, 개인의 권리와 자유 수호 위원회에 참여하기를 거부하는 이유를 설명하기 위하여 국무회의 의장에게 편지.

6월, 알제리의 상황에 대하여《인카운터》지 45호에 편지. 앙제 연극제에 참가하여 새로운 버전의

「칼리굴라」를 무대에 올린다. 앙제 연극제에서 로페 데 베가의 연극「올메도의 기사」를 새로이 각색 연출하여 상연한다. 미셸 에르보, 장 피에르 조리스, 도미니크 블랑샤를 출연.

6~7월,「단두대에 대한 성찰」(《N.R.F.》54~55호).

7월 17일~8월 13일, 코르드(타른 지방)에 체류.

가을, 칼망 레비 출판사에서 『사형에 대한 성찰』 간행. 이 책은 카뮈의「단두대에 대한 성찰」과 아르튀르 쾨스틀레르의「교수대에 대한 성찰」및 장 블로크 미셸의 서문과 연구 논문을 한데 묶은 것이다. 카뮈는 갈리마르 출판사에서 낸 포크너의 소설 『어떤 수녀를 위한 진혼곡』의 번역판에 서문을 써서 붙인다.

10월 1일, 인류학자 제르멘 틸리옹과 알제리에 관한 대담.(이 내용의 몇 가지 요소들이 『작가수첩』에 기록되어 있다.)

10월 16일, "오늘날 인간의 의식에 제기되고 있는 제반 문제들에 빛을 던지는 작품들 전체"에 대하여 주어지는 노벨 문학상 수상 소식을 접한다. 프랑스 작가로는 아홉 번째이며 최연소(44세).

10월 19일, "내게 일어난, 그리고 내가 요구한 것도 아닌 일로 인하여 질려 있다. 모든 것을 결말짓자는 것인지 내 가슴을 저미는 것만 같은 너무나도 비열한 공격들."(『작가수첩』)

10월 24~30일,「우리 세대의 내기」(《드맹》, 98호)
와의 인터뷰.

11월,「추방당한 한 기자를 기리는 글」(《프롤레타리
아 혁명》, 442호).

12월 9일, 노벨 문학상 수상을 위하여 아내와 함께
스톡홀름 도착.

12월 10일, 스톡홀름 시청 홀에서 만찬이 끝난 다
음 수상 연설.

12월 12일, 스톡홀름 대학교 대강당에서 강연. 한
알제리 청년의 공격적인 질문에 카뮈는 특히 "나는
정의를 믿는다. 그러나 정의보다 먼저 나의 어머니
를 옹호하겠다."라고 대답하는데 이 말은 알제리의
수많은 프랑스인들에게 호감을 얻지만 그의 좌파
친구들을 놀라게 한다.

12월 14일, 웁살라 대학교 강당에서 '예술가와 그
의 시대'라는 제목의 강연.

1958년 크노프 출판사에서 나오게 될 그의 희곡집
미국 판을 위하여 서문을 쓴다.

12월, 연말과 그 이듬해 초에 걸쳐 심각한 불안 증
세를 보인다.

1958년　1월, 1957년 12월 10일의 연설과 14일의 강연을
한데 모은 『스웨덴 연설』(갈리마르) 출간.

3월 5일,「알베르 카뮈가 그의「악령」각색에 대하여
말한다」(《스펙타클》지 1호와의 인터뷰). 이미 1949년

『작가수첩』에 언급했던 새로운 '서문'을 추가하여
『안과 겉』 재출간. 몇 달 전에 만난 덴마크 출신의
젊은 여대생 '미(Mi)'와 함께 있는 카뮈가 자주 목
격된다.

3~4월, 알제리 여행. 그곳에서 교사이며 작가인
물루드 페라운과 친밀하게 지낸다. 티파사에 간다.
파리로 돌아온 그는 미슐린 로장과 더불어 전용 극
장을 물색하려고 노력한다.

5월 13일, 알제에서 발생한 대규모 시위로 인하여
결국은 드골 장군이 권좌에 복귀하게 된다.

6월, 3~5월에 쓴 서문을 추가하여 신문 기사와 그
밖의 텍스트들을 한데 모은『시사평론 III, 알제리
연대기 1939~1958』를 갈리마르 출판사에서 출
간. 책에 대한 반응은 적대이거나 무관심.

6월 9일, 마리아 카자레스, 미셸 및 자닌 갈리마르
등과 함께 거의 한 달간에 걸친 그리스 여행을 떠
난다. 크루즈 여행을 위하여 '레 시클라드' 호에 승
선. "그리하여 바다는 모든 것을 씻어 줍니다."(장
그르니에에게 보낸 편지)

7~8월,「악령」 각색과 쥘리 드 라피나스에 관한
희곡 집필 계획에 전념.

'프랑스령 알제리'를 고수하는 사람들과 알제리 독
립을 주장하는 사람들을 다 같이 멀리하면서 카뮈
는 이제부터 일체의 공식적 입장 표명을 자제하고

알제리를 구성하는 두 공동체의 권리를 다 함께 보호하는 연방국가적 해결책의 희망에 매달린다. 그는 또한 피해를 최소화하는 방법으로(들리는 말에 따르면) 영토 분할의 방책도 고려해 본다.

9월, 보클뤼즈 지방에 체류하면서 릴쉬르라소르그에서 시인 르네 샤르를 자주 만나면서 루르마랭에 시골집을 매입한다.

9월 28일, 프랑스 국민이 제5공화국 헌법안을 가결.

10월 18~27일, 다시 보클뤼즈 지방에 체류.

12월 21일, 드골 장군이 공화국 대통령으로 선출된다.

이해에는 또한 『나지 사건』(플롱 출판사)에 붙인 카뮈의 서문과 「감옥에 갇힌 예술가」도 출판되었다. 노벨상 수상자 알베르 카뮈는 장 블로크 미셸의 질문에 답한다(《옥시당트》, 237호).

1959년   1월 30일, 도스토옙스키 원작, 카뮈 각색의 「악령」이 앙투안 극장에서 상연된다. 피에르 블랑샤르, 피에르 바네크, 알랭 모테, 카트린 셀레르 출연. 카뮈 자신의 연출. 카뮈에게 파리 한 극장의 운영을 맡기고자 했던 문화부 장관 앙드레 말로가 객석에서 관람.

3월, 「우리들의 친구 로블레스」(《시문》, 30호), 『섬』 재판에 부치는 「장 그르니에의 『섬』에 대하여」(《프뢰브》, 95호).

3월 23~29일, 어머니가 수술을 받게 되어 알제에, 그리고 아버지의 출생지인 울레드파예트에 간다. 『최초의 인간』집필을 위한 작업이 그해 동안 상당한 진척을 보인다.

4월 28일~5월 말, 루르마랭과 아를, 마르세유 등 남프랑스 지방에 머문다.

5월, 12일, 피에르 카르디날의 텔레비전 프로「그로 플랑」에 출연하여 '나는 왜 연극을 하는가'를 설명. 이 내용의 일부가 16일자《피가로 리테레르》에 발표된다. 같은《피가로 리테레르》지에「그는 살아가는 데 도움을 준다」(1958년 8월에 사망한 로제 마르탱 뒤 가르에 대하여)를 발표.

7월 6~13일, 카뮈가 베네치아에 머무는 동안 라 페니세 극장에서「악령」공연.

8월 말~9월 초, 다시 루르마랭에 체류.

9월 16일, 알제리 주민의 자결권을 선언하는 드골 장군의 텔레비전 담화.

10월,「악령」의 프랑스 국내 및 국외 순회 공연.

11월 15일, 카뮈, 다시 루르마랭에 체류하며 『최초의 인간』의 집필에 열중하다.

12월, 『작가수첩』에「네메시스를 위하여」와「동 파우스트를 위하여」를 위한 노트.

12월 14일, 엑상프로방스에서 외국인 학생들과의

인터뷰. ("당신은 좌파 지식인인가?"—"나는 내가 과연 지식인인지 확신할 수 없다. 그 외에, 나는 본의 아니게, 좌파의 뜻과 관계없이 좌파를 지지한다.")

12월 20일, 작가의 직업에 관한 인터뷰(《방튀르》, 봄, 여름호).

1960년 1월 3일, 미셸 갈리마르가 운전하는 자동차에 편승하여 루르마랭의 시골 집에서 파리로 출발. 미셸의 아내 자닌과 그녀의 딸 안이 동승. 프랑신 카뮈는 그 전날 기차를 타고 파리로 돌아갔다. 도중에서 일박.

1월 4일, 욘 지방 몽트로 근처의 빌블르뱅에서 자동차 사고로 카뮈 즉사. 미셸 갈리마르는 닷새 뒤 사망.

9월, 어머니 카트린 카뮈가 알제의 벨쿠르에 있는 자택에서 사망.

알베르 카뮈는 남프랑스 루르마랭 마을의 공동묘지에 묻혔다. 후일 아내 프랑신 카뮈 역시 같은 묘지에 묻혔다.

세계문학전집 **266**

이방인

1판 1쇄 펴냄 2011년 3월 25일
1판 40쇄 펴냄 2019년 5월 24일
2판 1쇄 펴냄 2019년 9월 2일
2판 26쇄 펴냄 2024년 11월 18일

지은이 알베르 카뮈
옮긴이 김화영
발행인 박근섭, 박상준
펴낸곳 (주)민음사

출판등록 1966. 5. 19. (제 16-490호)
서울특별시 강남구 도산대로1길 62(신사동) 강남출판문화센터 5층 (우편번호 06027)
대표전화 02-515-2000 팩시밀리 02-515-2007
www.minumsa.com

ⓒ 김화영, 2011, 2019. Printed in Seoul, Korea

ISBN 978-89-374-4384-8 04800
ISBN 978-89-374-6000-5 (세트)

세계문학전집 목록

세계문학전집은 계속 간행됩니다.